口絵❖中村明日美子「卍（まんじ）」

中公文庫

卍（まんじ）他二篇

谷崎潤一郎

中央公論新社

目次

カバー画・口絵・挿画❖中村明日美子
デザイン❖ミルキィ・イソベ＋安倍晴美

卍（まんじ）　他二篇

卍（まんじ）

昭和三年（一九二八）三月から
昭和五年（一九三〇）四月まで
「改造」

緒言

此《こ》の書*の内容に就《つ》きて、嘗《かつ》てこれを改造誌上へ連載せし当時、二三の浮説ありしことを耳にしたり。その一は此の小説にはモデルありと云ふもの。他の一は、仏蘭西《フランス》小説*の飜案なりと云ふもの。尚《なお》他の一は、作者がその仏蘭西小説を読むために、仏語に練達せる婦人の秘書を使用しつつありと云ふもの。されど噂は皆事実にあらず。此の一篇は作者が肚裡《とり》の産物にして、モデルも種本もあることなし。

作者は元来東京の生れなれども、居を摂州岡本*の里に定めてより茲《ここ》に歳有り、関西婦人の紅唇より出づる上方言葉の甘美と流麗とに魅せらるること久しく、試みに会話も地の文も大阪弁を以て一貫したる物語を成さんと欲し、乃《すなわ》ち方言の顧問として大阪府立女子専門学校*出身の助手二名を雇ひ、一年有余を費して此れを完結す。蓋《けだ》し浮説は右の真相を誤まり伝へたるもの也。

今回上梓《じょうし》するに方《あた》り、聊《いささ》か序に代へて作者の立ち場を明かにし、併《あわ》せて世上の惑ひを解くと云爾《しかいう》。

昭和辛未《かのとひつじ》*の歳の春

作者しるす

その一

先生、わたし今日はすつかり聞いてもらふ*つもりで伺ひましたのん*ですけど、折角お仕事中のとこかまひませんですやろか？　それは〳〵委《くわ》しいに申し上げますと実に長いのんで、ほんまにわたし、せめてもう少し自由に筆動きましたら、自分でこの事何から何まで書き留めて、小説のやうな風にまとめて、先生に見てもらはうか思《おも》たりしましたのんですが、……実はこなひだ中《じゆう》ひよつと書き出して見ましたのんですが、何《なん》しろ事件があんまりこんがらがつてゝ、どう云ふ風に何処から筆着けてえゝやら、とてもわたしなんぞには見当つけしません。そんでやつぱり先生にでも聞いてもらふより仕様ない思ひましてお邪魔に出ましたのんですけど、でも先生わたしのために大事な時間滅茶々々にしられて*おしまひになつて、えらい御迷惑でございますやろなあ。ほんまに宜しございますか？　わたし先生にはもう毎度々々おやさしいにしていたゞきますもんですから、つい御親切に甘える気イになつて、御厄介《ごやつかい》にばつかりなりまして、どないに感謝してもしきれへん*くらゐや思《おも》てます。そいであのう、いつかも大へん御心配かけましたあの人のこと、あれからお話せんならんのんですが、あれはあの後に申し上げました通り、あないに云うて下さいましたのんで、自分でもしみ〴〵考へまして、あんなりぷつつり絶交してしまひました。その当座は未練《みれん》とでも云ひますのんか、何かにつけて思ひ出されますもんですから、家にいてましてもまるでヒステリーのやうになつてましたけど、そのうちにだん〳〵あの人がえゝことない男やつた云ふことはつきり分つて来まして、………主人も私が前は始終そは〳〵して音楽会や何や云うては出歩いてばつかりゐましたのんに、先生の御宅い寄せてもらふやうになりましてから、すつかり様子変りまして、絵エ画いたり、ピアノの稽古《けいこ》したりして、一日家に落ち着いてますもんですから、「この頃はお前も女らしなつたなあ」なんぞ云ひまして、蔭《かげ》ながら先生の御好意よろこんでました。尤《もつと》もわたし、あの人の事に就いては何も主人に云ひませなんだ。「夫に過去のあやまち隠しとくのんよろしうないから、――殊《こと》に肉体上の関係なかつたのんなら告白し易い訳やから、すべてを打ち明けておしまひなさい」と先生は云うて下さいましたけど、………けどどうも、………それはまあ、主人にしましても或《あるい》はうす〳〵気イついてたかも分れしませんのですが、私の口からは何や云ひにくうもありましたし、此《こ》の後《のち》間違ひないやうに自分さい注意してたらえゝのや思ひまして、何事も胸に収めてたのんです。ですから主人は私が先生からどんなお話伺うて来ましたやら、それは知りませんでしたけど、いろ〳〵為めになること教《お》せてもろた*に違ひない思《おも》て、さう云ふ心がけになつたのんはえゝ傾向や云うてましてん。

そんな訳で、そいから暫《しばら》くは大人《おとな》しいに家い引つ籠《こも》つてましたもんですから、此の様子やつたら*まあ安心や思ひましたもんか、さう〳〵己《おれ》も遊んではゐられんから云うて、大阪の今橋《いまばし》ビルデイング*に事務所借《か》つて弁護士開業しましたのんが、あれが昨年の二月頃でしたかしらん。——はあ、さうです。大学の方は独法*やりましたのんで、弁護士にならいつでもなれたのんです。始めは何でもプロフエッサアになりたいやうに云うてまして、ちやうど私のあの事件ありました時分には、引きつゞいて大学院の研究室の方い通《かよ》てましたのんですが、弁護士やる気イになりましたのんは別に此れちふ*理由あつたのんではあれしません。さういつ迄も私の実家の方に世話にばつかりなつてましては義理も悪いし、私に対しても頭上らんと思うたのんですやろ。いつたい主人は大学時代に秀才や云ふ評判で、たいへんにえゝ成績で卒業しましたもんですから、さう云ふ人間ならば云ふのんで、嫁に来たとは云ふもんの、婿を取るのも同様にして結婚したのんです。そいでもう私の親たちは主人を信用してまして、いくらか財産も分けてくれまして、まあ〳〵あせるには及ばんから、学者になりたかつたら学者になるで、ゆつくり勉強するがえゝ。洋行もしたければ夫婦で二三年彼方《あつち》い行《い》てくるがえゝなど云うてくれまして、——最初は主人も大そう喜んで、そんなつもりもあつたらしいのんですけど、——私があんまり我が儘《まま》やのんで、実家の方《ほう》笠に着て威張るのんや云ふ風に取つて、それが癪《しやく》に触《さわ》つたのかも分れしません。しかし性質が学者肌に出来てまして、いつ迄たつても書生流のぶつきらぼう抜けしませんし、あいそは下手ですし、それは〳〵人づきあひ悪い方ですから、弁護士なんぞになりましたとこで一向仕事やかい*あれしませんね。そんでも毎日事務所いだけはきちん〳〵出てましたが、さうなりましたら、私の方は一日家にぼんやりしてまして、しやうない*もんですから、自然また、いろ〳〵と、一旦忘れてたことが胸に浮かんで来るのんです。前には暇ありますと歌作つたりしましたが、歌は却《かい》つて思ひ出の種になりますのんで、もう此の頃はせえしません*やらう? そんで私、かうやつてゝはろくな事考へゝんさかい、これは何とかせんといかん、何ぞ気イ紛れるやうなことはと思ひまして、――先生は御存知でせうか、――あのう、天王寺《てんのうじ》*の方に女子技藝学校《がつこ》云ふのんありますねん。私立の詰《つ》まらん学校ですねんけど、*絵エと、音楽と、裁縫と、刺繍《ししゆう》と、そいからまだ外にも何や、まあそんな風に科ア分れてまして、入学の資格なぞむづかしいことも何にもなうて、大人でも子供でも自由に這入れます。わたし前にも日本画稽古してましたけど、下手ですけど、その方になら幾らか趣味持つてますもんですから、それい毎日、朝は主人と一緒に出かけるやうにしまして、兎も角もまあ、通ふことにしましてんわ。尤《もつと》も毎日とは云ひましても、そんな学校ですから、休みたい時は勝手に休んだりしましたけど、――

主人は絵エや文学やにはてんと*趣味ない方やのんですが、私が学校い*行きますことは賛成してくれまして、それは結構や、えゝ思ひつきやさかい精出して行くがえゝ云うて、自分

から勧《すす》めたくらゐやのんでした。毎朝出かけますのんにも、私が行きますのんは九時のこともあり、十時のこともあり、自分の都合でいろ〳〵になることありましたけど、主人の方も事務所暇やのんですさかい、何時にならうと大概待つて〻くれまして、阪神電車で梅田まで*一緒に行き、そいから二人円タク*に乗つて堺筋《さかいすじ》の電車通りの今橋の角*で主人おろしまして私はずつとその車で天王寺い行きます。主人はさう云ふ風にして一緒に出かけますこと楽しみにしてたらしいのんで、「またもう一遍学生時代に復《かい》つたやうな気イするなあ」など云ひますから、「夫婦づれで自動車で通ふ学生あつたらをかしいやないか」云ひましたら、あは〳〵笑うたりなんぞして上機嫌でした。午後に帰《かい》ります時分にも成るべく誘《さそ》てくれるやうに云ひますのんで、電話で打ち合はせしといて、事務所い寄つたり、難波《なんば》*や阪神で待ち合はしたりして、一緒に松竹座*なぞい行つたりしました。さう云ふやうな塩《あん》梅《ばい》で主人との間は大変工合ように行つてましたのんですが、あれは四月の半ば頃でしたか、わたしほんの詰まらん事で学校《がつこ》の校長さんと喧嘩してしまひました。それはあのう、妙なことですが、学校でモデル使《つこ》て、それにいろ〳〵の服装さしたりポーズ取らしたりしまして、――日本画の方は裸体のデッサンはやりませんですけど、――それ写生する時間ありますねん。ところがちやうどその時分に使てたのんが、Y子さんちふ十九になる娘さんで、大阪では有名な美人のモデルやさうで、それに楊柳観音《ようりゅうかんのん》*の姿さしまして、――まあ、いくらかそんな風すると裸体に近うなりますのんで、多少裸体の研究も出来る云ふ

訳やつたのんです。私それを外の生徒たちと一緒に写生してますと、或る日校長先生が教室い這入つて来られて、「柿内《かきうち》さん、あんたの絵エはちよつともモデルに似てをらんやうですな、あんたは誰ぞ、外にモデルあるのんではありませんか」云はれて、何や斯《こ》う、意味ありげに笑はれますねん。それが校長先生ばつかりでなうて外の生徒たちも、先生が笑はれるあとからクスクス忍び笑ひするのんです。わたし思はずはつとしまして顔赧《あこ》うなりましてんけど、どう云ふ訳で赧うなつたのんかその時は自分で分れしませなんだ。今になつて考へますと確かにあの時赧うになつたやうな気イしますねんけど、或はさうでなかつたかも分れしません。しかし「外にモデルがある」云はれましたら、さう云はれる迄は自分では意識してえしませなんだのんに、何やしらんはつと胸いこたへるもんありましてん。でも、そんなら誰モデルにしたかちふことは、はつきりしてたのんではあれしません。たゞ何やしらん頭の中にＹ子さん以外の或る人の印象刻《きざ》みついてゝ、Ｙ子さんを眼の前に見ながら、知らず識らずその印象の方モデルに使てた、――使ふつもりもなうて、自然と筆がその人の姿写してた、云ふだけやのんです。

もう先生にはお分りになつてをられますやろが、その、わたしが無意識のうちにモデルにしてた人云ふのんが、――どうせ新聞にも出ましたのんですから、云うてしまひますが、――徳光光子《とくみつみつこ》さんやのんです。（作者註、柿内未亡人はその異常なる経験の後にも割に窶《やつ》れた痕がなく、服装も態度も一年前と同様に派手できらびやかに、未亡人と云ふよりは令嬢の如くに見える典型的な関西式の若奥様である。彼女は決して美女ではないが、「徳光光子」の名を云ふ時、その顔は不思議に照り輝やいた）けど私は、まだその時分には光子さんとお友達になつてた訳ではあれしません。光子さんは洋画の方習《なろ》てをられて、教室も違《ちご》てましたよつて、*もの云ふ機会もなかつた筈《はず》です。ですから光子さんの方では私の顔知りなされしませなんだか、*知つてなさつても別に気イに留めてをられなんだのんですやろ。私の方にしましてもそれほど光子さんに注意してたとは思はれしませんのですが、でも何となう好きさうな人や*云ふ風に考へてたに違ひないのんです。それもしかし、もの云うたことないくらゐですよつて、性質やとか気だてやとか、そんなこと分れしませんでしてんけど、――まあ、何となう、たゞ全体の感じやのんですなあ。さう云へば私が案外早うから光子さんに気イつけてました證拠には、もうその時分に誰から聞いた云ふでもなしに、光子さんの名前やお所を、――船場《せんば》*の方にお店のある羅紗《らしや》問屋*のお嬢様で、住まひは阪急の蘆屋川《あしやがわ》*にあるのや云ふやうなこと迄ちやんと知つてましてん。そいでわたし、校長さんにそんなこと云はれましたのんで、あとでいろ〳〵考へてみたのんですが、成る程その絵エ光子さんに似てますけど、故意に似さした云ふのんではなし、また故意に似さしたにしたところが、ぜんたいモデルにＹ子さん使ふ云ふのんはＹ子さんの顔写すのん目的とはちがひますねんやろ？　たゞＹ子さんに観音さんみたいな姿さして、その体《からだ》つきや、白衣《びやくえ》の襞《ひだ》の工合研究して、なほその上観音さんの感じ出せたらえゝ訳ですやろ。

Y子さんはモデル女の中では美人かも分れしませんけど、光子さんの方がもつと美人で、その絵エの感じに合うてるとしましたら、光子さんモデルにしても差支ひないではあれしませんか。――私そない思たのんですねん。

その二

ところがそいから二三日たちますと、又モデルの時間に校長先生が這入つて来られて、私の絵エの前い立ち止まつてにや〳〵笑はれますねん。そして「柿内さん」云ひなさつて、「柿内さん、どうもこの絵エ変ですなあ。ます〳〵モデルに似んやうになつて来ますね。いつたいあんたは誰モデルにしてをられるのんですか」と、冷やかすやうな眼つきで私の顔じいツと視つめなさるのんです。「おや、さうですかしらん。モデルに似てえしませんか」と、私癪にさはりましたもんですから、わざとにそない云うてやりましてん。そやかて校長先生は絵エの先生ではないのんですやろ?――はあ、日本画の方の受持は筒井《つつい》春江《しゆんこう》先生やのんで、常時《じようじ》*お越しになる訳やなうて、とき〴〵やつて来られて、何処が悪いやとか此処をこないせえやとか云はれますのんで、常は生徒たちが勝手にモデル見て画《か》いてますねん。校長先生云ふのんは、随意科の方に英語ありまして、それ教《お》せてなさるのんやさうですけど、学士*でも何でもあれしませんし、何処の学校出られたのんか、学歴やかいもろくろくない*らしい人やのんです。それは後になつてから分りましてんけど、教育家云ふよりは学校商売上手な人やのんで、つまり一種のやり手やのんですねんなあ。さう云ふ校長さんですから絵エのことなんぞ分る筈あれしませんし、余計な嘴《くちばし》入れる必要はないのんです。それに又、学科の方はたいがい専門の先生たちに任しきりにしてめつたに*教室見廻ることやかいあれしませんのんに、その時間に限つてわざ〳〵やつて来られて、わたしの絵エ何や彼んやと云ひなさるのんですねん。「へえ、さうですかなあ、あんたは此の絵エ此のモデルに似てる積りなんですか」と、皮肉な口調で云はれましたもんですさかい、此方も空惚《そらとぼ》けてやりまして、「はい、わたし絵エは下手ですから、似てえへんかも分れしませんけど、でも自分では一生懸命モデルの通りに写しました積りです」云ひますと、「いや、あんたは下手ではありません。なか〳〵上手に画《か》けてます。しかし此の顔は、どうも誰ぞ外の人に似てるやうに思はれますね」と、又そない云ひなさるのんです。「あゝ、顔のことですか、顔はわたし、自分の理想にかなふやうに画いてみたのんです」云ひますと、「ではあんたの理想云ふのは誰のことですか」と、えらいひつこいですねん。そいからわたし、「此れは理想やのんですから、別に誰ちふ実在の人間描《えが》いた訳ではあれしません。観音さんの顔にふさはしいやうに成るだけ清らかな感じ持たしたのんですが、そいではいきませんですやろか。顔までモデルに似さゝんと悪いのんですやろか」云ひましてん。すると、「あんたはたいそうむづかしい理窟云ひなさる。しかし理想通りのもんが思ひのまゝに画けるやうやつたら、此の学校い絵エ習ひに来るには及ばん。理想通りに画かれないからこそモデルに就いて写生するのんではありませんか。自分勝手の絵エ画くくらゐならモデル使ふ必要あれしません。ましてこの観音さんがモデル以外の或る実在の人間に似てるとしたら、あんたの理想云ふもんも甚《はなは》だ不真面目に思へますね」云はれるのんで、「わたしちよつとも不真面目とちがひます。仮に此の顔誰ぞに似てゝも、その人の顔観音さんの感じ出すのに適してましたら、それ写しても藝術的に疚《やま》しいことない思ひます」云ひますと、「いや、それがいかんのんです。まだあんたは一人前の藝術家ではありません。あんたがその人の顔清らかであると感じられても、万人がさう感じるかどうか、それが問題です。さう云ふことから兎角誤解が起るのんです」云ふ訳ですねん。「へえ、誤解て、どんな誤解起りますかしらん？　ぜんたい似てる〳〵云うて、誰に似てるのんですか、どうぞ云うて下さい」云うてやりましたら、ちよつとどぎまぎして、「あんたは強情な人ですねえ」云はれて、そんなり校長先生は黙つてしまひはりました。わたしその時は校長さんやり込めてやつたのんで、喧嘩に勝つたやうな気イして、えらい痛快でしてんわ。けど大勢の生徒たちの前で議論したもんですよつて、えらい評判になつてしもて、間もなうけつたいな*噂《うわさ》ひろまるやうになりましてん。つまりわたしが光子さんに対して同性愛*捧げてる、光子さんと私とが怪しい云ひますねん。——それが前にも云ひましたやうに、まだその時分は光子さんと物云うたこともなかつた程でしたさかい、出鱈目《でたらめ》も出鱈目、ひどい譃《うそ》やのんです。尤もわたしは、うす〳〵みんなが蔭口云うてることぐらゐ感づいてましたもんの、それがそないに騒がれてようとは夢にも知りませなんだ。何《なん》せ身イに覚えないことやのんですから、何云はれても平気なもんで、まあ、世間の人云うたらたいがいえゝ加減なことを云ひ触らすもんや。附き合うてもゐえへん人同士怪しいやなんて、なんぼ作りごとにしたかてようまあそんな譃ばつかり云へたもんや思《おも》て、あんまり馬鹿々々しいて腹も立てしませなんだ。たゞ心配になりましたのんは、わたしはそいでかめしませんけど、光子さんの方はどう思てなさるやら、嘸《さぞ》かしえらい係り合ひになつて迷惑してはる*に違ひない思ひましたら、そいからは斯《こ》う、学校の往き復《かい》りなぞに出遇ふことありましても、何や気イさして、前みたいに顔しげ〳〵と見守ること出来《でけ》しませなんだ。さうか云うて、思ひ切りよう此方から話しかけて、あやまる云ふやうなことも、――それが却《かい》つてけつたいなことになりますし、なほさら迷惑しなさるかも分れしませんのんで、そないする訳にもいけしません。そんでわたし光子さんに出遇ひますと、出来るだけあやまる心持外に現はすやうにして、小《ちい》さうになつて、下向いて、こそ〳〵逃げるやうに傍《そば》通り抜けましたが、そないしながらも、先様《さきさん》怒つてはれへんやろか、どんな眼つきしてはるか、やつぱり気がゝりやもんですから、擦れちがふ拍子にそうツと顔色うかゞうたりしました。ところが光子さんの様子前とちよつとも変つたやうなとこなうて、別に此方を不愉快に思てなさる風にも見えしません。あ、さう〳〵、此処に写真持つて来ましたよつて、此れ見て下さいませ。此れは揃《そろ》ひの着物出来ましたとき二人で記念に撮りましたのんで、新聞にも出たことある問題の写真やのんです。此れでもお分りになるやうに、かうして並んでましたら、わたしが引き立て役勤めてる形で、光子さんは船場あたりの娘さんの中でもちよつと飛びきりの器量やのんです。（作者註、写真を見ると、お揃ひの着物と云ふのは如何にも上方《かみがた》好《ごの》みのケバケバしい色彩*のものらしい。柿内未亡人は束髪《そくはつ》*、光子は島田*に結つてゐるが、大阪風の町娘の姿のうちにも、その眼が非常に情熱的で、潤《うる》ほひに富んでゐる。一と口に云へば、恋愛の天才家と云つたやうな気魄《きはく》に充ちた、魅力のある眼つきである。たしかに美貌の持主には違ひなく、自分は引き立て役だと云ふ未亡人の言は必ずしも謙遜でないが、此の顔が果して楊柳観音の尊容に適するかどうかは疑問である）先生はこんな顔だちどないお考へになりますか？　日本髪よう似合うてますやろ？――はあ、お母様《かあさん》日本髪好きやとか云ふことで、とき〴〵結《い》やはりまして、学校いもその頭で来やはりましてん。――何《なん》せそんな学校ですから、制服なんぞあれしませんし、日本髪の着流し*でも何でもかめしませんのんですから、わたしなんか袴穿《は》いて行《い》たことあれしませなんだ。光子さんも、たまに洋服着なさることありましてんけど、和服の時はいつでも着流しでしてん。此の写真では髪のせえで私より三つぐらゐ若うに見えてますけど、ほんまは一つ歳下の二十三、――生きてをられたら今年二十四ですねん。しかし光子さんの方が一二寸せえ高いでしたし、それに綺麗な人云ふもんは、自分では器量鼻にかけへんつもりでも、やつぱり

何となう自信のある様子態度に現れるもんですやろか、それとも此方に引け目ありますとそない見えますのんですやろか、その後親しいになりましてからでも、歳から云ふとわたしの方が姉《ねえ》さんでありながら、いつでも妹《いもと》みたいな気イしてましてん。

で、その時分、――――と云ひますのんは、話前に戻りまして、まだお互にものも云はんといてました時分、前に云ひましたやうなけつたいな噂《うわさ》立ちましたことは光子さんの耳いも這入つてえへん筈あれしませんのんに、光子さんの様子はちよつとも前と変れしませんねん。わたしの方では疾《と》うから綺麗な人や思て、噂立ちません時分には、光子さんが通りなさると、それとなう傍い寄つて行つたりしましてんけど、光子さんの方ではてんと私やかい眼中にないやうな塩梅で、すうツと通つてしまひはりますが、その通られた跡の空気までが綺麗なやうな気イするのんです。もしも光子さんが例の噂聞いてなさるとしたら、なんぼ何でも私云ふもんに注意しなされへん訳あれしませんやろ。イヤな奴《や》ツちや思はれるか、気の毒や思ひなさるか、何とか素振《そぶり》に見えさうなもんですのんに、さつぱりさう云ふ風しなされへんもんですから、私の方も段々づう〳〵しいになりまして、また傍い寄つて顔のぞき込むやうになりましてん。すると或る日、お午《ひる》の休みに休憩所でばつたり出遭ふと、いつでもすうツと澄まして通り過ぎてしまひなさるのんに、どう云ふ訳やにツこりしなさつて、眼エで笑ひなさるのんです。そいで私思はずお時儀《じぎ》してしまひましたら、直ぐつかつかと寄つて来られて、「わたし、あんたにこないだから大変失礼してました。どうぞ悪うに思はんといて頂戴」云ひなさいますねん。「まあ何云ひなさるのんです。わたしこそ詫《あやま》らないかなんだのんですが」云ひますと、「あんた詫りなさることあれしませんわ。あんたは何も知りなされへんのんです。わたしたち陥《おとしい》れよとしてる者ゐますから、気イつけなさいや」云ひなさいますねん。「へえ、それは誰ですか」と尋《た》ンねますと、「校長先生ですわ」と云はれて、「此処では委しい話出来《でけ》しませんさかい何処ぞ外《そと》い行《い》て、お昼御飯一緒に附き合うてもらはれしませんか？　そしたらいろ〳〵、ゆつくり聞いてもらひますが」云ひなさるもんですから、「何処いでも一緒にいきますわ」と、二人で天王寺公園*の近所にあるレストランい行きました。そいから光子さん洋食たべながら話して下さつたのんですが、わたしたちの事に就いて悪い噂云ひ触らしたのんは実は校長さんや云ひなさいますねん。成る程さう云はれて見ると、用もないのんに教室い這入つて来て、みんなの前でわざと私に耻掻《はじか》かすやうな事する云ふのんが、だいぶんをかしい。悪意あつてしたもんとしか思はれへん。けどいつたい何のために校長さんがそんな噂触れ廻るのんかと云ひますと、目的は光子さんにあるのんやさうで、何でも彼でも光子さんの品行に就いて悪い評判立ちさいしたらえゝのんや云ふのんです。それが又どう云ふ訳や云ひますと、その時分光子さんに結婚の話持ち上つてまして、先はM云ふ大阪でも有名なお金持の家の坊々《ぼんぼん》で、光子さん自身は気イ進んでをられなかつたさうやのんですが、お宅ではたいそうその縁談望んでをられたし、先方でも光子さん欲しがつてをられた。ところが或る市会議員のお嬢さんで、やつぱりそのMさんへ縁談持ちかけてる人あつて、光子さんの方と競争の形になつてた。――光子さんは競争のつもりやなうても、市会議員の方では大敵が現れた思ひましてんやろ。何しろMさんの坊々は光子さんの器量にあこがれてラブレター寄越したくらゐやのんですから、それは大敵に違ひあれしません。そいでその市会議員の方では八方い運動して、成らうことなら光子さんにケチ附けよと云ふのんで、もう今までにも随分いろ〳〵と、光子さん外に男あるらしいとか、有ること無いこと云ひ触らしてましたんやさうですが、まだそいだけでは飽き足らんと、とうど*学校の方い手ェ廻して、校長さん買収したのんですなあ。あ、さう〳〵、そいからその前に、――話がほんまにこんがらがつてますけど、――その前にその校長さんが、校舎の修繕するから云ふのんで、光子さんのお父様《とうさん》に、お金千円一時融通して貰へまいか云うて来たことありますねんと。光子さんのお宅ではお金はたんとありまつさかい、千円ぐらゐ何でもなかつたのんですやろけど、おほびらに寄附金募《つの》るのんなら聞えてるが、*一時融通してくれと云ふのんをかしい、それにあんだけの校舎が千円のお金で修繕出来《でけ》る筈もないし、分らん話や云ふやうなことで、お父様は断《ことわ》られたのんやさうですねん。光子さんの話やと、そんなこと云うてはお金の有りさうな生徒の家頼み歩くのん校長さんの癖やさうで、借つたお金は一ぺんでも返したことあれしませんねんと。それも校舎の修繕に使ふのんなら格別、校舎云ふのん豚小屋みたいに汚うてぼろぼろになつたなり、荒れ放題にしたあるのんです。――はあ？

いいえ、そのお金は自分の生活費に使《つこ》てはりますねん。校長さん云ひましても高等幇間《ほうかん》*みたいな人で、おまけに奥さんがやつぱりそこの学校の刺繍の先生してなさつて、夫婦でお金持の生徒に取り入つては、日曜のたんびに遠足会やとか、そんなことばつかりしてはりますさかい、なか〳〵暮らし派手ですねん。そいでお金貸したげたら、たいそう御機嫌えゝのんやさうですけど、断つたら、陰い廻つてその生徒のことえらい悪う云やはりますねんと。つまり光子さんにはさう云ふ恨みあるとこいさして、*市会議員に頼まれたもんですから、どんな悪辣《あくらつ》なことかてしかねへんのです。「ですからあんたわたし陥れるために利用しられなさつたんやわ」と光子さんは云はれますねん。「まあ、そんな深い訳あつたのんですか。そんな事とはちよつとも知りませなんだ。それにしてもあんたと私とは今日までお附き合ひもしてませなんだのんに、あんまり出鱈目が過ぎるではあれしませんか。捏造《ねつぞう》する人も捏造する人なら、みんながそれ真《ま》に受ける云ふのん不思議でなれしません」云ひますと、「あんたはそれやから呑気や」云ひなさつて、「噂立つたもんやさかい、二人はわざと学校ではもの云へゝんのやと、みんなそない云うてますし、それどころか、こなひだの日曜に二人大軌電車*に乗つて奈良い行くとこ見た云ふ人さいあるのんですね」云ひなさるのんです。わたし呆《あき》れてしもて、「まあ、誰がそんなこと云ひますねんやろ」云ひますと、「なんでも校長さんの奥様から出たらしいのんです。それは〳〵あんたが考へてなさるより十倍も二十倍も陰険やのんですから、気イ附けなさいや」云ふ訳ですねん。

その三

そんで光子さんは、ほんまにあんたに気の毒でなれしません、すみません〱と何遍も云ひなさいますから、わたしの方が却つて気の毒になりまして、「いゝえ、いゝえ、あんた悪いことあれしません。憎いのんは校長先生です。教育家ともあらうもんが、何ちふ卑劣《ひれつ》な、………けど、わたしでしたらどんなこと云はれようとちよつとも構《か》めしませんけど、あんたこそお嫁入り前の身イで、そんな悪辣な人たちの罠《わな》にかゝらんやうに気イ附けなさいや」と、此方からあれこれと慰めたげましたら、「けふはあんたにすつくりお話すること出来て、ほんまにえゝことしました。こいでやう〱胸すツとしました」云はれて、「あのう、かうして二人で話やかいしてたら、又なんやかんや云はれますから、こんだけにしときまひよなあ」と笑ひなさるのんです。「折角友だちになつたのんに名残り惜しいですなあ」と、わたし何や、ほんまにそんな気イしまして暫くもぢもぢしてました。すると光子さんは「あんたさいよろしかつたら友だちになりたいのんですが、今度内い遊びに来なされしませんか。わたしハタからどない云はれても恐《こわ》いことあれしませんわ」云ひなさるのんです。「はあ、わたしかつて恐いことあれしませんわ、あんまりうるさいこと云ふのんなら、あんな学校やかい止めてしまひます」云ひますと、「なあ、柿内さん、わたしいつそのこと、知つて*仲ようしてみんなが冷やかすのん見てやりたいわ。あんたどない思ひなさる?」「はあ、それがよろしいわ、そして校長さんどんな顔しなさるか見てやりたいですわ」と、わたしもすぐその気イになつてしまひました。「そしたら、あのう、面白いことありますねん」と光子さん手エたゝいてやんちやのやうに嬉しがりなさつて、「ほんまに今度の日曜に、二人で奈良い行きなされしませんか」「えゝ、行きまひよ、行きまひよ、それ分つたらえらい評判になりますで」――そんなことで三十分か一時間ほどの間に、お互にもうすつくり*打ち解けてしまひましてん。

けふはもう学校《がつこ》い帰るのんも馬鹿々々しいし、何なら松竹いでも行きませんかと、孰方《どつち》からともなう云ひ出しまして、その日は夕方まで一緒に遊んで、光子さんは「ちよつと店い寄つて行きます」と心斎橋《しんさいばし》筋*散歩しながら帰られて、わたしは日本橋《につぽんばし》*からタクシーに乗つて今橋の事務所い行きました。そんでいつでもみたいに主人誘《さそ》て阪神電車で帰りましたのんですが、その時主人が、「お前今日えらいそは〳〵してるなあ、何ぞうれしい事でもあつたのんか」云はれましたので、「やつぱりいつもと様子違《ちご》てるのかしらん、光子さんと友達になつたことそないに自分幸福にさしたのんかしらん」と、ひとりで思ひました。「そんでもわたし、今日ほんまにえゝ人と友達になつたんやもん。――――」「何んちふ人や」「何んちふ人やて、そら綺麗な人やもん。――あんた、あのう、船場の徳光云ふ羅紗問屋あること知らん? そこのお嬢さんやねんけど」「何処で友達になつたんや?」「同じ学校の人やわ、――それが、あのう、わたしとその人と、こなひだからけつたいな噂立つてなあ、――」わたし別に疚《やま》しいことやかいないもんですさかい、面白半分に校長先生と喧嘩したことから、一から十まで話してしまひますと、「ずゐぶんひどい学校やなあ。けどお前がそないに美人や云ふのんなら、僕も一遍会うてみたいもんやがなあ」と、冗談にそない云うてました。「いまにきつと内いも遊びに来なさるやろ。わたし此の次の日曜日に、一緒に奈良い行く云うて約束したんやけど、行つたらいかん？」「そら行つてもかめへん」主人はそない云ひまして「校長さん怒《おこ》るぜエ」云うて笑《わろ》てましてん。

明くる日学校い行きますと、きんの*一緒に御飯食べたことや映画見に行つたこともういつの間にやら知れ渡つてゝ、「柿内さん、あんたきんの道頓堀《どうとんぼり》*歩いてなさつたなあ」「お楽しみやなあ」「あれ一体誰やつたなあ」なんて、女の人云うたら、も、ほんまにうるさいのんです。そしたら光子さんは又それ面白がりなさつて、知つて傍《そば》い寄つて来られて、此れ見よがしにしなさるのんです。さう云ふやうなあんばいで、そいから二三日するうちに、えらい仲好うなつてしまひました。校長さんは却つて呆れてしまはれたのんか、たゞ恐《こわ》い眼エしてじつと睨んでをられるだけで、もう何とも云ひなされしません。光子さんは「なあ、柿内さん、あの観音さんの絵エもつと私に似るやうに画いて御覧。そしたらどないに云やはるかしらん」云ひなさるのんで、前よりももつと似るやうに直しましてんけど、校長さんはそんなり教室いも来なされしません。わたしたちはえゝ気イになつて「痛快やなあ」云うてましてん。

そないなつて来ると、無理に奈良い行く必要もないやうになりましたが、ちやうど四月の終りのことで、えらいえゝお天気の日曜でしたさかい、電話かけて相談して、上六《うえろく》*の終点で待ち合ひして、お午すぎから若草山*の方ぶら〳〵歩き廻りました。光子さんは歳のわりにたいそうおませなとこもありますし、又子供のやうな無邪気なとこもあつて、山の頂辺《てつぺん》い上りましたら、蜜柑五つも六つも買うて、「ちよつと見て、御覧」と、それを上から転《ころ》こばしたりしました。すると蜜柑は頂辺から下までころ〳〵と転こんで、その拍子にぽんと一つ往来飛び越えて、向ひ側の家の中い這入るのんで、面白がつていつ迄でもそないしてなさるのんです。「光子さん、そんな事してたら切りがないよつて蕨《わらび》でも採りに行きまひよ。わたし此の山に蕨や土筆《つくし》のたんと生えてるとこよう知つてるわ」云うて、そいから日の暮れまでかゝつて、蕨やら、ぜんまいやら、土筆やら、たあんと採りました。――はあ、その場所ですか、あれはあのう、若草山の山が三つ重なつてる、その一番前の山と、その次の山との間のへつこんだ所、――あそこら辺《へん》いつたいに、ずつともう一杯に生えてまして、あの山のんは、毎年春に山焼き*しますのんで特別おいしいのんです。――そんなことでもう空大分暗《くろ》なつた時分、二人とも又前の山の方い戻つて来まして、あんまりくたぶれましたよつて、山の中途へんい腰おろして休みながら、暫くぼんやりしてます時でした。「柿内さん」と、急に光子さんが何や斯《こ》うすこし改まつた様子で、「わたしどうしてもあんたにお礼云はんならんことあるねんけど」云はれるのんです。「何やのん?」と尋《た》ンねますと、「わたしあんたのお蔭でなあ、あんなイヤな人のとこい嫁入りやかいせえでもえゝやうになりさうやねんわ」――さう云うて、何や知りませんけどニヤニヤ笑てなさるのんです。「まあ、又何でそんな事になつたん?」「ほんまに噂云ふもん早いもんで、もうちやあんと、あなたと私のこと向《むこ》い知れてしもてるねん」

その四

「ゆんべなあ、内でその話が出てなあ」と、光子さんは言葉をつがれて、「お母さんがわたしを呼びやはつて、お前、学校《がつこ》でこんな噂あるさうやけど、それほんまでつか、云やはるねん。へえ、そらそんな噂あることはありまつけども、いつたいお母さん、何処で聞きやはりましてん? そらまあ何処でもよろしおまつしやないか。それよかそらほんまの事でつか? へえ、ほんまです、そやけど何がけつたいでんねん? 友達と仲好うしてるぐらゐで。――さう云ふたらお母さんちよつとまごつきはつてなあ、そらお前、仲好うしてるだけやつたら何ともないけど、何やそれがイヤらしいこツちや云ふやおまへんか。イヤらしい事てどんな事でんねん? どんな事やかお母さんは知りめえんけどな、別に悪いことやなかつたらそんな噂立つ筈おまへんやないか。あゝ、そら何でや知つてまんねん、そのお友達云ふのがなあ、うち*の顔が好きや云やはつてモデルにしやはりましてん、そんな事からみんながうち等を排斥し出しはりましてんやろ。そらもう学校云うたらうるさうてなあ、ちよつとでも顔綺麗かつたら何や彼やと憎まれるよつて。――そらまあ、そんな事もありまつしやろけど、と、わたしが説明したげたらお母さんもだん〳〵分つて来やはつて、そんな事ならかめへんけども、そない云ふてもその何とかはん云ふ人とばつかり仲好うせん方がよろしおまつしやないか。お前も此れからが大事な体やよつて、しやうむない*事あんまり云はれん方がよろしおまつせ云うて、まあそんなりで済んでしもてんけど、きつとあの市会議員なあ、向《むこ》らへんの連中がそんな噂聞き捜してMの方いしやべつたのんが、それが又お母さんの耳い這入つてしもてんわ。そやよつて、大抵縁談もあかんやうになるやろ思てんねん」「そら、あんたはそんでえゝやろけど、お母さんがきつとわたしを嫌がつてはるわ。今に見てゝ御覧、わたしと交際したらいかん云はれへんかしらん？もし誤解しられたらイヤやけどなあ」と、わたしそれが気がゝりで、さう云ひますと、「そんなことあんた、心配せんかてかめへんわ。そらほんま云うたら、校長さんが慾張りの人で、お金貸してもらへなんだら悪口《わるぐち》云ふ癖のあることや、市会議員の人に買収しられてることやらを、みんなお母さんに云うてしまおか知らん思たけど、そんなけつたいな学校なら止めてしまひなはれ云はれさうやよつて、云はんと置いといてんわ。そしたらあんたと会はれへんやうになるよつて」「あんたもなか〳〵隅い置けんなあ」「ふゝん、うちかつてスコイ*よつてなあ」と、光子さんはくつくつ笑はれて、「向《むこ》が悪い人やつたら此方かつて利用してやらんと損やわ」「けど、あんたの方が破談になつて、市会議員のいとはん*もよろこんではるやろなあ」「そしたらあんたは両方から感謝しられるべきやわ」なんかと、お互にあれやこれや云ひ合ひまして、山の上で一時間以上もしやべつてました。わたし今迄でも若草山い上つたこと何遍でもありますけど、そんなに日イ暮れてしまふまで山の上にゐたことあれしませなんだので、あそこから夕靄《ゆうもや》の景色見わたすのんは、ほんまにその時が初めてでした。ついさつき迄まだその辺に人がチラホラしてましたのんに、もうてつぺんから麓までだあれも人の影ありません。その日は割りにえらい人出でしたから、あのなだらかな、若草の生えた山の中程には、弁当のたべ残しや、蜜柑の皮や、正宗*の罎《びん》が一杯散らかつて、空はまだうす明いのに、足の下には奈良の町の灯イちらちらして、遠くの方の、ちやうどわたしらの真《ま》ア向うのあたりには、生駒山《いこまやま》のケーブル・カア*のイルミネーシヨンがずうつと数珠のやうにつながつて、紫色した靄のあひだから、ところ〴〵絶えては続いてまたゝいてます。そのまたゝいてる光見ると、わたし、何やしらん息詰まるやうに感じたのんですが、「まあ、知らん間に晩になつてしもて、淋しいわなあ」と、光子さんが云はれました。「一人やつたらほんまに恐うてゐられへんわなあ」云ひますと、「好きな人と二人だけやつたらこんな淋しい所《とこ》の方がえゝわ」と、そない云うて光子さんはためいきついてをられました。「うちあんたと一緒やつたらいつ迄でも此処でこないしてたいわ」――わたしはその言葉口いは出さんと、夕闇のなかにうづくまつて足投げ出してなさる光子さんの横顔眺めてましたが、暗いのんでどんな表情してなさるのんか分りませなんだ。たゞ光子さんの白い足袋の向うに、大仏殿*の金の鯱鉾《しやちほこ》が空のうすあかりに底光りしてました。「おそうなつたよつて帰《かい》りまひよ」云うて、そいから山降りて、大軌まで歩いて行きましたら彼れ此れ七時になつてしまひました。「うちお腹減つたけど、あんたどうする？」「けふは早う帰らんといかんねんわ。奈良い行くとも何とも云はんと出て来たよつて」と、光子さんは時間気イにしてをられましたが、「そない云うたかてうちもうペコペコやわ。おそなりついでやよつてえゝやないか」云うて、無理に引つ張つて洋食屋い這入りました。「あんたとこの旦那さん、おそなつても別に何とも云やはれへんか？」と御飯たべながらそんな話が出ました。「うちのあの人、そんなこと何とも干渉しやはれへん。それにうち、あんたと仲好うなつたことちやあんと話したあるわ」「そしたらどない云やはつた？」「うちがあんまりあんたのことばつかり云ふよつて、あの人云うたら、そんな綺麗な人やつたら一ぺん会うてみたいなあ、いつぞ遊び*に来《け》えへんもんやろか云うてはつた」「あんたの旦那さん云うたら優《やさ》しい人？」「そらもうあの人と来たら、うちがどんな勝手気儘な事してもなんとも云やはれへんわ。けど、あんまり優しいよつて、時によつたら張合ひないのんで、――」わたし、まだその時までは自分のことは一つも光子さんに云うてなかつたのんで、夫と結婚するやうになつた訳や、それから、あのう、いつやらの恋愛問題や、それに就いて先生にいろ〳〵心配して戴いたことまで、その時すつくり云うてしまひました。光子さんはわたしが、先生知つてる云ひましたら、「まあ、さうお？　あんた知つてんのん？」とびつくりしなさつて、自分も先生の小説とても好きやよつて、一遍連れて行つてくれなされしませんか云うてなさつたのんですが、いツつも今度こそ〳〵と云ひながら、とう〳〵その儘になつてしまうたのんです。「ふうん、そしてあんた、もうその人と交際してへんのん？」と、光子さんは一生懸命にあの事聞きたがりなさつて、今はもう交際してえしません云ひますと、「なんでやのん？　そんな、あんたの云ふやうに清い恋やつたら交際してもえゝやないか。うちやつたら、恋愛と結婚とは別々のやうに思ふけどなあ」なんか云うて、「あんたの旦那さん、その事ちよつとも知りはれへんのん？」「ふん、そらうす〳〵感じてたかも知れんけど、うちなんにもその事に就いて云うたことないし、とやかく問題になつたやうなことなかつたわ」「えらい信用あるねんなあ」「それよりかうちのこといつそ*子供のやうに思うてるねんわ。そやよつてうち気に入らんねんけど」と、わたしさう云ひました。

その晩家い帰つてみたら十時近くでしたのんで、「えらいおそかつたなあ」と、夫はいつになうけつたいな顔して、何やかう淋しさうにしてたのんが、ちよつと気の毒な気イしました。別に悪いことした訳でも何でもないのんに、夫が長いこと待ちくたぶれて、たつた今御飯すましたらしい様子見ると、妙に気がとがめました。さう云ふと前、恋人と会うてた時分にはよう十時過ぎに帰つて来たことありましたけど、此の頃になつてこないにおそうなつたことあれしませなんだ。そいで夫もちよつと気イ廻したのんかも分れしませんが、わたし自身も、何かしらんちやうどあの時と同じやうな気イしました。

その五

さう〳〵、そいからその時分にあのいつぞやの観音さんの絵エ出来《でけ》上りましたのんで、それ夫にみせたことありました。「ふうん、光子さん云うたらこんな人か。お前にしたら此の絵エうまう出来すぎてるなあ」と、夫は晩御飯のときにそれ畳の上い広げて、一と箸たべては見、一と箸たべては見いして、「此れやつたら、さも絵エにかいたやうやけど、ほんまに此の通りかいな」と、あやしみながら念押しました。「そら此の絵エ問題になつたくらゐやもん、よう似てるわ。ほんとの光子さんは此の神々《こうごう》しさの上にちよつと肉感的なとこあるねんけど、日本画にしたらその感じが出えへんねん」——その絵エわたし、大分骨折りましたのんで自分でもよう画けてる思ひました。夫はしきりに傑作や云ひましたが、とにかくわたしが絵エ云ふもん習ひ始めてから、これほど一生懸命に、興味以つて画いたことはあれしませなんだ。「いつぞ此の絵エ表具《ひようぐ》*してもろたらどうやねん。そんでそれが出来上つてから、光子さんに見に来てもろたらえゝやないか」と、夫が云ひますのんで、わたしもその気イになりまして、そんなら京都の表具屋いやつて立派に仕立てさせよ思ひながら、ついそのまゝに放つたあつた、或る日イのことでした。「実は斯う〱云ふつもりやねんけど」と、光子さんにその話したら「表具屋いやるぐらゐやつたら、もう一ぺん画き直して見《め》えへん？――あれはあれでよう出来てるけど、――顔はよう似てるけど、――体のつきがちよつとだけ違ふよつてなあ」云はれるのんです。「違うて、どう云ふ風に？」「どう云ふ風に云うたかつて、口で云うたぐらゐやつたら分れへんわ」と、そない云はれたのんが、たゞ自分の感じ正直に述べられたのんで、「わたしの体はもつと〱綺麗です」云ふやうな自慢の意味はなかつたのんですけど、でも何となう不満足に思うてなさる様子でしたので、「そんなら一ぺんあんたのはだかの恰好《かつこ》見せて欲しいなあ」云ひますと、「そら、見せたげてもかめへんわ」と、すぐに承知しなさいました。

そんな話があつたのんやつぱり学校からの帰り道か何処ぞやつたんですやろ。「そんならあんたとこい行て見せたげるわ」云はれて、たしかその明くる日の午後、学校早退《はやび》きして二人でわたしの家《うち》い来ました。「うち、はだかになつたりなんかしたら、あんたとこの人びつくりしやはるやろなあ」と、みち〱光子さんは云うてをられましたが、きまりわるがるより、なんぞ面白い遊びでもするやうに、やんちやな眼エしてをかしがつてをられるのんでした。「家にえゝ部屋あるわ。そこやつたら誰にも見られへん、西洋間になつてるよつて」と、わたしはそない云うて二階の寝室い連れて行きました、「まあ、感じのえゝ部屋やなあ、とてもハイカラなダブルベッドあるなあ」と、光子さんはそのベッドに腰かけて、お臀《しり》にはずみつけてスプリングぐいぐい撓《たゆ》ましたりしながら、暫くおもての海のけしき見てをられました。——宅は海岸の波打ち際《ぎわ》にありますのんで、二階はたいへんに見晴らしえゝのんです。東の方と、南の方と、両方がガラス窓になつてまして、それはとても明《あこ》うて、朝やらおそうまでは寝てられしません。お天気のえゝ日イは松原の向うに、海越えて遠く紀州あたりの山や、金剛山《こんごうざん》*などが見えます。はあ？——はあ、海水浴*も出来るのんです。あそこら辺《へん》の海はちよつと行きますと、ぢきにどかんと深うになつてますので、あぶないのんですけど、香櫨園《こうろえん》*だけは海水浴場*出来《でけ》まして、夏はほんまに賑やかやのんです。ちやうどその時分は五月のなかば頃でしたから、「早う夏になつたらえゝのんになあ、毎日でも泳ぎに来るのに」と、部屋の中見廻しながら、「うちも結婚したら、こんな寝室持ちたいわ」などゝ云うたりしました。「あんたやつたら、これどころやあるかいな。もつと〳〵えゝとこい行けるやないか」「そやけど、結婚してしもたら*どんな寝室に住んでも、綺麗な籠の中に入れられた鳥のやうなもんと違ふかしらん？」「そら、そんな気イすることもあるけど、——」「あんた、此処は夫婦の秘密室やないかいな。わたしこんな部屋い引つ張つて来て、旦那さんに叱られへん？」「秘密室かつてかめへんやないか。あんたゞけは特別やもん」「そない云うても、夫婦の寝室は神聖なもんや云ふさかいに、………」「そしたら処女の裸体かつて神聖なもんやよつて、こゝで見せてもらふのが一番えゝわ。今のうちやつたら光線の工合もちやうどえゝよつて、はよ見せてほしいわ」私はさう云うて急《せ》きたてました。「海の方から誰ぞ見てはれへんやろか」「あほらしい、あんな沖の方にゐる船から何が見えるもんかいな」「そやけど、こゝはガラス窓やよつてなあ。――そこのカーテン締めてほしいわ」五月云うても眼エ痛うになるほどキラキラするお天気でしたから窓はところ〴〵開け放してありましたが、それすつかり締め切つてしまうたのんで、部屋のなかは汗がたら〳〵流れるぐらゐの暑さでした。光子さんは観音さんのポーズするのに、なんぞ白衣《びやくえ》の代りになるやうな白い布がほしい云ふのんで、ベツドのシーツ剝《は》がしました。そして洋服簞笥の蔭い行《い》て、帯ほどいて、髪ばらばらにして、きれいに梳《す》いて、はだかの上いそのシーツをちやうど観音さんのやうに頭からゆるやかにまとひました。「ちよつと見てごらん、こないしてみたら、あんたの絵エと大分違ふやろ」さう云うて光子さんは、簞笥の扉に附いてゐる姿見の前い立つて、自分で自分の美しさにぼうつとしてをられるのんでした。「まあ、あんた、綺麗な体してゝんなあ」――わたしはなんや、こんな見事な宝持ちながら今までそれ何で隠してなさつたのんかと、批難《ひなん》するやうな気持で云ひました。わたしの絵エは顔こそ似せてありますけど、体はＹ子云ふモデル女うつしたのんですから、似てゐないのはあたりまへです。それに日本画の方のモデル女は体よりも顔のきれいなのんが多いのんで、そのＹ子と云ふ人も、体はそんなに立派ではなうて、肌なんかも荒れてまして、黒く濁つたやうな感じでしたから、それ見馴れた眼エには、ほんまに雪と墨程の違ひのやうに思はれました。「あんた、こんな綺麗な体やのんに、なんで今迄隠してたん？」と、わたしはとう〳〵口に出して恨《うら》みごと云うてしまひました。そして「あんまりやわ、あんまりやわ」云うてるうちに、どう云ふ訳や涙が一杯たまつて来まして、うしろから光子さんに抱きついて、涙の顔を白衣の肩の上に載せて、二人して姿見のなかを覗《のぞ》き込んでゐました、「まあ、あんた、どうかしてるなあ」と光子さんは鏡に映つてる涙見ながら呆れたやうに云はれるのんです。「うち、あんまり綺麗なもん見たりしたら、感激して涙が出て来るねん」私はさう云うたなり、とめどなう涙流れるのん拭《ふ》かうともせんと、いつ迄もじつと抱きついてました。

その六

「さあ、もう分つたやろ、うち着物きるわなあ」云はれるのんを、「イヤや、イヤや、もつと見せてほしいイツ」と、わたしは甘えた*みたいに首振つてせがみました。「あほらしいもない、*いつまではだかになつてたかてしやうがないやないか」「しやうがあるとも！　あんた、まだ、ほんとのはだかになつてえへんやないか。此の白い物取つてしもたら、――――」さう云うていきなり肩にかゝつてるシーツ摑《つか》みますと、「放してほし！　放してほし！」と、一生懸命に剝《は》がされまいとしなさるのんで、シーツがびり〳〵破れました。

わたしはかあッと逆上してしもて、くやし涙一杯浮かべて、「そんならいらん、うちあんたそんな水臭い人や思てえへなんだのに、もうえゝわ。もうけふ限り友達でもなんでもないわ」と、破れたシーツを口でずたずたに引き裂きました。「まあ、あんた、気イでも違うたんか」「うちあんたみたいに薄情な人知らんわ。あんた、此なひだ、もうお互に一切隠しごとせん云うて約束したやないか。あんたのうそつき！」――その時はよつぽどどうかしてたと見えまして、自分で覚えないのんですけど、まつさをになつてぶる〳〵顫《ふる》ひながら光子さんを睨みつけた顔つきが、ほんまに気でも狂うたやうに思へましたさうです。さう云ふと光子さんもやつぱり黙つてわたしの顔じーッと視つめたまゝ、ふるてなさつたやうでしたが、ついさつきまでの気高い楊柳観音のポーズ崩れて、羞《はず》かしさうに両方の肩おさへて、一方の足の先を一方の上に重ねて、片膝を「く」の字なりにすぼめながら立つてなさるのんが、哀れにも美しう思へました。わたしはちよつといたいたしい気イしましてんけど、シーツの破れ目から堆《うずたか》く盛り上つた肩の肉が白い肌をのぞかせてるのを見ますと、いつそ残酷に引きちぎつてやりたうなつて、夢中で飛びついて荒々しうシーツ剝がしました。わたしも真剣なら、光子さんも気イ呑まれたと見えまして、此方のするまゝになりながら、もう何事も云はれませなんだ。たゞ両方が憎々しいくらゐな激しい眼つき片時も外《そ》らさんと相手の顔いそゝいでました。わたしはとうど思ひ通りにしてやつた云ふ勝利のほゝゑみを、――冷やゝかな、意地の悪いほゝゑみを口もとに浮かべて、体に巻き

ついてるものをだんだんに解いて行きましたが、次第に神聖な処女の彫像が現れて来ますと、勝利の感じがいつのまにやら驚歎の声に変つて行きました。「あゝ、憎たらしい、こんな綺麗な体してゝ！　うちあんた殺してやりたい」わたしはさう云うて光子さんのふるてる手頸《てくび》しつかり握りしめたまゝ、一方の手エで顔引き寄せて、唇持つて行きました。すると突然光子さんの方からも、「殺して、殺して、――うちあんたに殺されたい、――」と、物狂ほしい声聞えて、それが熱い息と一緒に私の顔いかゝりました。見ると光子さんの頬にも涙流れてるのんです。二人は腕と腕とを互いの背中で組み合うて、どつちの涙やら分らん涙飲み込みました。

その日はわたし、別にどうと云ふ考はありませんでしたけど、光子さん連れて来ること夫に黙つてましたのんで、夫の方では学校の帰りにわたしが事務所い寄る思うて、ゆふがたまで待つてましたさうですが、いつ迄たつても来ませんのんで、家い電話かけて来ました。

「そんなんやつたら、ちよつと知らしてくれたらえゝのに。えらい待ちぼけ喰うたもんや」

「ついうつかりして、済まなんだけど、急に話がまとまつてしもてん」「そんで、光子さんまだゐやはんのか」「ゐやはるけど、もう直《じ》き帰りはるやろ」「まあもうちよつと留めといたげエな、僕此いから直《す》ぐ帰るわ」「そしたら大急ぎで頼むわ」――わたしは口ではさう云ひましたけど、心のうちでは夫が戻つて来ますのん何や面白う思ひませなんだ。さつきの寝室の事あつてから、わたしの胸には幸福の感じが満ち〳〵てまして、今日は何と云ふ楽しい日イやろと、足が地に着かんやうに浮き〱して、些細《ささい》なことにも直《す》ぐに心臓どきツと早鐘打つやうになつてましたのんに、夫に帰つて来られてはその折角の幸福へヒビが入るやうに感じたのんです。わたしはたゞもう光子さんと二人きりで、いつ迄も話してたかつたのんです。いえ、話なんかせえでも構《か》めしません、黙つて光子さんの顔さい見てられたら、――自分がその人のそばにゐる云ふことだけで、限りない幸福が胸一杯になるのんです。「なあ光子さん、今電話がかゝつてなあ、うちの人帰つて来るさうやねんけど、あんたどないする？」「えー、どうしよう！」と、光子さんは慌てゝ着物着ながら、――もう夕方の五時々分でしたが、その時まで二三時間もシーツ一つでゐなさつたのんです。――「うち会はんと帰つたら悪いかしらん？」「あんたに会ひたい云うてたけど、……今ぢつき帰つて来るよつて待つてたらどう？」わたしはさう云うて引き留めはしましたもんの、その実夫が戻らん先に早う出て行つてくれはつたらえゝ思ひました。さうと云ふのんが、今日の一日を完全に幸福な一日として終らしたい、折角のうつくしい日の思ひ出を、第三者のために不純にさしてしまひたくないと願うたのんです。そんな気持があつたもんですから、夫が帰つて来ました時には、自然とその不満の色顔い出まして、妙にふさぎ込んでしまひました。光子さんも、わたしがさう云ふ風でしたし、初対面でもありますし、それにいくらか気イとがめてもゐなさつたのんでせう、あんまり物数云はれませんのんで、三人ながら手持無沙汰で、めい〱何や別な事考へてる、と云うたやうなあんばいでした。さうなるとわたしは、いよ〳〵邪魔しられたのんが腹立たしいて、夫憎うさい感じました。「二人で何して遊んでゝん？」と、夫は光子さんの手前、ぼつ〳〵そんなこと話しかけました。「今日は寝室アトリエに使《つこ》てしもてん」と、わたしはわざとあつさり云うて除けました、「――観音さんの絵エ画きなほそ思て、光子さんにモデルになつてもろてん」「ロクな絵エもよう画かんくせに、モデルこそえゝ迷惑やなあ」「そやけど、モデルの名誉回復のために画きなほしてくれ云はれてんもん」「お前等《まいら》なんぼ画いたかつてモデルわやくちや*にするだけや。モデルの方がずつと綺麗やないか」夫婦がそんなことを云ひ合うてるあひだ、光子さんは羞かしさうに下向いてくつ〳〵笑うてなさるだけで、てんと話はずまずに、間もなう帰つてしまはれました。

その七

こゝにその時分やりとりしました手紙持つて来ましたから、お読みになつて下さいませ。まだ此の外にもたんと〳〵ありますけど、とてもみんなは持つて来られしませなんだのんで、これはほんの一部分、その中の面白さうなのん選《よ》つて*来ましたのんです。こつちの方のが古いのんで大体順番になつてますから、どうぞ此れから見て下さいませ。光子さんからわたしの方い来ましたのんは一《ひと》ツつ残らず大事にしもて置いたのんですが、わたしの方から光子さんい上げたのんが中に交つてますのんは、それはあのう、——あとで話しますけど、少し事情ありまして、あの方の家から取り戻しましたのんです。（作者註、柿内未亡人がほんの一部分だと云つたところのそれらの文殻《ふみがら》は、約八寸立方ほどの縮緬《ちりめん》の帛紗《ふくさ》包みにハチ切れるくらゐになつてゐて、帛紗の端が辛うじて四つに結ばれてゐた。その小さい堅い結び目を解くのに彼女の指頭は紅《くれない》を潮《ちょう》し、そこを抓《つね》つてゐるやうに見えた。やがて中から取り出された手紙の数々は、まるで千代紙のあらゆる種類がこぼれ出たかのやうであつた。なぜならそれらは悉《ことごと》くなまめかしい極彩色の模様のある、木版刷《もくはんず》り*の封筒に入れられてゐるのである。封筒の型は四つ折りにした婦人用のレターペーパーがやつと這入る程に小さく、その表面に四度刷り若《も》しくは五度刷りの竹久夢二*風の美人画、月見草、すゞらん、チユーリツプなどの模様が置かれてある。作者はこれを見て少からず驚かされた。蓋《けだ》しかう云ふケバケバしい封筒の趣味は決して東京の女にはない。たとひそれが恋文であつても、東京の女はもつとさつぱりしたのを使ふ。彼女たちにこんなのを見せたら、なんてイヤ味ツたらしいんだらうと、一言の下に軽蔑されること請《う》け合ひである。男も彼の恋人からかう云ふ封筒の文《ふみ》を貰つたら、彼が東京人である限り、一朝*にしてあいそを尽かしてしまふであらう。とにかくその毒々しいあくどい趣味は、さすがに大阪の女である。さうしてそれが相愛し合ふ女同士の間に交されたものであるのを思ふ時、尚更あくどさが感ぜられる。こゝにその手紙のうちから此の物語の真相を知るのに参考になるものだけを引用するが、ついでにそれらの模様に就いても、一つ〳〵紹介するであらう。思ふにそれらの意匠の方が時としては手紙の内容よりも、二人の恋の背景として一層の価値があるからである。――――)

(五月六日、柿内夫人園子より光子へ。封筒の寸法は縦四寸、横二寸三分、鴇《とき》色*地に桜ン坊とハート型の模様がある。桜ン坊はすべてゞ五顆《か》、黒い茎に真紅な実が附いてゐるもの。ハート型は十箇で、二箇づゝ重なつてゐる。上の方のは薄紫、下の方のは金色。封筒の天地にも金色のギザギザで輪郭が取つてある。レターペーパーは一面に極くうすい緑で蔦の葉が刷つてある上に銀の点線で罫《けい》が引いてある。夫人の筆蹟はペン字であるが、字の略しかたにゴマカシがないのを見れば、相当に習字の稽古を積んだものに違ひなく、女学校*では能筆の方だつたであらう。小野鵞堂《おのがどう》*の書風を更に骨無しにしたやうな、よく云へば流麗、わるく云へばぬらりくらりした字体で、それが又不思議なくらゐ封筒の絵とぴつたり合つてゐる)

しと〳〵〳〵〳〵……今夜は五月雨《さみだれ》が降つてゐる。あたしは今窓の外の桐の花にふりそゝぐ雨の音をきゝながら、あの、あなたが編んで下さつた紅いシエード*の垂れてゐるスタンドの蔭でじつと机にむかつてゐます。なんだかうつたうしい晩だけれど、軒端《のきば》を伝ふ雨の雫に静かに耳を傾けてゐると、思ひなしかそれがやさしい囁きのやうに聞えて

来る。しと〳〵〳〵〳〵……何をさゝやいてゐるのか知らん？　しと〳〵……あゝさうだ、光子光子光子、……恋しい人の名を呼んでゐるのだ。徳光徳光、……光子光子、……徳、徳、徳、……光、光、光、……あたしはいつの間にかペンを取つて、左の手の指の先へ「徳光」と云ふ字や「光子」と云ふ字を数限りもなく書いてゐた、親指から小指まで順々に。……

堪忍して頂戴、こんなつまらないことを書いて。

毎日顔が見られるのに手紙なんか書くのはをかしい？　でも学校だと傍へ寄るのがきまりが悪くて妙に気がひけるのだもの。さう云へばこんなにならないうちはわざとお互に寄り添うてみんなに見せびらかしたのに、噂が事実になつてしもてから却つて人目《ひとめ》を憚《はばか》るやうになるなんて、やつぱりあたし気が弱いのかしらん？　あゝ、どうかして強くなりたい、もつと、もつと、……神をも、仏をも、親をも、夫をも、恐れないほど強く〳〵、……

明日の午後はお茶の稽古？　そしたら三時にあたしの家へ来られない？　あした学校でイエスかノーを知らして頂戴、此の間のやうに合図してね。きつと、きつと、きつと来て！　今もテーブルの瑠璃《るり》の花瓶の中で綻《ほころ》びかけた白い芍薬《しやくやく》*が、あたしと一緒にあえかな*ためいきを洩らしながらあなたの来るのを待つてゐるの。失望させると可愛い芍薬の花が泣きます。洋服簞笥の姿見もあなたの姿を映したいと云つてゐます。ではきつと！
明日のお昼の遊び時間にあたしはいつもの運動場のプラタナスの下に立つてゐます。合図を忘れてはいけません。

園

光　様

（五月十一日、光子より園子へ。封筒縦四寸五分。横二寸三分。オールドローズ*の地色の中央に幅一寸四分程の広さに碁盤目が通つてゐて、その中に四つ葉のクローバーを散らし、下の方に骨牌《かるた》が二枚、ハートの一とスペードの六が重なつてゐる。碁盤目とクローバーは銀色、ハートは赤、スペードは黒、レターペーパーは濃い鳶色《とびいろ》*の無地で、その右下の隅の所から斜めに白絵の具のペン字で文句が書いてある。筆蹟は園子より拙《つたな》く、落ち着きのない走り書きのやうに見えるが、此の方が字体が大きく、イヤ味がなくて生き〳〵とした奔放な感を与へる）

姉ちやん
光は今日一日機嫌が悪かつたの。床の間の花をむしつたり罪もない梅（専ら光子に侍《かしず》いてゐる小間使の名）を叱り飛ばしたり、――光はきつと日曜になると機嫌が悪いの。

なぜつて一日姉ちやんに会へないのだもの。なぜハズ*さんがゐると来てはいけないの？

でも電話ぐらゐならと思つて、さつきかけたらハズさんと一緒に鳴尾《なるお》*へ苺狩《いちごがり》に行つて
お留守！　まあお楽しみ！

ひどい、ひどい！

あんまりやわ、あんまりやわ！

光は一人で泣いてゐます。

あゝ、あゝ、あゝ、
くやしいからもうなんにも云はない、

Ta Sœur Clair

Ma Chère Sœur Mlle. Jardin

（上文中の“Ta Sœur”は仏蘭西語で“Your Sister”と云ふこと、“Clair”は光の義から転じて「光子」を意味するのであらう。“Ma Chère Sœur”は“My Dear Sister”。“Mlle. Jardin”は“Miss Garden”にて「園子嬢」の意。「マダム・ジヤルダン」と云はないで「マドモワゼル・ジヤルダン」としたに就いては宛名の末に下の如く追記してある。――――）

あて*姉ちやんを「マダム」とは云はない。

「奥様」――まあ嫌な！　思てもぞつとする！
でもこんなことハズさんに知れたら大変ね、
Be careful!
姉ちゃんはなんで手紙に「園子」とサインするの？　なんで「姉より」としてくれないの？

（五月十八日、園子より光子へ。封筒縦四寸横二寸四分。図は横に画いてある。緋《ひ》色*の地に鹿《か》の子絞《しぼ》り*のやうな銀の点線が這入つてゐて、下に大きな桜の花弁の端が三枚見え、その上に後姿の舞妓《まいこ》が半身を出してゐる。緋、紫、黒、銀、青の五度刷りの最も色彩の濃厚なもの。従つてその表面へ文字を書いても読みにくいので、宛名は裏面に記してある。レターペーパーは丈七寸幅四寸五分程の大きさの中に八寸ぐらゐの白百合の茎のたわめられたのが左へ寄せて描いてあり、その周りがうす桃色にぼかしてある。故に罫《けい》の引いてある部分は僅かに紙面の三分の一の面積しかない。それへ四号活字*より小さい文字で細く〳〵書き続けてある）

とう〳〵来た、一度は来るとかね〴〵覚悟してゐた事が、………とう〳〵破裂してしまうた。

ゆうべは随分猛烈だつた。光ちゃんが見たらどんなにびつくりするかしらん。あたし等夫婦――あ、堪忍して頂戴、あたし等だなんて。――ハズもあたしも久しぶりであんな大喧嘩をした。久しぶりどころかこんなことは結婚以来始めてだつた。此の前問題*があつた時でもゆうべのやうに激しい云ひ合ひをしたことはなかつた。あのおとなしい優しい人があんなに腹を立てるなんて！　けど無理もないかも知れない、なぜつてあたし今考へるとほんとに悪いことを云つたのだもの。どうしてあたしハズに向ふとあゝ強情になれるのかしらん？　それにゆんべは特別に強硬だつたの、どう云ふ訳だか。

……あたし今度は自分でちつとも済まない事をしたと云ふ気が起らないの。でもハズだつて随分乱暴なことを云つた、不良少女、ヴンパイア、*文学中毒、*――ありとあらゆる汚名をあびせて、それでも足りないで光ちゃんのこと迄も「寝室の闖入者《ちんにゆうしや》」だの「家庭の破壊者」だのと、――あたし自分のことだけなら堪忍するけど、光ちゃんのことを云はれたのでもう我慢ならなかつた。「うちが不良少女なら何でそんな者を妻にしなさつた。あんたは男らしいもない、あたしの家から学費を出して貰ひたうて好きでもない者と結婚しなさつたんか。あたしの我儘は初めから分つてるやないか。あんたは卑怯や、意気地なしや」と、思ひきりくさしてやつた。そしたらいきなり灰皿を取つて振り上げたのでえらい目に遭はすか思たら、それを壁へ叩きつけたなり、手荒なこともようせんとまつさをになつて黙つてしもた。「うちの体に怪我でもさして御覧、覚悟があるよつて」さう云うてもやつぱり黙つてゐた。それきり今日までハズとは一ぺんも口をきかない。………

――その手紙にある云ひ合ひのことについてはもつと先生に聞いて戴きたい事があるのんです。前にもお話しましたかどうか、わたしと夫とはどうも性質が合ひませんし、それに何処か生理的にも違うてると見えまして、結婚してからほんとに楽しい夫婦生活を味はうたことはありませなんだ。夫に云はすとそれはお前が気儘なからだ。何も性質が合はんことはない、合はさんやうにするよつてだ。己の方は合はすやうに努めてるのんに、お前がさう云ふ心がけにならんのがいかん。世間の夫婦てそない理想通りに行《い》てるのんあれへんで。ハタから見たら円満のやうでも、内情知つたら不平のない奴あるもんか。己等かて人が見たら羨ましいやうに見えるかも知れへんし、一般の標準から思たら実際幸福の方かも知れん。お前は世間知らずのいとはんやよつて、自分で自分の幸福が分らんと何や彼や贅沢云ふのんや。お前みたいな人間はどない申分のない夫持つても此れなら満足や云ふ時あれへんで。と、いつもそない云ふのんですけど、私は夫の世の中悟りすましたやうな、諦めたやうな物の云ひ方が気に入りませんよつて、あんたはちよつとも煩悶なんかしたことないやうに見える、あんたと云ふ人は人間らしい所《とこ》あれへん、と、さう云うて攻撃するのんです。夫の方では私の性質に合はすやうに努めてるのんですやろけど、それがほんまに気持がぴちつと合ふのんでなうて、此方を子供扱ひにして、えゝ加減にあやしてるやうに思はれますのんで、さう云ふ態度が癪に触つて仕方あれしません。あんた大学では秀才やつたさうやさかい、あてみたいなもん定めし幼稚に見えるやろけど、あてから見たら化《か》石《せき》みたいな人やわと、云うてやつた事もあります。いつたい此の人の胸にはパツシヨン云ふものがあるのかしらん？　此の人でも泣いたり怒《おこ》つたりびつくりしたりする事あるのかしらん。私は冷静な夫の性格にやるせない淋しさ感じたばかりやなうて、いつの間にやら一種のわるさじみた好奇心抱いてましたのんで、それが此の前のことや光子さんのことや、いろ〳〵の事件惹《ひ》き起す元になつたのんです。

その八

でも前の事件の時分は結婚して間もないことで、まだ処女時代の純真さ持つてましたから、今よりはうぶで、気イ小さうて、夫に済まん云ふ心持強いでしたけど、その手紙にもありますやうに今度はさつぱりそんな気持になりませなんだ。わたしかつて、ほんま云うたら夫の知らん間にたんと苦労しましたのんで、だん〳〵擦れて、ずるうなつてたのんですが、夫にはそれ分らんと、いまだに子供や〳〵思てます。わたし最初それが口惜しいてなりませんでしたが、口惜しがるとなほ馬鹿にしられるので、ようし、向《むこ》が子供や思てるのんなら、何処までもさう思はして、油断さしてやれ、と、次第にそんな気イになりました。うはべはいかにもやんちや装うて、都合の悪い時はだだこねたり甘えたりして、お腹の中では、ふん、人を子供や思てえゝ気イになつてる、あんたこそお人好しのぼんぼんやないか。あんたみたいな人欺《だま》すぐらゐぢツきやわ、と、嘲弄するやうになつて、しまひにはそれが面白うて何ぞ云ふとすぐ泣いたり怒鳴つたりして、自分ながら末恐ろしいなるほど芝居するのんが上手になつてしもて、……先生なんかこんなことよう分つてをられますやろけど、ほんまに人間の心理云ふもん境遇によつてえらい〳〵変りやうするもんですなあ。前でしたら時に依つてははつと思て、あゝ、こんな事するのんやなかつたと、後悔する気イになりましたのんに、今では反抗的に、なんぢや意気地のない、これぐらゐのこと恐がつてどないすると、自分で自分の臆病あざわらふやうになるなんて、……それに、夫に内證で外の男愛したら悪いやろけど、女が女恋ひするねんよつてかめへん。同性の間でなんぼ親しなつたかて夫がそれとやかく云ふ権利あれへんと、いつもそんな理窟つけて自分の心欺《あざむ》いてました。その実わたしの光子さんを思ふ程度は、前の人思うたのより十倍も二十倍も、……百倍も二百倍も熱烈やつたのんですけど、……

わたしがそない大胆になつたもう一つの理由は、夫は学生時代からそれはもうお話にならんキチン屋のガリガリ屋で、それを父から見込まれましたくらゐやのんですから、ほんまに常識一点張りの、ちよつとでも変つたことや普通のことゝ違《ちご》てることは分らん人やのんで、わたしと光子さんとの間柄《あいだがら》なんぞも、なか〳〵感づかんやらう、やつぱりたゞの仲好しや思てるやらうと、たかゝつてましたのんです。初めは夫もそんなことあるやらうとは夢にも想像してませんでしたが、そのうちにだん〳〵、なんやけつたいやなあ思ふやうになりましたのんですやろ。そらその筈で、前には学校の帰りがけに事務所い寄つて夫誘ひましたのんに、近頃ではひとりで先い帰つてしまふ。そんで三日に一遍ぐらゐはきつと光子さんやつて来なさつて、二人で長いこと閉ぢ籠つてる。モデルに使ふねん云うてるけど、何してんのか、何日たつても絵エ出来上らんし、をかしい思ふのんあたりまへやのんです。「なあ、光ちやん、此の頃あの人ぼんやり気イつき出して来たよつて、用心せんとあかんねん。今日はあてがあんた所《とこ》い行くわなあ」云うて、わたしの方から光子さんの家い出かけることもありましたけど、………はあ、学校でイヤな噂あつたのんは市会議員の中傷や云ふこと分りましたのんで、光子さんのお母さんはちよつとも私疑うてなされしませなんだ。わたしも信用落《おと》したらいかん思て、訪《た》ンねるたんびにお母さんの機嫌取つてましたのんで、「柿内の奥さん〳〵」云うて、「えゝ友達が出来てよろしおますなあ」云うてなさつた。それくらゐですよつて、毎日ほど遊びに行《い》ても電話かけても差支ひあれしませなんだけど、………お母さんの外にその手紙にある梅云ふお附の女子衆《おなごしゅ》*もゐますし、いろ〳〵ハタ眼があるもんですよつて、わたしの家のやうな訳には行きません。「あてとこやつぱりあかんなあ。折角お母ちやんが姉ちやん信用してはんのに、下手なことしててもたら厄介やさかい」云うて、「さう〳〵、宝塚の新温泉*どうやろ？」と、光子さんが云ひ出しなさつて、二人で向《むこ》い行て家族風呂い這入りながら、「姉ちゃんずるいわ、あての裸ばつかり見せてくれ〳〵云うて、自分のんちつとも見せん癖に」「あてずるいことないねんけど、あんたがあんまり白いよつて恥かしいねん。あんた、こんな黒い体見ても愛憎《あいそ》尽かさんといてなあ」云うたりしましたが、わたしほんとに、自分の肌初めて光子さんに見せた時は、一緒に並ぶのんイヤな気イしました。光子さんは色が飛び切り白いだけでなうて、体の釣合ひよう取れてゝ、姿がすらツとしてなさるのんで、それに比べたら、何や急に自分の体無細工《ぶさいく》に思はれて来て、………「姉ちゃんかつて綺麗やないかいな、あてとちつとも変れへんもん」云はれますと、しまひにはそれを真《ま》に受けて何とも思はんやうになりましたけど、………初めはわたし身がちゞむやうに感じました。

それであのう、その前の日曜に夫と二人で苺狩に行たことが光子さんの手紙にありますでせう。その日は実は又宝塚い行きたいなあ思てたとこい、「どうや、今日は天気えゝよつて鳴尾い行てめえへんか」云はれましたのんで、あひさ*には夫の機嫌取つといてやれ思ひまして、イヤやなあ思ひながら出かけたのんですけど、魂は光子さんのとこい飛んで行てしもて、ちよつとも興乗りませなんだ。恋ひしさが募《つの》れば募るほど、なんやかやと話しかける夫がうるさうて、腹立たしいて、ろくさま*返事もせんと一日ふさぎ込んでましたよつて、その時からもう夫の方は一ぺん懲らしてやらんならんと考へたらしいのんです。けど例に依つてなんや浮かん顔してるだけで、喜怒哀楽をなか〳〵面へ表はさん人やもんですから、わたしの方ではまさかそない怒らしたとは気イつけしませなんだ。そして夕方帰つて来ると、留守に電話かゝつた云ふのんで口惜しいて〳〵、夫や家の者たちにぷん〳〵当り散らしました。そしたら明くる朝光子さんから恨みの手紙来ましたよつて、すぐ電話で打ち合はして、阪急の梅田*で落ち合うて、学校い行かんと、そのまゝ宝塚い行てしもて、それから一週間ほどずうツと一日も欠かさんと宝塚い行てたのんです。さう〳〵、さつきのあの写真、それはちやうどその頃に揃ひの着物出来ましたのんで、二人で記念に撮つたのんですが、………そして、苺狩に行た日から五六日たつてからやつたか知らん、或る日二階でいつものやうに話してると、三時過ぎ頃に女子衆《おなごしゆ》が慌てゝ段梯子*駈け上つて来て、「旦那さん帰つて来やはりましたでエ！」云ひますのんで、「えー、なんでやろこんな時分に！」と、えらいまごついてしもて、「光ちやん、早よしいでわ*！」云ひながら、二人ともけつたいな顔して下い降りて行たことありましてん。夫はその間に洋服をセル*の単衣物《ひとえもの》に着かへてしもてまして、わたしたち見た瞬間ちよつとイヤな顔しましたが、すぐ平気になつて、「今日は僕なんにも仕事なかつたのんで事務所早退《はやび》きして来てん、お前等《ら》も学校怠けてゝんなあ」云うて、「お茶でも入れて何ぞうまいお菓子ンでも出さんかいな、お客さんもあるし、………」と、それなり三人で無駄話しながら何事もなう済みましたけど、その時うつかり光子さんが私のこと「姉《ねえ》ちやん」云うてしもたのんではつとしました。

「あんた、あてのこと『姉ちゃん』云はんと『園ちゃん』云うてくれた方がえゝなあ、つい口癖になつてしもて誰の前でも出るよつて」と、わたししよつちゆう云うてましたのんですけど、さう云ふといつも光子さん気イ悪うして、「イヤや、イヤや、そんな水臭いことあるもんか、姉ちゃんはあてに『姉ちゃん』云はれるのん嫌か？」云ひなさつて、「頼むさかい『姉ちゃん』云はして！　あて、人のゐる時きつと〳〵気イつけるよつて！」云うてなさつたのんですが、とうどそこで出てしもたのんです。そんで光子さんが帰つてしまひなさつてから、夫も私も奥歯に物挟まつたやうな工合でした。そいからその明くる日の夕方、晩御飯たべたあとで、「僕、どうも此の頃のお前の素振《そぶり》腑《ふ》に落ちんねんけど、何ぞ訳あるのん違ふか」云うて、ふと思ひついたやうに尋《た》ンねますのんで、「腑に落ちんてどう云ふ工合に？　うち、自分で一向気イつかんけど」云うてやりますと、「お前、あの光子云ふ児とえらい仲えゝやうやけど、一体あの児どない思てんねん？」云ふのんです。「うち、光子さん大好きやわ、そやよつて仲好うしてんねんわ」「好きは分つてる、どう云ふ意味で好きやねん？」「好き云ふことは感情やもん、理由やかいあれへんわ」――わたし、弱み見せたらいかん思て、故意に挑戦的に出てやりましたのんで、「さうお前みたいにぽんぽん云はんと、もつと落ち着いて分るやうに話したらえゝやないか」云うて、「好きにもいろ〳〵の意味があるし、――学校でそんな噂あつたりしたんやさかい、――誤解受けたら為めにならん思ふよつて尋《た》ンねてんねん」云ひます。「万が一そんなこと世間い聞えてみいな、あの児よりお前が責任あんでエ。お前の方が歳上やし、夫のある身イやし、………そしたらあの児の親たちに対しても申訳立たんやないか。お前だけやない、僕かつて黙つて見てた云はれたら、後日になつてどないにも云ひやうない」わたしは夫の云ふこと一々胸にこたへましたけど、そんでも強情張つて、「もう分つてる、うち、そんな、友達のことまで何や彼や干渉されるのん嫌ひやわ。あんたはあんたで好きな友達持つたらえゝし、うちはうちで勝手にさしといて欲しいわ。うちかつて自分の責任ぐらゐ知つてまッせ」*云うてやりました。「ふん、そら、普通の意味の友達やつたら僕は決して干渉せえへん。そやけど、毎日のやうに学校休んだり、夫の眼エをかすめたり、こそツと人の居ん所《とこ》い閉ぢ籠つたりするやうなんは、健全な交際とは認められん」「へえ、あんた、をかしいこと云ふねんなあ。そんなけつたいな想像するなんて、あんたこそ下等やないか」「もしほんとに僕の方が下等やつたら、なんぼでも詫る。僕は成るべく僕の想像中《あた》らんやうに祈つてる。けど、お前は僕を下等や云ふ前に自分の良心に訴へてみる必要ないのんか。自分にちよつとも疚《やま》しいとこない云へるのんか」「なんで又今日そんな事云ひ出したん？　うちは光子さんの顔好きやさかい、それ元で友達になつた云ふことは、あんたかつて知つてるやないか。あんた自分で、そんな綺麗な人やつたら会はしてくれ云うたやないか。誰かつて綺麗な人好きになるのん当り前やし、女同士の間やつたら美術品愛するのんと同じやのんに、それ不健全云うたら、あんたの方がもつと〳〵不健全やわ」「そやかつて、美術品愛するのんやつたら何も二人だけで閉ぢ籠らんと、僕のゐる前でもえゝ筈やが、………いつでも僕が帰つて来ると、お前等妙にモヂモヂしてるのんどう云ふ訳や？それに第一、きやうだいでもないのんに『姉ちやん』やの『妹《いもと》』やの云ふのんから、気に入らん」「あほらしい！　あんた女学生間のこと*ちよつとも知らんねんなあ。誰でもみんな仲のえゝもん同士やつたら、『姉ちやん』や『妹』や云ふのん珍しいことあれへんわ。そんなこと不思議がんのんあんたぐらゐなもんやわ」その晩は夫もなか〳〵負けてませなんだ。いつもやつたら私が少しだだ捏ねたら、「しやうのない奴《や》ツちやなあ」云うて、えゝ加減にあきらめてしまひますのんに、イヤにねちねち追求して「うそついてもあかん、僕ちやあんと清《きよ》に聞いてるねん」云うて、絵エ画くためでないのん分つてる、一体何してるのんか、はつきり説明してみい云ひます。「そんなこと説明の限りやない。絵エ画く云うても本職の絵かきがモデル使て製作すんのんと違ふねんもん、どうせ遊び半分やよつて、そないきつちりと真面目くさつてばつかりもゐられへん」「そんなら二階使はんかつて、下の部屋でしたらえゝやないか」「使ても悪いことあれへんやんか。――――あんた、一ぺん絵かきのアトリエい行て絵エ画くとこ見て、御覧、本職の人かつて製作するのんにそないむづかしい顔ばつかりしてせツせとしてるもんあれへんわ。――――休み〳〵気分の動くのん待つやうにして画かんと、えゝもん出来《でけ》へんよつてなあ」「お前そんなえらさうな口きいて、いつぞ一ぺん絵エ出来上るつもりかいな」「出来る出来んはうち問題にしてえへん。光子さん云うたら顔ばつかりやなうて、そらもう体ぢゆう顫ひ着きたいやうに綺麗やさかい、観音様のポーズしてもろてそれじいツと眺めてると、絵エ画かんかつて何時間でも見飽きせえへん」「あの児はそないして、何時間でもお前に肌見られてゝ平気やのんか?」「そらそやわ。女が女に見せるねんもん羞かしいことあれへんし、誰かて自分の肌褒められて悪い気イせえへんやんかいな」「なんぼ女同士やかて昼日中若い女が裸になつたりして、お前等まるで気違ひ沙汰やな」「うちあんたのやうにコンヴエンシヨン*に囚《とら》はれてえへんよつてなあ、――あんた、映画女優の裸体見てつく〴〵綺麗やなあと感じたことあれへんか? うちやつたらそんな時えゝ、景色見るのんと同じやうにうつとりとして何ちふことなしに幸福な、生きがひある感じして来て、しまひには涙出て来んねん。『美』の感覚のない人に説明したかて分れへんやろけど」「そんなことが『美』の感覚と何の関係あるもんか、そら変態性慾や」「あんたこそ頭古いねん」*「馬鹿云ひな! お前は年中しやうむない恋愛小説ばつかり読んでるよつて、文学中毒起してんねん」*「うるさいなあ、ほんまに」云うて、私が取り合はんと横向いてしまふと、「一体あの光子云ふ児も真面目なお嬢さんとは受け取られへん。少し常識のあるもんやつたら、人の家庭い闖入《ちんにゅう》して平和破壊するやうなことする訳あれへん。あらきつと性質えゝことない児やで。あんなもんと附き合うてたらお前も今に迷惑するでエ」――自分のことよか好きな人のこと云はれた方がどないに口惜しいか知れんもんで、此の光子さんの悪口が出ると思はず識らずむかツとしました。「何やのん、あんた！　あんた何の権利あつてうちが大好きや云ふ人のこと兎や角云ふのん？　光子さんほど姿と性質のぴちツと合うた人、世界ぢゆう捜したかつて又とあれへん。あんな心の清い人、人間やあれへん、観音様と同じこツちや。悪口云うたら勿体なうて罰あたるわ！」「それ見い！　そんなこと云ふのんが正気の沙汰やあれへん！　気違ひの云ひ草や」「あんたこそ人間の化石や」「お前いつの間にや立派な不良少女になつてしもてんなあ」「どうせうち不良やよつてなあ。――そんなこと昔から分つてんのんに何でそんなもんと結婚しなはつてん？　あんた、うちのお父さんに洋行費出して貰ひたうてうち貰ひなはつたん？　きつとさうだツしやろ！」なんぼ人のえゝ夫でもこんだけ云うたら見る〳〵額に青筋立てゝ、「なんやと、もう一ぺん云うてみい！」と、珍しいことに大声で怒鳴りました。「ふん、何べんでも云うたげるわ！　あんたは男らしいもない、お金が欲しいてうちと結婚してんやろ！　卑怯もん」途端に夫がむくツとすわり直した思たら、なんやシユーツと白い物飛んで、カチツとうしろの壁い当りました。夢中で首ちゞめたのんで私は何ともありませなんだが、灰皿取つて投げ付けたのんです。夫が仮にも私に対して手エ挙げるなんぞ云ふことは今迄一ぺんもなかつたのんで、かつと興奮してしもて、「あんたうちがそないにまで憎いのんか！　うちの体にカスリ傷でもさしたらお父さんに云うたげるさかい、それ承知やつたら叩くなと殺すなと勝手にしなさい！　さあ殺して欲し！　殺して云うたら！」夫は「馬鹿！」云うたなり、半狂乱に泣きわめいてる私の姿呆れて眺めてるだけでした。

夫も私もそんなり口きゝませんで、明くる日一日睨み合ひつゞけて、晩に寝室い這入ります時もやつぱり黙つたまゝでしたが、夜中ごろに夫がぐるりと向き直つて、肩い手エかけて、私の体を自分の方へ向け変へようとしますのんで、しられる通りにしながら眠つたふりしてますと、「ゆうべは僕もちよつと云ひ過ぎた。そやけどそれもお前を愛してる結果や云ふことはお前も分つてるやろ。僕は態度が無愛想やよつて冷淡なやうに見えるけど、心は冷淡と違ふつもりや。僕に悪いとこあつたら出来るだけ改めるやうにするさかい、お前も僕の意志尊重してんか。*僕は決して外の事には干渉せん、たゞあの光子云ふ児とは今後交際せんといてくれ。何卒《どうか》それだけ約束してくれ」「イヤや」と私は、眼エつぶつたまゝ強う首振りました。「それがイヤやつたら交際するだけは仕方ないよつて、あの児を此の部屋い入れたり、二人だけで何処やかし行かんやうにしてくれ。そんで此《こ》いからは家出るにも帰るにも僕と一緒にするやうにしてくれ」「イヤや」と私は又首振りました。「うち、自分のすること束縛されるのイヤやねん、絶対自由にしてほしいわ」さう云うて私は夫の方い背中向けてしまひました。

その九

一旦破裂してしもたからにはもう恐いことあれへん。どないなつたかて構ふもんかと、反動的に一層光子さんが恋しなつて、明くる日早速学校い飛んで行きますと、なんでや其の日イ姿見《め》えしません。電話かけると今日は京都の親類い行きなさつた云はれましたのんで、なほのこと会ひたう思ふにつけても昨夜の喧嘩のこと胸一杯に込み上げて来て、夢中で手紙書いてしもたんですが、出してしもてから、あんなこと書いて光子さんどない思ふかしらん？　姉ちやんのハズさんに済まんさかいあて遠慮しようなあ云ひ出しなされへんか思て、急に又気がゝりになりました。ところがその明くる日、運動場のプラタナスの蔭に待つてますと、人目《ひとめ》も構はんと「姉ちやん」云ひながら駈けて来なさつて、「あて今朝あの手紙読んでなあ、姉ちやんの顔見る迄は心配で〳〵、………」と両手で肩にぶら下るやうにしなさつて、下からじつと私を見上げて、涙をためてなさるのんです。「あゝ、光ちやん、あんたかつて口惜しやろなあ、うちの人にあんなこと云はれて………」云うてるうちに私も涙をぼろ〳〵こぼして、「あんた気イわるしてんのん違ふ？　そやつたら堪忍なあ、あてあんなこと書かんといたらよかつてんけど」云ひますと、「あてそんなこと、云うてんのん違ふ。自分のことやつたらどない云はれてもかめへんけど、姉ちやんはハズさんにそない云はれたらきつとあてがイヤになれへん？　なあ姉ちゃん、きつと、きつと、イヤになれへんか？」「あほらしいもない、そんなんやつたら昨日もあんな手紙書いたり電話かけたりするかいな。あて、もう斯うなつたらどんな事あつたかてあんたと別れるもんか。ぐづぐづ云うたらあんな人ぐらゐ放《ほ》り出してやるわ」「姉ちゃん今はさう云うてるけど、今にだん〳〵イヤになつて来て、やつぱりハズさんの方愛するのん違ふかしらん？　夫婦云うたらみんな何処でもさう云ふもんや云ふよつて、……」「あてあんな人と夫婦やあれへん。あてはマドモワゼルやもん。光ちゃんさい承知やつたら、もしもの時は二人で何処いでも逃げて行くわ」「まあ、姉ちゃん！　それほんまかいな？　きつと、きつと、うそ違ふ？」「うそやないとも！　あてもうちやあんと覚悟してるわ」「あてかつて覚悟してるわ。姉ちゃんあてが死ぬ云うたら一緒に死んでくれるなあ？」「死ぬわ、死ぬわ、光ちやんかつて死んでくれるなあ？」――そんな工合で二人の間はその喧嘩があつたゝめになほのこと深刻になりましたけど、夫は匙投げたんかそんなり何も云ひませなんだので、此方はいよ〳〵図に乗つて大胆になるばかりでした。「もう、うちの人あきらめてしもてるわ、ちよつとも遠慮みたいなんすることあれへん」――私がさう云ふもんですよつて、光子さんもだん〳〵づうづうしなりなさつて、二階にゐる時夫が帰つて来ましても「姉ちやん階下《した》へ行つたらイヤや」云うて、自分はもちろん私さへ階下《した》いおろさうとしなされしません。どやすると晩の十時十一時頃までも遊んでなさつて、「姉ちゃん家《うち》い電話かけてほし」云うて、私からお母あさんを電話口い呼び出して、「今夜は家で晩御飯をたべなさつて何時頃に帰りはりますよつて」と、その時分にお梅云ふ女子衆《おなごしゅ》に自動車*で迎ひに来て貰ひます。御飯も二階で二人だけでたべたこともありましたけど、夫がひとり手持無沙汰にしてますのんで、「どやのん、あんたもお相伴《しょうばん》しやはれへんか」云ひますと、「ふん、してもえゝ」云うて三人でたべること多いでしたが、もうそんな時に光子さんは平気で「姉ちやん／＼」云ひます。私と話したうなると、夜夜中《よるよなか》でも電話りんりんかゝつて来ます。「何んやのん、今時分？　あんたまだ起きてんのん？」「姉ちやんもう寝たん？――」「そやかつて二時過ぎやないかいな。――睡《ねむ》たいわア、あて、――えゝ気持で寝てたとこを、――」「えらい済んまへんなあ、折角仲好うしてはつたとこを、――」「あんた、そんなこと云ひにわざ／＼電話かけたん？」「そらハズさんのある人はえゝやろけど、あてはひとりぼつちやよつて、淋しいて／＼、何時になつたかつて寝られへんわ」「しやうむない人やなあ。――だだ捏《こ》ねんと早《はよ》寝なはれ、あした遊んだげるさかいなあ」「あて、あしたの朝起きがけに直ぐ姉ちやんとこい行くさかい、ハズさんが遅うまで寝てはつたら、早《はよ》起してさつさと追ひ出してしもてエな」「ふん、よッしヤ、よッしヤ、――」「きつとやなあ？」「ふん、ふん、分つてる、分つてる」云うて、そんなたわいないこと電話口で二三十分もしやべつてます。手紙なども内證で遣り取りしてたのんだん／＼おほびらになつて、光子さんから来ましたのん読みさしのまゝ机の上などい放り出しときます。

——尤も夫は人の手紙を偸《ぬす》み読みするやうな人間と違ひますよつて、それは安心してましたけど、そいでも前には読んでしもたら急いで箪笥の抽出《ひきだ》しい入れて鍵かけといたんですのんに。………

そないにして、夫の方もいづれ又一と波瀾《はらん》持ち上ること分つてましたが、さしあたり前より都合ようなつたくらゐですよつて、私はます〳〵のぼせてしもて、情熱の奴隷となつてしもたのんですが、その最中に、私に取つてまるきり寝耳に水の事が、——もう〳〵ほんまに、夢にも思ひがけなんだ事起つたのんです。それ云ふのんがちやうど六月の三日のことでした。おひる頃に光子さんが来なさつて、夕方五時ぐらゐまで遊んで帰りなさつたあと、夫と二人で晩御飯たべてしもたのん八時で、それから一時間程たつて、九時ちよつと過ぎた時分に、女子衆が、「大阪から奥様《さん》に電話かゝつてます」云ふのんで、「大阪の誰やねん?」云ひますと、「誰とも云やはれへんけど、大急ぎで電話口まで云うてはります」云ふのんです。「もし〳〵どなた様《さん》ですか」云ひますと、「姉ちやん、あて、——あてや」云ふのんが、光子さんより外にそんな云ひやうする人はないのんですけど、それが電話が遠いのんか、小声で云うてるのんか、聴き取れんぐらゐかすかやのんで、何や誰ぞにわるさでもしられてるやうな気イして、「あんた誰ですねん? はつきり名前云うて頂戴。何番い電話かけなさつたん?」と念押しますと、「あてやわ、姉ちやん、あて西宮の一二三四番へかけてんねんわ」と家の電話番号を云ふ声が、聞いてるとやつぱり紛《まぎ》れもなう光

子さんで、「………あてなあ、今大阪の南*の方にゐるねんけど、えらい目に遭うてしもて、………着物盗まれてしもてん」「何《なん》やて、着物を?………あんた何してたん?」「あてお風呂い這入つてゝん。………此処なあ、南地《なんち》*の料理屋で、内にお風呂あるよつて。………」「ふうん、なんで又そんなとこい行てたん?」「そらいろ〱訳あるねんけど、………こないだから是非姉ちゃんに聞いて貰はんならん思《おも》てゝんけど、………ま、その話あとでゆつくり云ふよつて、………あて今えらい〱難儀*してるよつて、………どうぞ助ける思て、あのさつき着てた揃ひの着物なあ、あれ大急ぎで届けて欲しいねん」「そんならあんた、あれからずうツと大阪い廻つてたんか?」「ふん、そやねん」「あんたそこに誰とゐるのん?」「そら姉ちゃんの知らん人やねん。………あてどないしてもあの着物なかつたら今晩家い帰られへんよつて、どうぞ〱一生のお願ひやさかい、あれ届けて貰はれへんかしらん?」———光子さんは泣き声出してなさるのんですが、私は私であんまり意外やつたんで、胸がわくわくして、膝頭までガタガタふるへが来ました。何処まで届けたらえゝのんか云ひますと、南の太左衛門橋筋《たざえもんばしすじ》*の、笠屋町《かさやまち》*の井筒《いづつ》云ふ家や云ひますねんけど、そんな料理屋聞いたことありません。そして着物の外に帯も、帯留*も、帯上げ*も、幸ひみんな揃ひのものがあつたんで、それ持つて来てくれ云ふのんは分るのんですが、けつたいなんは腰帯*やぼて*や、伊達巻*や、足袋までも盗まれた云ふのんで、「そんなら半襟*は?」云ひましたら、「襦袢《じゆばん》は助かつてん」云ふのんです。誰ぞたしかな人に持たして、今から一時間以内、おそても十時までに云ひますけど、うかツとした者《もん》頼む訳に行きませんし、どないしても私が自分で自動車飛ばすより仕様があれしません。「あてが行つてもかめへんか」云ひますと、誰ぞさつきからもう一人電話口に附き添うてるあんばいで、それがとき〴〵光子さんに「こないせエ、あないせエ」と指図してるらしいて、「いつそこないなつてしもたら姉ちやんが来てくれたかつてえゝし、……さうと違ふかつたら、お梅が今頃梅田の駅で待つてる筈やよつて、あれに渡してくれたかつてえゝけど、お梅は所知らんよつて頼むのんやつたらよう場所を教《お》せてほし。そんで此方の名は鈴木云うて訪《た》ンねて来てほし」――そこで又何ぞこそ〴〵相談するらしいて、暫くたつてから、「あのなあ、姉ちやん、……」と、えらい云ひにくさうにして、「……あのう、えらい済まんけどなあ、も一人着物ないやうにして困つてる人あるねんけど、もしどないぞなるねんやつたら、あんたのハズさんの着物、洋服でも日本服でもかめへんよつてなあ、……」云うて、「それからあのう、えらい〴〵勝手ばつかり云うて申訳ないねんけど、……おあし二十円か三十円持つて来てくれたら尚のこと有難いねんけどなあ」云ふのんです。「おあしの方はどないぞなるけど、まあ兎に角待つてなはれ」云うて電話切つてしもてから、直ぐに自動車云ひつけて、夫には「うちちよつと大阪まで行て来ま。光子さんが急用や云やはるさかい」とたつたそれだけ云うて、二階い上つて大急ぎで簞笥の中から揃ひの着物や何やかんやと、夫が余所行《よそい》きの時着る絹セルの単衣《ひとえ》と羽織と絞《しぼ》りの三尺*とを出して、風呂敷に包んで、それ女子衆に持たして先いそッと玄関まで出さしましたが、「なんやいな今時分からそんな包持つて？」と、さすがに夫は気になつたらしう、自動車い乗ろとする時に奥から出て来て云ふのんでした。多分私の様子が慌て丶もゐましたし、顔色も変つてたですやろし、不断着のまゝ髪も直さんと出て行ことするのんが、よつぽどけつたいやつたのんに違ひないのんで、「なんやうちにもさつぱり様子分れへんねんけど、今夜急に此の揃ひの着物なあ、――」と、私は知つて風呂敷の結び目から着物の端《はし》出して見せて、「――此れどないしても着んならんことが出来たんで、大阪の店まで届けてほし云うてやんねえ。何ぞ素人《しろと》芝居でも始まつたんかも分れへんけど、うち自動車待たしといて直ぐ帰つて来るわ」云うて、もう時刻もおそなつてしもてまして、九時二十五分ごろでしたよつて、最初は真つ直ぐ南の井筒云ふ家い行こ思て出たのんですが、それよりもまあ梅田い行《い》てお梅どん摑《つか》まいて見よ、お梅どんに聞いたら何ぞ此の訳分るかも知れへん思て、梅田の駅い行て見ますと、まん中の入り口のところに立つて待ちどしさうにキヨロキヨロしてますよつて、車の中から手招きして、「お梅どん」云ふと、「やツ、奥様だしたんかいな」とびつくりして照れくさゝうにウロウロしてますのんを、「あんた光ちやん待つてんねんやろ。今えらい事件起つて、光ちやんから大急ぎで迎ひに来てくれ云ふ電話あつてん、あんたも早乗《はよ》んなさい」云うて、「えー、ほんまだつかいな」と何や腑《ふ》に落ちんらしうぐづぐづしてるのんを無理に乗せて走らしながら、車の中で手短かにさつきの電話の話して、「なあ、いつたい誰やのん、その一緒に行てる男云ふのんは？　お梅どん知れへんのかいな？」――初めのうちは困つたやうな顔して、言葉に詰まつてましたけど、「あんた知らん云ふ筈ないやろ？　こんなこと今日だけと違ふやろ？　うちどんなことあつてもあんたに迷惑か丶るやうなことせえへんよつて、云うてくれたらお礼は何ぼでもするよつて、――」と、眼の前い十円札出して、紙に包んで、「いえ、いえ、いつも〳〵貰てばつかりしてまんのんに」と辞退するのんを、「そんなこと云うてる間に時間立つてしまふやんかいな」と帯の間い押し込んでやりますと、「わたし、奥様と一緒にそんなとこい迎ひに行てもよろしおまんねんやろか。あとでとうちやんに*叱られしまへんやろか」云ふのんです。「何でやのん？　うちが行けへんかつたらお梅どんに来てくれ云うてやねんぐらゐやもん」「ほんまにそんな電話か丶りましたんだつしやろか？　わたし何や斯う心配で、………」それ云ふのんが、何ぞ私の計略に乗せられへんか思てるらしいのんで、「そんなことあるもんかいな、電話懸らなんだらうち知つてる筈ないやんか」「そらさうでおますけど、わたし今迄にちよつとも奥様気イついてやおまへなんだのんが、なんでだつしやろ思て、空恐《そらおそ》ろしいて仕方おまへんでしたのんで、………」「ふうん、そしたらいつからこんな事あつたん？」「いつから云ひまして、もう早《はよ》から、………四月頃からでおましたやろか、それは私にもはつきり分れしめエなんだが、………」「誰やのん、相手の人は？」「それもよう分れしめへんねん。いツつもおあしくれはりまして、此れで活動でも見て、何時頃梅田い来て待つてゝや云やはりますよつて、何処い行きはりまんのんやさつぱり分らんと、こらきつと何処ぞで奥様と会うてはりまんねんやろ思てましてん。家いおそう帰りましても今日は今まで柿内さんとこで遊んでたやうに云へ云やはりまんのんで。………」

その十

「そんなこと今迄に何べんくらゐあつた？」「何べん云ひましても、とても勘定しきれしめエん。今日はお茶のお稽古や、今日は柿内さんとこや云やはりまして出かけはりまんのんで、そのつもりでお供して行きますと、あのなあ、あてちよつと用事あんねん云やはりまして、えらいそはそはしやはりまして、ひとりで何処ぞい行てしまやはりますねん」「それほんまに違ひないなあ？」「何で私が譃《うそ》云ひまツしやろ。——奥様ちよつとも気イおつきやあれしめエなんだんでつか？　何ぞ今迄にけつたいやなあお思ひになりやしたことあれしめエんでしたか？」「そらもううちは阿呆やよつて、そない散々利用しられて、道具に使はれて、踏《ふ》みつけにしられながら、今の今まで此処から先も気イついたことあれへなんだ。それにしてもまあ何んちふことやろ。——」「ほんまに、わたいとこのとうちやん恐ろしい人だすよつてなあ。………私いつかて奥様の顔見るたんびにえらい済まんやうな気イして、お気の毒で〳〵、………」と、心から同情したやうに云うてくれますのんで、そんなお梅どんみたいなもん相手にしたかつてしやうむないのんですけど、あんまり口惜しいてお腹の中引つくりがへるやうになつてましたよつて、何でも彼んでも思うたことを云ふ気イになつて、「なあ、お梅どん、あんたかつて察してくれるやろ。うちそんなこと夢にも知らんと、こなひだからうちの人と喧嘩してまで光ちやんのために尽してるねん。うちかつてこないにまで上《のぼ》つてえへなんだら、なんぼ脳味噌足らん云うたかつて気イついてたに違ひないわ。まあそれもえゝけど、今夜みたいな電話かけて来るなんて、いつたい何ちふ気イやろ？　人馬鹿にするのんも程があるし」「ほんまに何ちふ気イでゐやはりまんねんやろなあ？　よつぽど困りはりましたん違ひまツしやろか？」「なんぼ困つた云うたかつて、好きな男と料理屋い行てるやのお風呂い這入つたやのと、そんなこと云へた義理かいな、あんたまあ考へてみて欲し！」「それもさうでおまツけど、着物盗まれてしまひはつたんでは、裸で帰りはることも出来しめへんしなあ。……」「うちやつたら裸で帰る。あんな恥知らずな電話かけるぐらゐやつたら、裸で帰る」「こんな時に泥坊に遇ふなんぞ、悪いこと出来まへんもんだんなあ」「やつぱり罰《ば》ツちや。それもお金だけと違《ちご》て、二人とも素ツ裸にしられてしもて、腰帯から足袋までもないやうになるなんぞ、……」「さうでおま、さうでおま、罰でおまツせ」「あゝ、あゝ、こんな事に使《つか》お思て揃ひの着物こしらへたん違ふのんに、……うち何処まで馬鹿にしられてるねんやろか」

「とうちやんは又、今日あの着物着て行きはつた云ふのんはほんまに運が強おまんなあ。

奥様迎ひに行つたげへん、どうなと勝手にせえお云やして構はんとお置きやしたら、どないなりましたやろか？」「うちかつてよつぽどそないしたげよ思てんけど、最初はさつぱり何のこツちや様子分れへんし、電話口で泣き声出してはあはあ云うてやよつて、たゞもうびツくりしてしもてん。それになんぼ憎たらし思てもやつぱり心から憎む気イになれへんさかい、裸でふるてやる姿眼エの前にチラついて、可哀さうで〱居ても立つてもゐられへんやうになつて、……そらお梅どん、ハタから見たら阿呆らしやろけど、そんなもんやし」「そらなあ、さうでおまツしやろとも。……」「それにどうやろ、自分のもんばつかりか男のもんまで持つて来い云うたり、電話口でこそこそ相談し合うたり、まるで人に見せつけるやうな真似シして、どんな顔してそんなこと云へるのんやろか。人の前では『姉ちゃん姉ちゃん』云うて、『あて姉ちゃんより外に自分の肌見せたことない』云うてたくせに、二人裸にされてる恰好《かつこ》見てやりたいわ」もうその時は無我夢中でいろんなことをしやべつてましたよつて、何処を走つてたのんか分れしませなんだが、堺筋《さかいすじ》から清水町＊辺を西い曲つたらしいて、向うに心斎橋筋の大丸《だいまる》＊の灯がちら〱してたのん覚えてますけど、そこを大丸の前まで行かんと、太左衛門橋筋南い曲つた思ふとこで、「こゝ笠屋町ですが何処い着けます」と運転手が云ひますよつて、「何処ぞ此の辺に井筒云ふ料理屋あれへんかしらん？」云うて捜しましたけど分れしません。その辺の人にきいてみますと、「それ料理屋違ひまツしやろ、宿屋でつせ」云ふのんで、「何処です」云ひますと、「ぢツき此の先のろうじ*の奥だ」――それがあのう、宗右衛門町《そうえもんちょう》*や心斎橋筋のつい裏通りですのんに、わりに人通りのない暗い横丁なんでして、藝者の館《やかた》やの、小料理屋やの、宿屋やのが多いのんですが、さう云ふ家がみんなしもたや*のやうにひつそりとした間口の狭い地味な構へなんです。そんで教《お》せられたろうじの入り口い行てみますと、「御旅館井筒」と小さうに書いた軒燈が出てますのんで、「お梅どん、あんた此処で待つてゞわ」云うて私だけ這入つて行て、旅館云うても何や曖昧《あいまい》なやゝこしい家*らしいのんがろうじの突きあたりにあるのんで、格子あけて暫くもぢもぢしてましたけど、台所の方で誰や一生懸命に電話かけてるらしいて、なんぼ呼んでも出て来《け》えしません。「今晩は」「今晩は」と大きな声で云うてるうちにやつとのことで仲居《なかい》*さんが出て来まして、顔見るなり此方がなんにも云はん先にちやんと心得てる様子で、「どうぞお上り」云うて狭い段梯子を二階い連れて行きまして、「迎ひのお方はんがお越しになりました」云ひながら座敷の襖《ふすま》開けるのんです。這入つてみますと三畳ぐらゐな次の間やのんで、二十七八の色の白い男の人がたつた一人畏《かしこ》まつてすわつてまして、「失礼ですが、光子さんの友達の奥さんですか」云ひますよつて、「さうです」云ひますと、急にしやちこ張つてぺたツと畳い頭擦りつけて、「今夜の事は何と申し上げたらよいか、お詫びのしやうもないのんです。いづれ此の事に就きましては光子さんから申訳せんなりませんのんですが、何とも合はす顔ない云うてをられますし、それに着物ありませんのんで、まことに申しかねますけども兎に角着換へ貸してもろて、その上でお目にかゝりますよつて」云ふのんです。その男云ふのんが、いかにも光子さんの好きさうな輪郭の整うた女のやうな綺麗な人で、眉毛のうすいのんと眼の細いのんがこすさうな感じ与へますけど、私かつて見た瞬間に「美男子やなあ」思たぐらゐな顔だちで、此の人も着物ない筈やのんに縞銘仙《しまめいせん》*の単衣を着てキチンとしてましたのんは、あとで聞きましたのんですが宿の男衆《おとこしゆ》の着物を一時《いつとき》借つてましたんやさうです。「着換へは此処い持つて来ました」云うて風呂敷包渡しますと、「大きに*済みませんことです」と押し戴くやうにして受け取つて、部屋の隅の方の境の襖あけて奥の座敷い包押し込むと、急いで又そこ締めてしもたのんで、ちらツと枕屏風《まくらびようぶ》*が見えたゞけでしたけど。………

その晩のことそんなふうに一々委しいに云ひましたらえらい長うになりますのんですが、私はその場合届けるもんは届けてしもたし、それに男がゐるのんやつたら会うてもしやうがない思て、お金三十円紙に包んで、「先イ帰りますよつて此れ光子さんに上げて下さい」云うたのんですが、「まあ何卒《どうぞ》そないお云ひにならんで待つてゝ下さい、今に出て来られますから」云うて、無理にその男が引き留めるのんです。さうして改まつて私の前いすわり直しながら、「実は此の事は、ほんまは光子さんから申さんならんのんですが、僕は僕の立ち場として説明せんならん思ひますのんで、一往《いちおう》聞いて下さいませんか」云うて、――つまり光子さんは自分でやと*云ひにくいもんですよつて、着物着換へてる間にその男が代つて話するやうに、段取りがきまつてたらしいのんです。そんでその男、――

あゝ、さう〳〵、男はその時「財布を取られてしもたのんで名刺ありませんけれど、僕は船場《せんば》の徳光さんの店の近所にをります綿貫《わたぬき》栄次郎云ふもんです」云ひました。――その綿貫云ふ男の話聞いてみましたら、その人と光子さんとは、まだ光子さんが船場の方に住んでなさる時分、去年の暮頃から愛し合ふやうになつて結婚の約束までした云ふのんです。ところが今年の春になつてMの方との縁談が持ち上つて来て、とても二人は結婚出来さうにもないやうになつたのんですが、それが同性愛の噂のためにえゝあんばいに破談になつた。――まあさう云ふ意味のこと云うて、しかし決して自分たちは奥様を利用したんと違ふ、初めは利用したやうな形になつたけど、光子さんはだん〳〵奥様の情熱に動かされて、自分を愛するよりももつと熱烈に奥様愛するやうになつたよつて、自分の方がどれぐらゐ嫉妬《しつと》感じたか分れへん、利用しられたとしたら自分の方がしられてるぐらゐや云ふのんです。そんで自分はお目にかゝるのんは始めてゞすが、奥様のことはしよつちゆう光子さんから聞いてた。同じ恋愛でも同性の愛と異性の愛とはまるきり性質違ふよつて、奥様との仲は許して貰はんと、自分との仲も続けて行く訳にいかん様に光子さん云ひますのんで、自分も近頃は諒解してた。「あての姉ちやんかつて夫あるねんもん、あてもあんたと結婚することはするけど、夫婦の愛は夫婦の愛、同性の愛は同性の愛やよつて、姉ちやんのことは一生よう思ひ切らんさかいそのつもりでいてゝ頂戴。それがイヤやつたら結婚せえへん」と、いつでも光子さんはそない云うてる云ひまして、「そら光子さんの奥様に対する気持云うたら、全く真剣でしてなあ」云うたりして、人馬鹿にしてる思ひましてんけど、その男の云ひやう云うたら実際上手で、五分の隙もないやうなんです。そんで男は自分と光子さんとの関係をいつ迄も私に隠しとくのんはえゝことない思て、自分も諒解してるねんよつて私にも諒解して貰ふやう光子さんに話してたのんですが、光子さんかつて勿論その方がえゝこと分つてながら、今更私の顔見ると切り出しにくうなつて「折があつたら〳〵」思てるうちに、とう〳〵今夜のやうなこと出来てしもた。さうしてさつきの電話では盗難に遇うたやうに云うたけど、実はたゞの盗難ではない。着物を取つたんは泥坊と違うて博奕《ばくち》打や云ふのんです。それがだん〳〵聞いてみますと、ほんまに悪いことは出来《でけ》へんもんで、その晩その宿屋の別の座敷で博奕してるもんあつて不意に手エが廻つたん*やさうですが、刑事がどや〳〵踏み込んで来たのんで、二人はびつくりして夢中で部屋跳び出して、光子さんは長襦袢のまゝ、男は寝間着のまゝ、屋根から隣りの家い逃げて物干しの床の下いもぐり込んでた。博奕打つてた連中も我先《われさき》にバラバラ逃げ出して、大抵上手に逃げてしもたところが、その中に逃げおくれた夫婦者《もん》あつて、廊下をうろ〳〵してるうちに光子さんの部屋が開いてたのんで、そこい逃げ込んでみたら、ちやうど二人が抜け出たあとやつた。そんで此れはしめた思て、今度はその夫婦もんが密会者みたいに装うてた。と云ふのんは、同じ刑事でも博奕打検挙するのんと密会者検挙するのんとは係りが違てるんやさうで、その人たちはそれを心得てたらしいのんです。けど刑事かつてそれぐらゐな

こと分つてますよつて、その夫婦もん怪しいと睨んで勾引《こういん》*したんやさうですが、その時枕もとの乱れ籠*に入れてあつた光子さんと綿貫の着物着て、そのまゝ警察い連れて行かれた。なんでか云ふと、夫婦は宿屋の浴衣《ゆかた》を借つて博奕打つてたところいさう云ふ騒ぎになつたのんで、自分等の着物は向うの部屋にありますねんけど、何処までも密会者で通さうとするのんで、枕もとにあるのん着て行かんならんかつた。そんで光子さんたちはやつとのことで逃れたもんの、戻つて来たら着物がない、財布や手提げぐらゐそうツと置いといてくれたらえゝのんに、それもない、宿屋の主人まで挙げられてしもてゝ誰に相談しやうもないし、帰るにも帰られへんし、それにもう一つ心配なんは、光子さんの手提げの中には阪急の定期券が這入つてましたし、男の方も名刺入れてあつたんで、警察から家の方い電話かゝつたらえらいこツちや云ふのんで、どうにもかうにも思案に暮れて私呼び出しましたんです。で、どうせ此処まで来てくれはる親切あるねんやつたら、奥様かつて光子さんのため思てくれはるねんやろよつて、御迷惑でも此れから蘆屋《あしや》まで光子さん送つて行つたげて、今夜一緒に映画でも見てたやうに云うて、万一警察から電話がかゝつても、そこを何ぞうまいこと云うといてくれなされへんか云ふのんです。

その十一

「なあ奥様、今夜のことさぞかしお腹立ちですやろけど、どうぞ〳〵お願ひします」さう云うて男は又ぺたッと畳い頭擦りつけて、「僕の一身はどないなつても構ひません、どうぞ光子さんを無事に送つたげて下さい。御恩は一生忘れません」云うてしまひには手エ合はして拝むんです。わたし云うたらそらもうほんまにお人好しですよつて、そないしられてしもたら何ぼあんまりや思ても「イヤや」云ふ訳に行けしません。そいでも口惜しさが一杯でしたよつて、暫くの間《あいだ》男がペコペコお時儀するのんじいッと黙つて睨みつめてましたけど、とうど根負けしてしもて、たッた一と言「よろしいです」云うてしまひました。すると男は「あゝ」とさも〳〵感激の籠つたやうな芝居じみた声出して、もう一ぺん頭擦りつけて、「あゝ、承知して下さいますか、ほんまに有りがとございます、これで僕も安心です」云うて、それから人の顔色窺《うかが》ふやうに、「そしたら唯今こゝい光子さん呼びますけど、それについても一つお願ひして置きたいのんは、今夜のとこはいろ〳〵のことでえらい興奮してはりますのんで、どうぞなんにも云はんといて欲しいんですが、どうですか、それ誓《ちこ》てくれはりますか？」云ふのんです。仕方ないのでそれもよろしいです云ひますと、直ぐに「光子さん」と呼んで、「もう分つてくれはりましたよつて出て来なさい」と襖越しに声かけました。その襖の向うでは最前《さいぜん》こそこそ着物着換へてるらしい物音がしてましたのに、もうその時分にはしーんと静まり返つてしもてゝ、此方の話に一生懸命耳を澄ましてるやうでしたが、声かゝつてから二三分もたつた頃にやつと襖がごそッ云うて、そこが少しづゝ、一寸二寸ぐらゐづゝ開いて、眼エの周《ぐる》り真《ま》つ紅《か》いけに泣き脹《は》らした光子さんが出て来ました。

その時どんな顔してなさるか見てやりたい思たんですが、ちらッと視線打つかると慌てゝ俯《うつむ》いて、男の蔭に寄り添ふやうに音もさゝんとすわつてしまひなさつたんで、脹れ上つた眼瞼《まぶた》と、長い睫毛《まつげ》と、高く通つた鼻筋と、噛みしめてなさる下唇とが見えるだけで、両手を斯う云ふ風に斯う、――八つ口*のところい突つ込んで、体をねぢらして、前のはだけたのも直さんと身イ投げ出したやうにしてなさるのんです。そんで私は光子さんのさうしてなさる姿眺めてるうちに、あゝ此の着物が揃ひの着物やつてんなあ思ふにつけても、それを拵《こしら》へた時分のことや、その着物着て一緒に写真撮つたりした事が考へ出されて、又ギリギリ腹立つて来て、えゝ、こんなもん、拵へんといたらよかつた、いつそ飛び着いてずたずたに引き裂いてやろか知らんと、――ほんまに男が居エへんかつたら、それぐらゐなことしたかも分れしませんねん。男はその様子感づいたらしいて、二人がなんにも云はん先に「さあ〳〵」と追ひ立てるやうにして、自分も着物着換へるやら、私からお金を受け取つて宿屋の方では「いりまへん」云ふのん無理に勘定済ますやら、「あ、さう云ふと奥様、まことに恐れ入りますけど、今のうちに奥様のお宅と光子さんのお宅とい電話かけといて下さいますと、なほ都合よろしいですがなあ」云うたりして、ちよつとも隙与へんやうにするのんでした。私は私で家の方が心配でしたよつて、「うち今直《じ》ツきに光子さん送つたげて帰るけどなあ、光子さんとこから別に何とも云うて来やはれへんかつたか？」と女子衆《おなごしゅ》呼び出して聞いて見ますと、「はあ、さつき電話がおましたんで、どない申し上げてえゝのんか分れしまへなんだよつて、何時頃とも申し上げんと、たゞお二人さんで大阪い行つておいでゞす云うときました」云ふんです。「そんで旦那はんもう寝やはつたか？」「いゝえ、まだ起きてはりまツせ」「今すぐ帰りますさかい云うといてんか」云うて、光子さんの家の方へは「今夜松竹い行きましたんですけど、あんまりお腹《なか》減つてしもたんで、出てからちよつと鶴屋食堂*い行きましてん。えらいおそなりましたよつて此れから光子さん送つて行きます」云ひますと、お母様が出て来なさつて「まあ、さうでおまツか、あんまり帰りがおそいのんでたつた今お宅様い電話したとこでしてんわ」云ひなさる様子が、警察からなんにも云うて来てエへんこと確かでした。そんでそんならえゝ塩梅《あんばい》や、一刻も早《はよ》自動車で帰ろ云ふことになつたんですが、男は三十円のうち半分ばつかり残つたんをみんなそこの男衆や女子衆にやつてしもて、どんな事あつても決して迷惑のかゝらんやうにして欲しい、その筋から此れ〳〵云ふ取り調べがあつたら此れ〳〵云ふやうに云へ云うたりして、そないな時にもそらもうびつくりするほど細かい所い気イ廻るのんです。それからやう〳〵、——私がそこい着きましたんが十時ちよつと過ぎた時分で、一時間ばつかりぐづぐづしてしまひましたよつて、出たんは十一時過ぎでしたやらう。その時やつとお梅どん待たしたあツたん思ひ出して、「お梅どん〳〵」云うて、ろうじを往つたり来たりしてるのんを車い乗せたのはよろしいが、「僕も其処まで送りませう」云ひながら、男も平気でその車い乗り込んで附いて来るのんです。

光子さんと私とが奥の方い並んで、お梅どんと綿貫とがスペアシート*い腰かけて、四人がむうツと向ひ合うたなり一と言も口をきかんと、車はどん〳〵走つて行きました。武庫《むこ》の大橋*いかゝつたときに男が始めて、「どないします？　やつぱり電車で帰つたやうにせんと工合わるい思ひますが、……………」と、ふつと考へついたやうに云ひ出して、「なあ、光子さん、何処で自動車返《かい》したらえゝか知らん？」云ふのんでした。それが光子さんの家云ふのんは蘆屋川の停留所から川の西をもつと山の方い行つて、あそこに汐見桜《しおみざくら》*云ふ名高い桜あるついその近所なんでして、電車筋からほんの五六丁ですねんけど、途中に淋しい松原などあるのんで、よう追ひ剝ぎやの強姦やのがあつたりしてえらい物騒ですよつて、いツつも晩おそう帰るときにはお梅どんが附いてるときでも停留所の前から俥《くるま》*に乗つて行きますさかい、あそこまで自動車着けたらえゝ云うたり、いや、そらいかん、俥屋《くるまや》が顔知つてるよつて何処ぞもつと手前の方で降りた方がえゝ云うたり、そんなことからお梅どんも私もぼつ〳〵もの云ひ出しましたけど、それでも光子さんだけはやつぱり一と言も云ひなさらんと、とき〴〵さし向ひに腰かけてる綿貫の方をジーッと見つめては、何やひそ〳〵眼エで物言うて溜息してなさるやうなんです。すると男が「ふん、そんなら国道*の業平《なりひら》橋*のとこで降りたらよろしいがな」と、同じやうに光子さんの顔見返しながらさう云ひ出した云ふのんは、私にはよう分つてるのんですが、あの橋のところから阪急の線まで出る路が又えらい淋しいて、片ツぽ側が大きな松のたあんと生えてる土手ですよつて、あんなとこ女三人で歩ける筈あれしません。そんで綿貫はちよつとでも長いこと光子さんと一緒にいてたいのんで、自動車降りてからあの路を送つて来たいのです。それにしても「船場の徳光さんの近所にをります」云うてたのんにそんな橋の名アやあの辺の路知つてる云ふのんは、もう今迄に何遍も二人で此処ら辺《へん》散歩したことがあるからなんです。私よつぽど「誰に見られても男の人が附いて来るのんが一番わるい、三人だけやつたらどないでも言訳立つよつて、あんたえゝ加減に帰んなさい。私に預ける云うときながら、あんた帰つてくれはれへんねんやつたら私帰ります」云うてやろか知らん思たんですが、お梅どんの方は「それがよろしおまんなあ」「さうしまよなあ」と何でも彼んでも綿貫の云ふことに調子合はして、「そんならお気の毒ですけど、阪急のとこまで送つて戴けまツしやろか」と、知つて男の思ふ壺に嵌まつて行くのんです。考へてみるとお梅どんかつてやつぱり光子さんや綿貫とぐるになつてたん違ひないのんで、やがて橋のとこで車降りて土手の下の真つ暗な路いかゝりましたら、「なあ奥様、こんな闇夜に男の人いてゝくれはれしまへなんだら、恐《こわ》うて歩かれしまへんなあ」と、用もないのんに私摑《つか》まへて、此なひだ此の路で何処其処のとうちやんがこんな目エに遭ひはつた云ふやうな話休みなしにしかけて、なるだけあとの二人より離れて歩くやうにするのんです。二人は五六間うしろの方からまだ何や知らん相談しながら来るらしいて、「ふん」とか「はあ」とか云ふ光子さんの声がかすかに聞えてるのんでした。

停留所の前で男が帰つてしまひますと、又三人は黙り込んで、あそこから俥で光子さんの家まで行きました。「まあ、まあ、ほんまに、何でこないにおそおましてん」云ひながらお母様が出て来なさつて、「いつも〳〵お邪魔に上りまして御厄介になりますばつかりで」と、えらい私に気の毒がつていろ〳〵お礼云ひなさるのんですが、此方は私も光子さんもけつたいな顔してますのんで、長いことしやべつてたらぼろ出る思て、自動車呼びませう云うてくれはりますのんを「いゝえ、俥待たしたあります」と逃げるやうに出て来まして、又阪急で夙川《しゆくがわ》*まで後戻りして、あそこからタクシーで香櫨園《こうろえん》まで帰つて来ましたら、ちやうど十二時になつてました。「お帰りやす」云うて玄関い出て来た女子衆に「旦那はんどないした？　もう寝やはつたか？」云ひますと、「ついさつきまで起きてゐやはりましたけど、もうちよつと前お休みになりはりました」云ひますのんで、まあよかつた、なんにも知らんと寝てゝくれたらえゝ思ひながら、出来るだけそうツとドーア開けて、忍び足で寝室い這入つてみますと、寝台の傍のテーブルに白葡萄酒の壜置いたあつて、夫は頭から布団被《かぶ》つてすや〳〵寝てるらしいのんです。お酒には極く弱い方で、寝しなにそんなもん飲む云ふことなんぞめつたにあれしませんのんに、きつと心配の余り寝られへんのんで飲んでんやな思て、静かな寝息乱さんやうに恐る〳〵横になりましたけど、なか〳〵寝られるどころやありません。考へれば考へるほど、口惜しさと腹立たしさとが何遍でも湧き上つて来て、胸の中が掻きむしられるやうになります。えゝ、もうほんまに、どないして復讐してやろか、どんな事あつてもきつと此の讐《かたき》取つてやる、と、思ふと同時にかッとなつて、夢中でテーブルい手エ伸ばして、グラスに半分ほど残つてた葡萄酒ぐうッと一と息に飲み乾しました。何しろその晩はさつきからの騒ぎでえらい疲れてましたところいさして、私かつて不断ちよつとも飲んだことあれしませなんだよつて、見てる間に酔ひ廻つて来て、――それもえゝ心持にぽうツとなるのんと違《ちご》て、頭が破れるやうにがんがんして、胸のあたりがむかついて来て、体ぢゆうの血イ一遍に髪の毛の方い上つて来るやうな気イするのんで、はあはあ苦しい息吐きながら、「ようも〳〵みんなで人馬鹿にして、今にどうするか見てたらえゝ」と、口い出して云はんばつかりに一途《いちず》にそのこと考へつめてますと、激しい動悸《どうき》が、樽の口から酒がこぼれるやうな音立てゝ、どきんどきん鳴つてますのんが自分にもちやんと分るのんですが、気イついてみますといつの間にやら夫の胸も同じやうにどきんどきん云ふ音立てゝ、はあはあ熱い息吐いて、互の呼吸と動悸とが一緒に時を刻みながらだん〳〵強うなつて行つて、二人の心臓が一時に破裂せエへんか知らん思はれた途端に、いきなり私は夫の腕でぎゆうツと抱きしめられました。次の瞬間に夫のはあはあ云ふ息が一層近よつて、燃えるやうな唇が耳たぶに触れて、「お前、よう帰つて来てくれたなあ」――と、そない云はれたはずみに、どうした加減か急に涙がこみ上げて来て、「くやしいッ――」と、身イふるはして泣きながら、今度は此方からしがみ着いて、「くやしいッ、くやしいッ、くやしいッ」と、夫の体搔きむしるやうに揺さ振りました。「何や、何でそない口惜しい？」夫は出来るだけ優しいに、「え？　何が口惜しいのか云うてみい、泣いてたら分れへんがな、え？　どないしてん？」云うて手のひらで涙拭いてくれて、なだめたり、すかしたりしてくれますので、なほ悲しうなつて、あーあ、やつぱり夫は有難い、自分は罰中《あた》つたんや、もう〳〵あんな人のこと思ひ切つて、一生此の人の愛に縋《すが》らう、――と、一途に後悔の念湧いて、「うち、今夜のことみんな云うてしまふさかい、きつと堪忍しとくなはれなあ」と、とうど夫に今迄のことすつくり話してしまひました。

その十二

私はすつかり心入れかへた気イになつて、明くる朝は夫より二時間も早《はよ》起きて、台所い出て行つて朝御飯の用意したり、夫の洋服ちやんとしといたり、いつもほつたらかしたまゝ女子衆まかせにしときますのんを、自分が先い立つてせつせと働きました。「お前、今日は学校《がつこ》い行けへんのか」と、夫は出かける時間になつて鏡の前でネクタイを締めながら云ひましたけど、「うち、もう学校は止めよ思てんねん」云うて、うしろから上衣着せたげて、そのまゝそこに、脱ぎ棄てた着物たとみながらすわつてました。「なんでやねん、学校止めんでもえゝやないか？」「あんな学校行つたかつてしやうむない。………会ひともない人と顔合はすのんイヤやしなあ。………」「ふん、さうか、そんなんやつたら止めてもえゝなあ」と、夫は感謝の籠つた眼つきでさう云つたもんの、又なんや知らん物足らんやうな、気の毒さうな恰好《かつこ》で、「そやけど、なんにもあんな学校に限つたことあれへん、絵エ習ひたかつたら研究所いでも行つたらどやねん？　僕かつて毎朝一緒に出かけた方がえゝしなあ」云うてくれますねん。そんでも「うちもうどつこも出とないわ、何処行たかてどうせロクなこと覚えへんねよつて」云うて、自分ではその日から一廉《ひとかど》のハウスワイフ*になつたつもりで、一日家の中で一生懸命仕事しました。夫の腹の中云ひましたら、あないに我が儘やつた私がまるで生れ変つたみたいに態度改めましたのんが、どない嬉しいか分れしません。云うて又、二人で仲好う大阪い通《かよ》てた先度《せんど》*ごろの生活を取り返してみたいやうな気イもしますねん。そら私かつてちよつとでも余計夫の傍に引つ着いてたい、離れたらその間に邪念妄想が起る、夫の顔さい見てたらあの人のこと忘れられるやろ思ひますよつて、一緒に着いて行きたいんですけど、いや、そやない、もしひよつとして途であの人と会うたりしたら？……もうそんなことあつたかて物云エへん気イやけど、そんでもばつたり顔見合はしたらうちどうするやろ？　青なつて、ぶる〳〵顫《ふ》て、一と足も出んやうになつて、門《かど》で倒れてしまふかも分れへん思ひましたら、外い出るのが恐うて、大阪どころやあれしません、つい電車路ぐらゐまで行きましたかて、そやない人の影見てもはつと襲はれたみたいに、慌て丶家い飛んで逃げて、どきどきする胸おさへながら、いかん、いかん、ちよつとでも出たらいかん、こ丶暫くは死んだ気イになつてすツ込んでよ、水仕事でも拭き掃除でも何でも構はんと精一杯働いてよと、自分で自分に云うて聞かすのんです。あの箪笥の抽出しにしもてある手紙なんぞ焼いてしまお、それより一番さき観音さんの絵エの方どないぞしてしまおと、それも私には毎日ぐらゐ気イになつて、今日こそ焼こ、今日こそ焼こと、箪笥の傍まで行きますけど、手エ取つてみたら中が見となるやろなあ思たら、やつぱり恐うてよう開けませんねん。一日ぢゆうそないして暮らして、ゆふがた夫帰つて来ますと、「ほんまによかつた」とほつと重荷イおろします。「うち此のごろ朝から晩まであんたのことばつかり思ひ詰めて丶、ほかの事なんにも考エへんやうにしてんねよつて、あんたかつてきつとさうして丶くれるわなあ」と、私はぎゆツと頸のまはりに抱きついて、「うちの心にちよつとの隙も出来んやうに、いツつも、いツつも、可愛がりつゞけに可愛がつてくれなイヤやわ」と、今では夫の愛情だけがたつた一つの頼りでした。

「もつと可愛がつて、もつと可愛がつて……」と、私の云ふのんはそればつかりでした。

或る晩なんぞは、「まだ愛しかたが足らん」云うて、気違ひみたいに興奮しましたのんで、「お前は極端から極端やなあ」と、夫はなだめるやうに云うて、私のあんまりな上《のぼ》せかたに今度は却つて面喰《めんくろ》てるぐらゐでした。

もしもその時分にひよつこりあの人が訪ねて来たら、否でも応でも物云はんならんやうなハメになるよつて、それが何より気がゝりやつたんですけど、なんぼ厚《け》かましい云うても流石《さすが》よう寄り附かんかして、えゝあんばいにあんなりなんにも云うて来えしません。私は心のうちに神様《さん》や仏様《さん》祈つて、結局運命がそんな工合になつたのんを有難いことや思ひました。ほんまに、あの晩のやうな出来事でもなかつたら、なか〳〵こない綺麗さつぱりと切れる云ふ訳に行けしませんのに、これも神様の思召《おぼしめし》やろ、口惜しいことも悲しいことも済んでしもたことはみんな夢とあきらめよと、やう〳〵幾分か落ち着いて来ましたのんは、あれから半月も立つた六月の下旬ごろのことで、――去年の夏は空入梅《からつゆ》でしたよつて、毎日々々日照りがつゞいて、家の前の海岸に泳ぎに来る人がちよい〳〵見えました。夫はいつも暇ですのんに、その時分珍しう頼まれた事件あつて、もうちよつとしたら手エ抜けるさかい、そしたら何処ぞ避暑になと行こ云うたりしてましたが、或る日私が台所で桜ん坊のジエリー拵へてる時でした、「大阪のＳＫ病院から奥様に電話だす」云ひますのんで、虫が知らしたのんか、何やけつたいに思ひながら、「誰ぞ入院してんねやろ、も一ぺん聴いてみなはれ」云ひますと、「いえ違ひます、病院が直接奥様に話したい云うたはります、男の人の声みたいだす」云ふことで、「ふん、をかしいなあ」云うて電話口い出る時から、何でか知らん胸騒ぎして受話器を持つ手エ妙に顫《ふる》てるのんです。彼方《あっち》では「あんたは奥様ですか」と二へんも三べんも念押してから俄《にわ》かに低い声になつて、「突然甚だ失礼ですが、あんたさんは英語の避姙法の本*を中川さんの奥様にお貸しになつたことありますか」とけつたいなこと尋《た》ンねます。「はあ、その本は私たしかに或る人に貸しましたけど、中川さんの奥様云ふ方はよう知りません。多分私から借《か》つた人が又貸《またがし》したんやろ思ひます」そない云ふと直ぐ、「はあ、はあ」と向《むこ》ではうなづいて、「奥様がお貸しになつたのは徳光光子さんでせうな？」云ふのんです。私実はもう最前から予期してたもんの、その名ア云はれた瞬間に何や電気みたいなもんが体ぢゆうビリビリ伝はるやうな気イしました。はあ、その本と云ひますのんは、一と月程前光子さんに貸しましたのんで、光子さんのお友達の中川さんの奥様云ふ人が子供生むのんイヤや〳〵云うてはる云ふやうな話から、「姉ちやんはきつと巧い方法を実行してんねんやろなあ」云ひますよつて、「ほんま云うたら、あてえゝ本持つてんねん。亜米利加で出版しやはつた本で、それ見たらそらもう何ぼ通りでも書いたあるわ」云うて、その時貸したげたまゝ忘れてしもてたんだした。ところが病院ではその本のことから或る重大な結果起つてえらい迷惑してる。電話ではそれ以上申し上げること出来んが、そのことに就いて中に挟まつた徳光さんのお嬢様もいろ〳〵と心配してはりまして、どうしても一ぺん奥様にお目にかかつて秘密に相談せんならん思て、此なひだから何遍でも手紙差し上げたさうですが、奥様の方から何とも返事してくれはらん云うて難儀してはる。そんで此の場合、是非とも徳光さんに会うてみて下さい。病院の者が直《じ》かに伺うては面白《おもしろ》ない事情がある。病院は表面そ知らん体にして徳光さんと会うてくれはるのが一番よろしい。万一会うて下さらんと、病院は此の事件に就いて奥様の方いどんな迷惑がかゝつても一切責任負ふこと出来ん云ふのんです。私はそれも光子さんや綿貫の仕組んだ計略で、なんぞ又人欺すのんやないかと半信半疑でしたけど、何《なん》せその時分は堕胎《だたい》事件*がやかましいて、何々博士が摑まへられた、何々病院がやられたと、ようそんな記事が新聞に出ましてん。そんで前にも云うたやうにその本の中には薬剤に依る方法やら、器具に依る方法やら、法律に触れるやうなことまでたあんと書いたあるのんでして、中川の奥様云ふ人は何ぞへまなことしてえらい間違ひ引き起して、しろとの手エで収まり付かんやうなつたんで病院い担《かつ》ぎ込まれたん違ふやろかと、想像されるのんです。それに私は、光子さんから手紙が来てもきつと私に見せたらいかん、みんな焼いてしもてくれ云うて、女子衆に云ひつけてありましたもんでツさかい、そんな事件が起つてようとは今日までちよつとも知りませなんだ。病院の方ではえらい急《せ》いてゝ、どうしても今日ぢゆうに会うて貰はないかん云ひます。電話で夫に相談しましたら、「さう云ふこツちやつたら会はん云ふ訳に行かんやろ」と、夫も云ひます。そんでとう〳〵承知した旨答へますと、此れから直ぐに伺ふやうに病院から光子さんの方い知らす云ふことになつたのんです。

その十三

ところがその電話のありましたのんが二時頃のことで、それから三十分もした時分にもう光子さんが来やはりましてん。私はまた、なんぼ病院が急《せ》いてたかて、いツつも出る時には一時間も二時間も寠《やつ》しやはる*よつて、どないしても来るのは夕方か晩ぐらゐになるやろ、まさかこないに早いとは思ひもよりませなんだのんに、門のベルがジイジイ鳴つて、上り口のコンクリの上蹈《ふ》む草履の音が、………玄関から奥の間まですつかり開け切つてありましたよつて、すうツと表から吹き込んで来る風と一緒に、なつかしい香《におい》が廊下伝《つと》て来ますねん。あいにく夫はまだ帰つて来てませんし、立ち上つたまゝ何処ぞ逃げ道でも捜すみたいにうろうろしてますと、取次に出た女子衆がバタバタ走つて来て、「奥様！　奥様！」云うたなり顔の色変へてるのんで、「分つてる、分つてる、光子さんやろ」云ひながら自分で玄関い出て行ことして、「あの、ちよつと、ちよつと、………」と誰を呼ぶのか分らんこと云ひながら、「あの、………ちよつと待つとくなはれ云うて、下の八畳い通しといて」と云ひ附けといて、二階い上つて寝室のベッドの上で暫く動悸のしづまるのん待つてから、やつと起き上つて、顔色隠すために頬紅少し濃いめにつけて、白葡萄酒一杯飲んで、思ひ切つて降りて行きましてん。

わたしは仕切りの簾《すだれ》の向うに派手な模様がチラチラして、ハンカチで汗をおさへながらすわつてはるらしい姿見ると、もうまた胸がどきんどきん云うて来ましたが、光子さんの方でも簾越しに此方見てなさつて、這入つて行くのん待ち構へたやうに、「今日は」云うてニコニコ笑ひなさるのんです。「あて、姉ちゃんにあんなり御無沙汰してしもて、悪いとは思てゝんけど、あれからあとにいろ〳〵な事あつたりして、………それに姉ちゃんあの晩の事どない思てはるねんやろ、きつと腹立てゝはれへんやろか思たら、つい閾《しきい》が高《たこ》なつてしもて、………」と、遠慮しいしい此方の顔色うかゞうてはそない云ひなさるのんが、やつぱり馴れ〳〵しい昔の口調で、「なあ、姉ちゃん、あんた今でも怒つてなはんの？」と、私の眼エの中を覗《のぞ》き込みなさるのんです。私は無理に「徳光さん」と改まつて呼びかけて、「今日はそんなお話するつもりでお目にかゝつたんと違ひます」云うてやりましてん。「さうかて姉ちゃんがあの時のこと堪忍したげる云うてくれへなんだら、あてかて話出来へんもん」「いゝえ、いゝえ、私は中川の奥さんのことに就いてＳＫ病院から頼まれましたさかい、そのことだけ聞くやうに夫の許し得たあるのんです。そやよつてに何卒《どうぞ》その外の話はせんといて頂戴。それからあのう、先度《せんど》のことはみんな自分が阿呆だしてんよつて、誰恨んだり怒つたりすることあれしませんけど、あんたも今更わたしのこと『姉ちやん』やなんて云はんといて頂戴。さうでないと、私こゝにゐられへんやうになりますさかい。………」そないに云ふと今度はさすがに萎《しお》れ返つて、うつむいたまゝ縄のやうに捻《ね》ぢくつたハンカチをぐるぐる指に巻きつけながら、思はせぶりに涙ぐむやうな風して見せて、そんなり物も云ひなされしませんねん。「あんたかつて、めつたにそんな話《はなし》しに来たんと違ひますやろ？　さあ、用件の方聞かして頂戴」「あて、姉ちゃんにそない云はれたら、…………」と、やつぱり光子さんは「姉ちゃん」云ふ言葉使て、「…………云ひたいことも胸につかへてしもてちよつとも出エへんねんけど、ほんま云うたら、さつきのあの電話のことなあ？…………あれほんまは、中川の奥様と違ひまんねん」「ふーン、そんなら誰のことですねん？」――その時光子さんは眼エと眼エの間に皺を寄せてくすツとけつたいな笑ひやうをしたと思たら、「あてのことやわ」云ふのんです。「そしたら、病院に入院してる云ふのんは、あんたの事だつか？」――まあ、此の人は、…………何処まで厚かましいねんやろ！　自分が綿貫の種宿してどうにも始末に困つたのんで、又してもうちを利用しに来るとは！　さん〴〵人に苦水《にがみず》飲ましときながらまだ足らんのか。――私は体ぢゆうが顫て来るのんじつと押し鎮めて出来るだけ空惚《そらとぼ》けて聞いてやりました。「ふん、そやねんわ」と、光子さんは頷いといてから、「入院さしてほしい云うてるねんけど、入院さす訳に行かん云はれてんわ」と、なんや褄目《つまめ》*の合はんこと云うて、それからぼつ〳〵話し出すのん聞いてみますと、あの私から借つた英語の本見て幾通りもの方法やつてみたところが孰《ど》れもあんぢよう*行かんらしいので、ぐづぐづしてたら人目《ひとめ》につくやうになつて来るし、気が気でなうて、綿貫の知つてる人に道修町《どしょうまち》*の薬屋の番頭《ばんと》さんあるのん幸ひ、その本に書いたある処方に従うて、薬をもろて飲んだんやさうです。尤も番頭さんには事情を明かしたんやなうて、たゞ必要な薬品だけもろて、それをえゝ加減に調合したのんで、間違うてたんかどうか、よんべ俄かにお腹痛《なかいと》なり出して、お医者さん呼んでる間にえらい出血した。そんでお医者さんに訳話して、どうぞ家の者に内證でどないぞして欲しい云うてお梅どんと二人で頼みますと、出入りのお医者さんでんねけど、「難儀ですなあ」云うてためいきつくばつかりで、「これはどうも私には困ります。きつと手術して出さんといかんでせうが、何処ぞ専門の病院で心易い所があつたらそこい行つて相談して御覧。私は応急の手あてだけしときます」云うて体《てい》よう逃げてしもたのんで、ＳＫ病院やつたら院長さん知つてるからどないなとしてくれはるやろ思て、今朝になつてから出かけて行つて診察してもろたら、そこでも同じこと云うてなか〳〵聴いてくれはれへん。なんでもそこの院長さん云ふのんは今の病院建てる時に徳光さんのお父さんからお金出して貰やはつたんやさうで、光子さんとお梅どんとで手エ合はすやうにして頼むと、「弱りましたなあ、弱りましたなあ」云うて、「前やつたらこんなぐらゐのことは何処の医者でも引き受けたのんですが、御承知の通り此の頃は世間がやかましいのんで迂濶なことすると私一人やない、お宅の不名誉になるやうな事起らんとも限らんのんで、さうなつたらお父様に対して申訳ありません。それにしても何で今迄放つといたんです、こないならんうちやつたら、――せめて一と月も前やつたらどないなとしたげたのに」云ふのんですけど、そないしてるあひだも時々お腹痛《なかいと》なつて出血するのんで、こゝで何ぞの事でもあつたら病院に嫌疑がかゝりますし、さうかて苦しんでるもんを黙つて見てる云ふ訳に行かんし、「いつたい誰に教せてもろてどんな薬飲んだんか云うて下さい。それ聞いたかて出来るだけ秘密にはしときますけど、万一問題になつた場合にその人が證人にさいなつてくれたら手術したげる」云ふもんですさかい、私から本借《か》つて斯う〳〵した云ふこと話して、私がいツつもその本の方法実行して目的達してるもんですから、自分もあんぢよう行くやろと思た云ふやうなことしやべつてしもた。そしたら院長さん暫く考へてゝ、こないな事はお医者さんやなうても、経験のあるしろとの方が却つて手軽うに埒《らち》*ようやれる、西洋の女やらはこない〳〵して、人の手エ借らんと自分で始末してしまふのんが常識みたいになつてるさかい、私が熟練してるのんならいつそ私にしてもろたらえゝのやけど云うたりして、兎に角事件がむづかしなつても私が責任負うてくれたら手術したげる、それがイヤやつたら本貸したのんが災難やと思てどないぞしてくれたらどやろ。お医者さんと違《ちご》て私やつたら知れる心配も少いし、知れたとこで大した問題になれへんやろ。——そない云はれたんやと、まあ光子さんは云ふのんです。「なあ姉ちゃん、あて姉ちゃんにそんなことして貰おとは思てエへんけど、こんなりにしといたら時々痛み出してたまらんし、恐い病気になつたりすることもある云はれたのんで、姉ちゃんが責任負ふ云うてくれたら手術して貰へるのんやけど、……」「責任負ふ云うたかつて、どないしたらえゝのん？」と聞いてみましたら、病院い行て、院長さんの前で誰ぞ第三者に立ち会うてもろて約束するか、さうでないのんなら後日のためにちよつと一と筆書いて欲しい云ふのんですが、そんなことうつかり出来しませんし、それに光子さんの云ふことが何処までほんまか、よんべ出血した云ふ病人が別に窶《やつ》れたふうもなうて出歩いてるのんもをかしいし、さつきの電話は病院で医局の人にかけてもろた云ふのんですけど、そんな人が中川の奥様の名ア騙《かた》る筈もなし、何ぞまた訳でもあるやうな気イしてめつたなこと云はれへん思てるうちに、「あゝ痛《いた》、……又痛《いと》なつて来た」云うてお腹さすり出しなさつたのんです。

その十四

「どないしなはつてん？」云うてるうちに見る〳〵顔が青《あお》なつて来て、「姉ちやん、姉ちやん、早《はよ》便所い連れてエな」云ひなさるのんで、どないな事になるのやら此方も慌《あわ》てゝ、畳の上這ひ廻るやうにしてはるのん抱き起すと、はあ〳〵云ひながら肩に凭《よ》りかゝつて歩きやはるのんがやつとですねん。私は便所の外に立つて、「どうだんねん、どうだんねん」云うてましたが、呻《うな》りごゑが段々しんどさうになつて、「うーん、くるしいツ、姉ちやん！姉ちやん！」云ひますよつて、夢中で中い駈け込んで、「しツかりしなはれ！　しツかりしなはれ！」と、肩撫《な》でたげて、「なんぞ下《お》り物でもしたんかいな」云ふと、黙つて首振つて、「あて、もう死ぬ、死ぬ、……助けてほしい」と、ほんまに消えてしまひさうな虫の息で、「姉ちやあん、……」と一と声大きく呼びながら、両手で私の手頸にしがみ着きますねん。「こんなぐらゐな事で何で死んだりするかいな、光ちやん、光ちやん」云うて力づけたげても、もう眼エ見えへんやうにどろんとなつた瞳上げて、「姉ちやんあて堪忍してくれるわなあ。あてこないして姉ちやんの傍で死ぬのんやつたら本望やけど、……」と、そないに云ふのんがちよつとぐらゐ狂言*としたかつて、握つてる手エ次第に冷《つ》めとなつて来るやうな気イしますし、さうかて「お医者はん呼んだげよか」云うても「姉ちやんに迷惑かゝるよつて呼んだらいかん、死ぬのんやつたら此んなり死なして」云ひますし、……孰方道《どつちみち》そんなりにしとかれしませんので、女子衆に手《て》ツ伝《と》てもろて二階の寝室い運びましてん。なんせ、咄嗟《とつさ》の場合ですよつて布団敷いてる間《ま》アもあれしませんし、寝室い入れるのんはどや知らん思たんですけど、下はみんな見透される夏座敷ですし、しよことなしに*そないしたのんですが、やう〱寝室い臥《ね》さしてしもてから、直きに夫とお梅どんとこい電話かけに行ことしますと、「姉ちやん何処も行つたらいかん」云うて、袂《たもと》をぎゆツと握つたまゝ、ちよつとの間も放しなされしません。尤もそないしてるうちに幾分か落ち着いて来たらしう、もうさつきのやうに苦しがらんやうになりはつたので、まあ此の分ならお医者はん呼ばいでもよかつた思ふと、その時だけはほんまにほつとして助かつたやうな気イしましてん。

そんな工合で私は傍離れること出来しませんよつて、「お便所汚れてるさかい直ぐ掃除しといて」云うて女子衆下いやつてしもてから、何ぞ薬でも思ひましてんけど、「いらん、いらん」と、イヤイヤしなさつて、「姉ちゃん帯ゆるめてエな」云ひなさるのんで、帯ほどいたげたり、血イの附いた足袋脱《ぬ》がしたげたり、アルコールと脱脂綿持つて来て手エや足拭いたげたりしましたのんですが、そのうちに又発作《ほっさ》起つて、「くるしいツ、くるしいツ、水、水、………」云ひながらシーツや枕手あたり次第に掻きむしつて、体を蝦《えび》のやうに曲げて悶《もだ》えなさるのんです。私はコップに水酌《く》んで来て、えらい暴れて丶飲まされしませんのんを無理におさへつけながら口移しに飲ましたげると、おいしさうに喉《のど》をぐいぐい云はしながら、飲んでしまふと又、「くるしい、くるしい」云うて、「姉ちゃん、後生やよつてにあての背中の上い載つてぎゆツと押してエな」云うたり、何処を揉んでほしい、彼処《かしこ》を撫で丶ほしい云ふのんで、云はれる通り揉んだりさすつたりするのんですけど、ちよつと直つたか思ふと又直ぐ「痛い、痛い」云うて、なか〳〵治まりさうもあれしません。そんで暫くでも楽になつたあひだには、「あ丶、あ丶、こんな苦しい目エに遇ふのんもみんな姉ちゃんの罰やなあ。………これで死んだら姉ちゃんかつてもう堪忍してくれるか知らん」と、独りごとのやうに云うてさめ〴〵涙流すのんです。そいから又しても痛なり出して、今度は前よりもつと苦しさうにのたうち廻つて、何や血の塊みたいなもんが出たらしい云うたりするのんですが、何遍も〳〵「出た、出た」云ふたんびに調べてみたかて、ちよつともそないな気《け》ヱあれしません。「神経でそんな気イすんねんわ、なんにも出てへんやないかいな」「出てくれへなんだらあてもう死ぬわ。姉ちやんはあてが死んだらえゝ思てんねんやろなあ」「なんでそんなこと云ふのん？」「さうかて、あてにこんな地獄みたいな苦しみさしとかんと、早楽《はよ》にしてくれたらえゝのに、………姉ちやんやつたらお医者はんよりよう知つてるくせに、………」そない云ひ出した云ふのんは、いつや私が「ほんちよつとした器具さいあつたら何でもない」云うたことあつたよつてゞすけど、もう私にはさつきの「出る〳〵」云ふ騒ぎの時分から、今日のことがみんな狂言や云ふことが分つてましたのんで、………ほんま云うたら、実はその前からだん〳〵気イ付いて来てながら、知つて欺《だま》されてたのんで、光子さんかて私が欺されてる振りしてるのん見抜いてながら、何処までもづうづうしう芝居してはりましてん。そんで、そいから先はお互が自分で自分欺《あざむ》き合うて、………もうそんなこと、先生はよう分つてはりますやろけど、結局私は、見す〳〵光子さんの仕掛けた罠《わな》い自分を落し込んでしまひましてん。………はあ、その赤いのんは何を使たのんか聞かんとしまひましたんで、今でもとき〴〵不思議に思ひますのんですが、何ぞ芝居に使ふ血糊のやうなもん隠しといたのんと違ひますやろか。………「姉ちやん、そんならもう此なひだのことちよつとも怒つてへんわなあ、きつと堪忍してくれるわなあ？」「今度こそ欺したらあてあんたを殺してやるわ」「あてかてさつきみたいな薄情なことしられたんやつたら、生かしとけへん」――ほん一時間ぐらゐのあひだにすつくり元の馴れ〳〵しさに戻つてしまひましたのんですが、さうなると私は、急に夫の帰つて来るのが恐うなつて来ましてん。一旦あゝ云ふ訳になつたのんが、よりが戻つてみましたら、その恋しさは前より増して、もうちよつとの間も離れとないのんに、さしあたり、此れから先、どないしたら毎日会へるねんやろか。「あゝ、あゝ、どないせう。光ちやん明日も来てくれるわなあ?」「此処の家《うち》い来てもえゝの?」「えゝか、わるいか、もうそんなことあてに分らん」「そんなら一緒に大阪い行けへん? 明日《あした》姉ちやんのえゝ頃になつ電話かけるわ」「あての方からも電話かけるわ」そない云うてる間に直ツきに夕方になつてしもたのんで、「今日はもう帰るわなあ、ハズさんが戻つて来やはるさかい、………」と、身支度せうとしなさるのんを、「もうちよつと、もうちよつと」云うて何遍も引き留めましてんけど、「まあ、やんちややツ児やなあ、そんな分らんこと云うたらいかん、明日きつと知らしたげるさかい大人しいして待つてなはれや」と、今ではあべこべに私の方がたしなめられて、五時頃に帰つて行きやはりましてん。

夫はその時分大概帰りが六時頃でしたけど、その日イはいくらか心配して早《はよ》帰るか知らん思てましたのんに、やつぱり此なひだぢゆうからの事件が引き続いてると見えて、そいから一時間ぐらゐ立つてもまだ帰つてけえしません。私はそのあひだに部屋片附けたり、寝台綺麗に直したりして、床の上に落《お》つてた光子さんの足袋拾《ひろ》て、——帰りしなに光子さんは私の足袋穿《は》いて行きなさつたのんです。——そのしみの痕《あと》視つめながら、まだ何や知らん夢みてるみたいにぼんやりしてましてん。夫にどない云ひ訳せう。此の部屋使たこと云おか知らん。云はんとこか知らん。どない云うといたら此れから先会ふのんに都合え丶か知らん。……と、そんなこと考へてたら、俄《にわ》かに「帰りはりましたで」と下から知らしますのんで、足袋箪笥の抽出《ひきだ》しいしもて降りて行きますと、「どうしたんや、さつきの電話のことは？」と、出会ひがしらにすぐそない云ふのんです。「うちほんまに難儀したわ。あんた何でもつと早帰つて来てくれへなんだん？」「僕かてさう思てたんやけど、生憎と用が片附かなんだのんで、……一体どないした云ふのんや？」「何でも彼でも直き病院まで来てくれ云ふねんけど、そんなことしてえ丶か悪いか分れへんし、兎に角明日まで待つとくなはれ云うたんやけど、……」「そんで光子さん行《い》にやはつたんか」「明日是非一緒に行つてくれ云うて帰りはりましてん」「お前があんな本貸すよつて悪いのやないかいな」「誰にも見せへん云やはつたよつてに貸したげたんやけど、ほんまにうち、えらい事してしもたわ。まあ何にしても明日見舞ひに行《い》てこう、中川の奥様かて満更知らん仲と違ふし、……」私はそない云うて、何は放つといても早速明日の口実を拵《こしら》へましてん。

その十五

その晩わたしは夜の明けるのん待ちどしいて、八時に夫が出かけてしもたら、飛び着くやうに電話口い走つて行きましてん。「姉ちゃん、えらい早いなあ、もう起きたん？」と、受話器通して聞えて来るのんが、昨日も聞いた声ですねんけど、眼エの前で聞くのんとは違たなつかしさにわくわくしながら、「光ちゃんまだ寝てなはつたんか？」「あて今電話で起されてんわ」「あてもういつでも出られるわ、あんたも直き出てくれへんか？」「そんなんやつたら慌てゝ拵へするよつて、九時半に梅田の阪急い来てくれへんか？」「九時半に、きつとやなあ？」「きつとやとも」「今日は光ちゃん一日暇やねんわなあ？　帰り遅《おそ》なつてもかめへんやろ？」「かめへんとも」「あてもそのつもりで行くさかい」云うて、ちよつきり*約束の時間に行つてましたら、なか〳〵来なされしませんのんで、又いつもみたいに窶《やつ》してなさるのんか思たり、欺されたのん違ふか思たり、自働電話*かけてみよとして、その間に行んでしまひ*なさつたら難儀や思て止めてしもたり、ひとりでヂリヂリしてますと、やつと十時過ぎに、「姉ちゃん大分待つたん？」云うて、改札口から息せき切つて走つて来なさいましてん。「何処行こ？」「光ちゃん何処ぞえゝとこ知らん？——静かな、誰もゐエへんやうなとこで一日ゆつくりしてたいわ」「そんなら奈良い行こやないか」云はれたのんで、あゝ、そや〳〵、二人が始めて仲好う遊びに行つたのんも奈良やつた、あの思ひ出多い若草山のゆふがたの景色、……何で今迄あの記念の土地忘れてゝんやろ。「ほんまにえゝとこ思ひついたなあ、又若草山い登ろなあ」云うて、ほんまにその時のうれしさ云うたら、……感激した時の私の癖でもうちやんと涙ぐみながら、「早《はよ》行こ、早行こ」と急《せ》き立てゝ、大タク*の案内人に手エ取られてタクシーい乗るまでは、足が土に着けしませんねん。「あてかてゆんべから何処にせう思ていろ〳〵考へて、奈良が一番えゝ思てんわ」「あてかてゆんべまんじりともせえへんねけど、いつたい何考へてゝんやろ」「あれからハズさん直き帰つて来やはつたん？」「一時間ぐらゐしてからやつてん」「どない云うてはつたん？」「もうそんなこと聞かんといてエな、今日は一日家のこと忘れてたいわ」——奈良い着いたら直きに大軌の終点から乗合*に乗つて、若草山の麓まで行つて、何しろ此の前の時と違て薄曇つた暑い日でしてんけど、びつしより汗掻きながら頂辺《てつぺん》まで登つて行つて、そいから山の上にある茶店で休んでるうちに、前の時蜜柑転《ころ》こばしたりしたのん思ひ出して、ちやうど夏蜜柑売つてるのん買うて、二人でころ〳〵転こばしましたら、下にゐる鹿がビツクリして逃げますねん。「光ちやん、お腹減つてエへんか」「減つてるけど、もうちよつと此処にいてたいわ」「あてかていつ迄も山の上にいてたい、なんぞお菓子ンでもたべて辛抱しとかう」云うて、昼御飯の代りに煮抜き*たべながら、大仏殿の屋根から生駒山の方見てますと、「此の前蕨《わらび》や土筆《つくし》たんと採つたわなあ、姉ちやん」云うて、「もううしろの山い行つてもなんにも生えてエへんやろか」「そら、今頃行たかてなんにもあれへん」「そんでも此なひだ行たとこい行てみたいわ」云ひなさつて、あれからうしろの山いつゞく谷の方い下りて行きましたら、春でもあの辺はあんまり人の行かんとこですよつて、夏はなほさら淋しいて、木や草ばつかり仰山《ぎようさん》繁つてゝ、なか〳〵そんなとこ、一人やつたら来られへんやうな物凄い気イするのんですけど、二人は結局誰も見てる者ないのんえゝことにして、草のぼうぼう伸びてる蔭に、それこそほんまに、大空の雲よりほかに知つてる者のない隠れ場所見つけて、「光ちやん、………」「姉ちやん、………」「もう〳〵一生仲好うせうなあ」「あて姉ちやんと此処で死にたい」―――と、お互にそない云うたなり、それから後は声も立てんと、どのぐらゐそこにゐたのんやら、時間も、世の中も、何も彼も忘れて、私の世界にはたゞ永久にいとしい光子さん云ふ人があるばつかり。

………

そのうちに空がすつかり曇つて、冷《ひや》こいもんがポタリと顔に落ちましたので、「雨降つて来たな」「憎い雨やなあ」「濡れたらしやうがない。本降りにならん間にはよ下りよ」云うて、慌てゝ山下りてしまひましたら、ほんのバラバラ落ちたゞけでもうちやんと止んでしもてますねんがな。「こんなぐらゐやつたらもつといてたらよかつたなあ」「ほんまに、何ちふ意地悪い雨やろ」云ひましてんけど、下りてみたら俄かに二人共お腹《なか》減つて来ましたのんで、「ちやうどお茶の時間やさかい、ホテルいでも行てサンドヰツチたべよか」云ひますと、光子さんが「あてえゝとこ知つてる」云ひなさつて、大軌の直ぐ傍にある新温泉*い行つて、――彼処は私初めてゞすねんけど、宝塚と同じやうな家族温泉や何やあつて、光子さんはちよい〳〵行きなさると見えて、仲居《なかい》さんの名アやら、中の勝手やら、よう知つてなさるのんです。そんでその日一日遊んで、大阪に戻つて来ましたのんは八時頃でしてんけど、そいでもまだ別れるのんがイヤでイヤで、何処迄でも引つ着いて行きたうて、一緒に阪急で蘆屋川まで送つて行きながら、「あゝ、また奈良い行きたいなあ。光ちやん、明日出られへん？」「明日はもつと近いとこにせえへんか、久しぶりで宝塚はどやろ？」「そんならきつとやで」云うて別れて、帰つて来ましたら十時近うになつてるのんです。「あんまり遅いのんで、さつき病院い電話かけたとこや」云はれて、私ははつとしながら咄嗟《とつさ》に巧いこと考へついて、「電話かけても分れへなんだやろ」云ひますと、「ふん、中川云ふ人入院してへん云ふのんで、何ぞ訳あつて隠してるのんか思つたのやけど。………」「それがなあ、行てみたら中川の奥さんやあれへん、光子さん自身のことやねんわ。そない云ふと昨日《きんの》来やはつた時も何や様子けつたいな思てゝんけど、自分のことや云うたらうちが会へゝんやろ思て、中川さんの名前借つた云ふねんわ」「そんならあの児が病院い這入つてんのんか？」「病院なんか這入つてはれへん。此方はそんな事とは知らんと、一緒に見舞ひに行く積りで誘ひに行つたら、『まあちよつと上つとくなはれ』云ふよつて、上つたことは上つたけど、いつ迄たつても出かけよとしやはれへんのんで、『はよ行かうな』

云うたら、『実はあんたに頼むことあるねん』云ひ出して、『きんのもその話せう思て行つたんやけど、………』云うて、――『どうもこの頃体の工合が普通ではない、妊娠したのんかも分れへんよつて、そんな事にならんうちに、何ぞ智慧貸してくれへんか、あの本読んでみたけど、なんや英語で分れへんし、やり損うたら恐い思ふし』云ふねん」「ふうん、呆れた児やなあ、そんだけの事に昨日みたいなうそつくやなんて、失敬やないか」「うちもさん〴〵心配さゝれて、人馬鹿にしてる思てんけど、『何とも外に工夫つけへんのんで、あんなうそついてしもたんやさかい、どうぞ悪《わる》思はんといて』云うて、お梅どんも出て来て詫《あや》まるよつて、………」「それにしたかて外に何とかうそのつきやうもあるやないか、あんまりやり方がエゲツない」*「ふん、ふん、そらさうに違ひないねけど、昨日の電話も男の声やつたし、きつとあの綿貫云ふ人なあ、あの人が蔭で指図したのんにきまつてるわ。なんぼなんでも光子さんだけやつたら、あんなやゝこしいうそつく筈あれへん。うちも腹立つて〳〵、『そんな頼み聴く耳持つてエしません、これで失礼します』云うて帰ろとしたら、『まあそない云はんと、どうぞ助けて頂戴』云うて右と左から袂おさへて、『こんな事から秘密親たちに知れでもしたら、どうぞして綿貫と一緒になりたい思てるのんがみんなあかんやうになつてしまふ。そしたらあて生きてられへん』云うて光子さんは泣きやはるし、『どうぞ〳〵とうちやんの命助ける思て、どないぞ心配したげとくなはれ』云うてお梅どんは手エ合はして拝むし、そないしてもろたらどないしてえゝか分れへんやうになつてしもて、もう〳〵往生したわ」「そんでどうした？」「そんでもうちめつたなこと教せられへんよつて、『私なんにもそんな方法知れしません。あの本貸したげたゞけでも悪い事した思てますのんに、そんな恐い事なんで出来ますかいな。誰ぞ知つてるお医者はん頼んだらよろしいがな』云うてんけど、そないしてる間に俄かに光子さん苦しみ出しやはつて、えらい騒ぎになつてん。………」そんな風に、しやべつてるうちに傍から〳〵いろ〳〵な作り事考へ出して、昨日の出来事をえゝ工合に織り交ぜて、——光子さんはあの本の処方で昨夜《よんべ》の間にそうつと薬飲んだらしい、それがちやうどその時利いて来てだん〳〵痛みやうが強《つよ》なつて、——と、そこは昨日見た通り委しいに話して、そないなつて来ると自分にも責任あるよつて帰るに帰られへん、そんでとう〳〵今迄傍についたげてたんやと、うまいこと云ひ抜けしましたのんです。

その十六

「今日もちよつと見舞ひに行つてくるわ、放つといても気がゝりやし、乗りかけた船やよつてしやうがない。………」云うて、そいから五六日のあひだと云ふもの毎日のやうに何処ぞで会うてましてんけど、「何処ぞ人に見つけられへんとこで、毎日二三時間ぐらゐ会へるとこあつたらえゝのになあ」思てますと、「そんなんやつたら大阪の市中の方がえゝし、………静かなとこより却《かい》つて町中のゴタゴタしたとこの方が人目《ひとめ》に附けへんし」云ひなさつて、「………いつや姉ちゃんに着物持つて来てもうた家なあ？　彼処《あつこ》やつたら気心もよう分つてるし、安心やねんけど、………彼処にせえへんか？」云やはりますねん。あの笠屋町の宿屋云うたら、私に取つたら忘れられへん口惜しい〳〵思ひ出あるとこですのんに、まるで此方の感情も何も蹈み付けにした話ですねんけど、そないに云はれても「ふん、そやなあ、なんや極まり悪いけど、行てもえゝなあ」云うて、腹立てることも出来んとをめをめ引つ着いて行つたぐらゐ、すつかり足元見られてしもてましたのんです。それに極まり悪い云うても初めの日イだけで、馴れてみましたら女子衆やかいも心得てゝ、帰りがおそなつた時やらは、家の方い電話かけて棲目《つまめ》合ふやうにしてくれますし、………そんな訳で、しまひには別々に出かけて行つて彼処から電話で呼び出したり、何ぞ急用出来た時にはお梅どんから知らしてもろたり、………ま、それもよろしいのんですけど、光子さんの家ではお梅どんだけやなうて、お母さんも、外の女子衆も、みんながそこの家の電話番号知つてるらしいて、とき〴〵私や光子さんにかゝつて来ることありますのんで、何ぞ家《うち》の方えゝやうに欺したあるに違ひない思てたのんですが、或る日一人で先行て待つてたあひだに、「へえ、さうだす、………へえ、いゝえ、あのう、さつきから待つてをりますけど、まだ来やはれしまへん。………へえ、へえ、そない云うときます。………いゝえ、どうしまして、………私の方こそいつも奥様出やはりましてえらいお世話になりまして、

「……」と、電話口でそない仲居さんが云うてるのんが何や知らんけつたいですのんで、「今の電話、徳光さんとこから違ひますか？」云ひましたら、「さうだす」云うてクスクス笑《わろ》てるのんです。「あんた今、『いつも奥様が出やはりまして』云うてはりましたなあ？一体あれ誰のつもりで云うてなはつたん？」云ふと又クスクス笑て、「奥様知りやはれしまへんのんか、奥様とこの女子衆のつもりで云うてますねん」云ふやありませんか。そいからよう聞いてみましたら、そこの家が私ンとこの大阪の事務所や云ふことにしたあるのんやさうですねん。「仲居さんが此れ〱云うてたけど、ほんまかいな？」云うて、光子さんに尋ンねましたら、「ふん、そやねん」と、平気な顔して、「姉ちゃんとこの事務所、今橋と南と二つある云うて、此処の番号教《お》せたあるねん。姉ちゃんかつて何ぞ家の方いそない云うといたらどやのん？　船場《せんば》の店の出店や云うてもえゝし、あての家でいかなんだら、えゝ加減な名ア云うといたらえゝやないかいな」云ひなさるのんです。

そないして、だん〱私は抜き差しならん深みい陥《は》まつて行きましてんけど、「此いではいかん」思たところで、もうさうなつたらどないすることも出来しません。私は自分が光子さんに利用しられてることも、「姉ちゃん〱」云はれながらその実馬鹿にしられてることも、感づいてましてん。――はあ、そら、いつや光子さんが云うてなさつたのんに、「異性の人に崇拝しられるより同性の人に崇拝しられる時が、自分は一番誇り感じる。何でや云うたら、男の人が女の姿見て綺麗思ふのん当り前や、女で女を迷はすこと出来る思ふと、自分がそないまで綺麗のんかいなあ云ふ気イして、嬉してたまらん」云ふのんで、たしかにさういふ虚栄心から、夫に対する私の愛を自分の方い奪ひなさることに興味持つてなさつたのんでせうが、それにしたかつて、光子さん自身の心は綿貫の方い吸ひ取られてたことは、よう分つてましてん。けどもう私は、どんな事あつても二度と別れる云ふこと出来へん気持になつてましたよつて、分つてながら分らん風して、お腹の中ではなんぼ焼餅焼いてたかて、「綿貫」の「わ」の字も口い出さんと、そ知らん顔してましたのんで、そんな工合に弱点見抜かれてしもたら、姉ちやん云うても私の方が妹みたいに機嫌取るやうになつてしもて、或る日いつもの家で会うてますと、「姉ちやん、あんた一ぺん綿貫に会うてくれる気イないか」云ひなさるのんです。「――――あの人、姉ちやんどう思てるか知らんけど、いつやあんなりになつてしもて、何や気持が済まんよつて、是非姉ちやんに会はしてほしい云うてんねん。ちよつとも悪い人違ふし、会うたらきつと姉ちやんかて気に入る思ふねんけど、………」「ほんまに、そやなあ、あんなり云ふのんもけつたいなし、向《むこ》がそない云やはんねやつたら、あても会うときたいなあ。光ちやんの好きな人やつたら、あてかつてきつと好きになれる」「ふん、そらきつとそや。そしたら今日でも会うてくれるか？」「いつでもかめへんけど、あの人何処にいてんの？」「さつきから此処の家い来てんねん」――――私も多分そんなこツちやろ思てましたのんですが、「そんなら此処い呼ぼなあ」云ひなさつて、「あの人に来てもろて頂戴」云ふと、直きに綿貫が這入つて来ましてん。「やあお姉さんですか」――と、此の前の時は「奥さん」云うたのに「お姉さん」云ふ言葉使《つこ》て、私を見たら恐縮したみたいにズボンの膝そろへて畏まつて、「あの時はまことにえらい失礼しまして、……」云うて、――なんせいつやらは夜おそうもありましたし、それにあんな訳で人の着物借り着してましたし、その日イは明るい真ア昼間のことですのんで、紺の上衣に白セルのパンツ穿《は》いてるのんが、違《ちご》た人のやうな印象受けたんですけど、歳は二十七八ぐらゐで、此の前の時の感じよりもつと顔の色白うて、やつぱり「美男子やなあ」とは思ひましたけど、正直のところ云うたら、表情が乏しいて、絵エに画いたやうに綺麗なばつかりで、ちよつとも近代的なとこあれしません。「此の人岡田時彦*に似てるやろ？」と、そない光子さんは云ひなさるのんですが、時彦よりもつとずつと女性的で、眼エが細うて眼瞼《まぶた》が脹れてゝ、眉の間を神経質らしうピクピクさす癖あつて、なんや知らん陰険らしいのんです。「栄ちやん、なんにもそない堅《かと》ならんかてえゝし、姉ちやんちよつとも気イにかけてはれへんさかい――」云うて、光子さんは一生懸命執《と》り成しなさるのんですけど、私は私で、どうも虫の好かん奴ツちや思たらどないしても打ち解けられしませんし、綿貫の方もそれ感づいたのんか、無愛想な顔ニツコリともさゝんと、いつ迄たつても膝崩さうともせえしませんのに、光子さんだけは何や独りで面白さうに笑ひなさつて、「どないしたん？　栄ちやん。あんたけつたいな人やなあ」云ひながら、むづかしい顔してる綿貫の方を意味ありさうに上眼で睨んで、「そんな顔してたら姉ちやんに悪いやないか」云うて、指の先で頰べた突ついたりして、「あのなあ姉ちゃん、ほんま云うたら、此の人焼餅焼いてんねんし、――」云やはりますねん。「譃です、譃です、そんな事あれしません、そら誤解や」「譃やあれへん、そんならさつきの事云おか?」「さつきどう云うた?」「僕は男に生れたのんが口惜しい、姉ちゃんみたいな女に生れたらよかつた云うたやないか」「そら云うた、――そやけどそら焼餅やあれへん」そない云ひ合ひしてるのんが、私にお世辞使ふためにちゃんと二人で相談しといて云うてるのんか分れしませんし、相手になるだけ阿呆くさい思て黙つてますと、「まあ、まあ、姉ちゃんの前でそないに僕に恥掻かさんでもえやないか」「そんならもつと機嫌ようしたらどやねん?」云うて、ずるずるべつたりに焼餅喧嘩止めてしもて、そいから帰りしなに三人で鶴屋食堂い行つたり、松竹見たりしましたけど、そいでも三人とも心からシツクリとはしませなんだ。

その十七

さう、さう、そんで私、最前《さいぜん》云ふのん忘れましてんけど、家の方いは光子さんのお父さんのてかけはん*のとこや云うて、笠屋町の電話番号教《お》せときましてん。それ云うたら、ほんまにをかしなことですねんけど、光子さんは「船場の支店や云うたらどやのん?」云ひなさるのんですが、そんなとこい行てなさる云ふのんけつたいなし、いつそ病院い入院しなさつた云うたらとも思たのんですが、病院やつたらいつ迄も退院せえへん云ふ訳に行かんし、それに夫が事務所の帰りにでも迎ひに来たら直き分るし、何処にせうなあ思て難儀してますと、「こないしたらどうだす」云うて、お梅どんが考へつきましてん。尤もそれには光子さん姙娠しやはつた云ふことにせんと工合わるいのんで、お薬飲んでも巧いこと行かんし、お医者はんも手術してくれへん、そのうちにだん〳〵お腹大きなつて来るよつてとう〳〵お母ちやんに打ち明けてしもた、そいでお父さんのてかけはんの家い子供生れるまで引き取られてる。そのてかけはんの家云ふのんは笠屋町の井筒云ふ宿屋で、電話番号は何番でと、ちやんとほんまの名前教せといたら、電話帳見たかてその通りやし、迎ひに来られても褄目《つまめ》合ふし、「そしたらあて、姉ちやんとこい遊びに行く時懐《ふところ》い綿でも詰めて、お腹大きして行かんならんわなあ」云うて大笑ひになりましてんけど、それやつたら一番分る気づかひない云ふのんでそないしましてん。「さうか、光子さん腹ぼてになつたんか」云うて、夫はすつかり真アに受けて、さすがに気の毒さうな顔しますのんで、「そいでもあんた、そんな悪いこと手《て》ツ伝《と》たらいかん云うたやろ。そやよつてうちどない頼まれても教せたげへんなんでん。そいで子供出来るまでは一と足も外い出たらいかん、じつとすつ込んでなはれ云はれて、押し込めみたいにされてるのんで、退屈で退屈でしやうがないさかい、毎日でも遊びに来とくなはれ云やはるねんけど、どないせう知らん？——うちかてきつと恨まれてるか分れへんし、放つといたら寝ざめ悪いしなあ」「それもそやけど、又係り合ひになつたら難儀するぜ」「ふん、ふん、うちもそない思ふねんけど、今度ちふ今度はいろ〳〵苦労したせゐか大分人間変つて来てはんねん。それにそないなつたら、もうどないしても綿貫と一緒になるより外ない云うて、わりに落ち着いてはるし、家の方でも結局そないさすやうになるらしいねんけど、何せ今のとこ誰一人訪《た》ンねたげる人もないのんで、『頼りにするのん姉ちやんだけや』云はれると、なんぼ自業自得や思ても可哀さうになつて来るねん。『なあ姉ちやん、あてにやや児出来たら、まさか姉ちやんかて誤解される筈ないやろ？　あてそのうちに綿貫と一緒に姉ちやんの旦那さんとこい詫まりに行くさかい、これからほんまのきやうだいみたいに附き合うてくれへん？』――――こなひだもそない云うてたし、――――」夫はそれでもまだ心から納得せえへん様子でしたが、「なるだけ気イ附けた方がえゝで」云ひながらそんなり大目《おおめ》に見てしまひましたのんで、そいから後は「奥様ゐやはりますか」云うて笠屋町からおほびらに呼び出しかゝつて来る、此方からも遠慮なうかけられる、晩御飯ごろまで遊んでると、「えゝ加減に帰つてけえへんか」云うて夫からかゝつて来ることもある、――――云ふ工合で、ほんまにお梅どん巧いこと考へてくれた思《おも》てましてん。

そいからさつきの綿貫のことは、そんな調子で、折角引き合はしてもろても何やお互に探り合ひして、ちよつとも気イ許せしませんのんで、その日イ一ぺん会うたなり、孰方《どつち》からも「会《あ》お」云ひ出したことあれしませんし、光子さんも二人を仲好うさすことはあきらめてしもたらしいのんですが、なんでも三人で松竹い行た、――あれから半月ぐらゐ後でしたやろか、ゆふがた、五時半ごろまで遊んでましたら、「姉ちゃん先行《い》んでくれへん？　あてもうちよつと用あるよつて」と、追ひ立てるやうにしなさるのんで、常時《じようじ》のことですよつて腹も立てんと、「そんなら先行《い》ぬわ」云うてその宿屋のろうじ出ましたら、小声で「お姉さん」とうしろから呼ぶもんあるのんで、振り向いて見たら綿貫ですねん。「お姉さん、今お帰りがけですか」云ひますよつて、「へえ、さうです、光ちゃん待つてはるさかい早《はよ》行つたげなはれ」と、わざと皮肉に云ひながら、私はタクシー摑《つか》まへるつもりであの通りを宗右衛門町の方い歩いて行きますと、「ちよつと、……ちよつと、……」云うて引つ附いて来て、「僕、実はお姉さんに聞いて貰ひたいことあるのんですが、差支ひなかつたら、一時間ぐらゐ此の辺散歩してくれしませんか」云ふのんです。「そら、どんなお話か聞かしてもろてもよろしですが、さつきからあんた待つてなさるで」「ナニ、それやつたら何処ぞから電話かけときます」云うて、二人で彼処の「梅園」*い這入つてぜんざいたべながら電話借つて、そいから太左衛門橋筋を北の方い歩き〳〵話《はな》しましてん。「僕今電話で、急な用事が出来たのんでこゝ一時間ほどおそなるかも知れへん云うて置いたのんですが、お姉さんとお目に懸つたこと内證にしといて貰へまへんやろか？　それ約束してくれはらんと、お話すること出来んのですけど」「私は人にしやべるな云はれたらどんなことあつてもしやべれしません。けど自分だけ正直に約束守つてると、とき〲人に篏められて馬鹿な目に遭ふことあるのんで、……」そない云うてやりましたら、「あゝ、お姉さんは、なんでもかんでも光ちやんのした事僕の指し金や、僕が操つてるのんやとお思ひですやろ？　そら、さう思はれてもしやうがない訳ある云ふことはよう分つてます」云うて、下向いてためいきついて、「お話したい云ふのんも実はそのことなんですが、いつたいお姉さんは、僕とお姉さんと孰方《どつち》が余計愛されてる思ひます？　お姉さんとしたら何や僕等に馬鹿にしられてる、利用しられてるとお思ひですやろけど、僕かてやつぱりそんな気イしてるのんです。僕はほんまに嫉妬感じてるのんです。そら光ちやんに云はしたら、姉ちやんいてた方が家の方胡麻化すのに都合えゝさかい、あの人道具に使うてるのんや云ひますけど、もう今になつて人を道具に使ふ必要ありますやろか？　そんなもんあつたら却つて邪魔になれしませんやろか？　ほんまに僕を愛してるのんなら、そないしてる間《ま》アに結婚してくれたらえゝやありませんか」――私はちよつとも油断せんと聞いてましたけど、態度がえらい真剣らしいて、云ふことも一と通り尤ものやうに思はれますねん。「そいでも結婚出来へん云ふのんは、何ぞ光ちやんの家の方に反対あるのん違ひますやろか？　いつも私には、自分は早《はよ》結婚したい云うてはりますで」「そら、口ではそない云うてます。家で反対する云ふこともほんまには違ひないのんです。けどそれにしたかて自分が真面目にその気イになつたら、何とかして親たち説き伏せる方法ないことないやろ思ひます。まして今ではただの体と違ふのんに何処い行くこと出来ますか知らん?」――はあ、そない云ひますのんで、そしたらやつぱり光子さんはほんまに妊娠してはるのんやろか、けつたいなこと云ふなあ思ひながら聞いてますと、「――内の娘は百万円以上の資産家の所でないとやられん、一文なしのすかツ貧《ぴん》の男みたいなんにやる訳に行かん、子供生れたら何処いなとやつてしまふ云うて、お父さんかんかんになつて怒つてる云ふのんですが、そんな無茶な話ありますやろか。第一子供が可哀さうで、人道問題やありませんか。お姉さんどう思はれます?」云ひますさかい、「それより私、光ちやんに子供出来た云ふこと初耳ですけど、なんぞそんな気《け》エでもあつたんですか」云ひますと、「へえ?　初耳?――」云うて、疑ひ深さうに私の顔モヂモヂと孔の開くほど視つめてますねん。「へえ、初耳です、そんなこと光ちやん私に云うたことあれしません」「さうかて、――そしたらいつやお姉さんのとこい避妊の方法聞きに行つたことあれしませんか?」「そらありましたけど、妊娠したなんて云ふのん根エも葉アもないウソばつかりで、私に近寄るためにそんな口実こしらへて来たのんと違ひますやろか。尤も私の家の方いは、光子さん妊娠してはる、そいでちよい〳〵見舞ひに行くのんや云うたあるのんですけど」すると綿貫は、「ふうん、さうですか」云うたなり、いつの間にやら血走つた眼エして、唇の色まで変へてるのんです。

その十八

「なあ、お姉さん、何でそないに妊娠した云ふこと隠すのんでせう？　殊にお姉さんにまでウソつかいでもよろしいやありませんか？　ほんまにお姉さん知りやはれしませんのんか？」云うて、何や疑うてる様子で、何遍でも念押すのんですけど、ほんまのとこ私は聞いたことあれしません。綿貫の話ではもうちやんと三月ぐらゐになつて、お医者はんにも見てもろた云ふのんですが、それやつたら、いつや出血騒ぎの時にもそやつた筈ですねんけど、三月やそこらでは素人《しろうと》に分れしませんし、それにその後で「自分は子供出来る筈ない」云ふことを、たしかに光子さん自身の口から聞いてますし、あの時のことは芝居打つてたに違ひない思てましたのんに、綿貫の云ふ通りやとしたら、やつぱり私に気がねしてはつたんのんか知らん？　「何で子供出来る筈ない云ひましたか、あの本の通りを実行してる云ふのんですか、そやなかつたらそんな体質や云ふんですか」と、綿貫はせえだい*聞くのんですが、そら私かて、光子さんの前では出来るだけ綿貫のことに触らんやうにしてましたよつて、そない委《くわ》しう問うたことあれしませんし、……………そやけど、此なひだもてんご*に「姉ちやんの家い行く時はお腹に綿でも詰めて行かんならん」云うてはつたぐらゐやし、妊娠してはるとは思へしませなんだ云ひますと、光子さんは真面目で結婚せう云ふ気イないのんや、そいで若しも子供出来た云ふこと分つたらどないしても一緒にさゝれる、それがイヤやよつて隠されるだけ隠してる、「僕はさうに違ひない思ひます」云ひますねん。綿貫の考では、光子さんちふ人は異性の愛より同性のゝ方が好きで、綿貫より私の方がずつと愛されてゝ、そのために結婚したがれへん。――子供出来たり、結婚したりしたら、私が逃げてしまふかも分れへん思て、一日延ばしに延ばしといて、そのうちにお腹の児えゝやうにするとか、綿貫にイヤ気おこさすとか、どないぞしよう思てる。――私はひがんでるせえか、どないしても自分の方がそない愛されてる思へしませんのに、「いや、さうです、たしかにさうです、お姉さんは仕合はせです」云うて、「あゝ、あゝ、それに引きかへて僕は何ちふ不幸な運命の下に生れたのんでせう」と、芝居のセリフみたいに節つけて云ひながら、泣きさうな顔するのんです。それが、始めて会うた時から女みたいな男やと思てましてんけど、そない云うて話してみますと、表情や物の云ひやうまで女の腐つたんみたいにねちねちしてゝ、何やうるさい程執拗《ひつこ》うて、横眼でジロジロ邪推深さうに人の顔色うかゞうたりして、成るほど此れやつたら、光子さんかてそない好きと違ふんかなあ云ふ気イしますねん。そいからいつや笠屋町で着物取られた時にしたかて、綿貫は私呼ぶのんに反対やつた。もうあないになつてんやつたら度胸きめて、仲居さんの着物借つて帰つたらえゝ、そんで「此《こ》ない〱の訳で深う約束した男あります」云うたら、出来たことしやうがないよつて却つて早《はよ》結婚出来る、出来なんだら駈け落ちする覚悟きめたら、ちよつとも恐いことあれへんのんに、あんな時に何も知らんお姉さん呼ぶやなんて、そんな厚かましいこと出来るもんか、第一呼んだかて来てくれへんにきまつてる云うてんけど、光子さんは「着物なかつたら今晩家へ行《い》なれへん」云うてどないしても聴きはれへなんだ。「それやつたら、いつその事此いから何処ぞい逃げよやないか」云うても、「そんな事したら後のために悪いさかい、あてが巧アいこと云うて姉ちやん呼んで見せる。あてが云うたら、あの人『イヤや』云ふこと云はれへん。ちよつとぐらゐ怒られたかてどないなと胡麻化してやる」云うて、自分で電話かけに行きやはつた。「そんでもあの時、誰ぞもう一人電話口に立つてゝコソコソ相談してたみたいでしたがなあ」云ひましたら、「そら僕かて心配やさかい、傍に附いてたんです」云ひますねん。

そんなことといろ〳〵話《はな》しもつて知らん間に三休橋《さんきゆうばし》渡つて、本町筋《ほんまちすじ》まで来てしまひましてんけど、私も綿貫も「もうちよつと話しまひよなあ」云うて、電車道越えて北浜の方い行*きましてん。何せ私は今迄光子さんちふ人を通してばつかり想像してゝ、何かにつけてたゞもう男が悪いのんや思てましたが、さつきからの様子見てましたら、そないウソつきみたいとも違ひますし、女性的なとこや疑ひ深いとこあるのんも、生れつきにも依るとしたかて、光子さんの態度がそないさしてしもたのんかも分れへんし、……私にしたかて今迄大分欺されたお蔭で僻《ひが》んでるとこあるねんし、……それ考へたら無理もないとこもあるのんで、まあちよつとぐらゐ邪推交つてるとしたかて、兎に角本気で私に同情求めて

るみたいに思はれますねん。尤も自分より私の方が愛されてる云ふのんは、どないしても私には信じられしませんのんで、「そら違ひますやろ、そら綿貫さん、あんまり気イ廻し過ぎますで」云うて慰めたげたのんですが、「いや〳〵、僕かてそない思ひたいのんですけど、絶対にそんなことあれしません。お姉さんはまだほんまの光ちゃんの性質知りやはれしませんのんです」云うて、――光子さんは私に対しては綿貫を愛してるみたいに見せかけ、綿貫に対しては私を愛してるみたいに見せかけてる、そんなことするのん好きなたちなんや。けど孰方《どっち》や云うたら、私の方余計愛してるのんで、そやなかったらあんなり絶交したみたいになつてたのんに、わざ〳〵病院の名前騙《かた》つたりして会ひに行く訳ないやないか。「いつたいあの時、光ちゃんはお姉さんとこい行てどんな工合に云うたのんですか、どんな事からより戻つたのんですか、僕は後から聞いたのんで委しいことは知らんのんですが」云ひますよつて、あの出血騒ぎの一件みんな話して聞かしますと、「ふうん、ふうん」云うて一と言〳〵ビックリしながら、「そんな騒動したと云ふこと、僕は夢にも知りません。そら、お腹《なか》大きかつたのんはほんまです。しかし僕は子供出来るのんやつたら出来た方がえゝ云ふ意見で、薬飲んだり不自然な手段取つたりしたらいかん云うてたのんに、自分勝手にお姉さんのとこい相談しに行つた云ふのんで、後で怒つたぐらゐですねん。そやけど、僕に内證で薬飲んだことあつたにしたかて、そない苦しんだり出血したりした云ふことウソに違ひあれしません。いつたい、その血イみたいなもん何ですやろ」云うて、そない迄して仲好うなりたい云ふのんは、私愛してるのんでないと出来んことや云ふのんです。成る程それもさうですけど、そんなら何で綿貫と会うてはるねんやろ？　ほんまに私好きやつたら、もうとうに綿貫放つてしまふのん当り前やないか？　それがをかしい云ひましたら、光子さん云うたら自分がどない「好きやなあ」思てもその弱点見せんやうにして、向《むこ》が自分を慕うて来るやうに仕向けたがる。自分は絶世の美人やよつて、いつも高う止まつてゝ、誰ぞに崇拝さゝんと淋しい。自分の方から云ひ寄つたりしたら値打ち下る思ひ込んでる。そやさかい私に嫉妬起さして、自分が優越な地位にゐるために綿貫云ふもん利用してるのんや。「それに一つは、別れるやなんて云ひ出したら僕が何するか分れへん思て、恐がつてるのんです。今更そんなこと云へる関係やあれしませんのんに、もしもそないなつたら、僕は名誉と生命を賭けてあらゆる復讐してやります」云うて、蛇みたいな眼エで人の顔ジロジロ睨むのんです。

その十九

「どうです、お姉さん、まだちよつとおよろしいですか？」「えゝ、えゝ、私やつたらかめしません」「そしたら又もとの方い戻りまひよか」*云うて北浜の通りから南の方い今歩いて来た道帰りながら、「結局僕とお姉さんとは敵同士にさゝれてるのんですが、僕が負けるのんにきまつてます」云ひますよつて、「私はそない思へしません。光ちやんと私とはなんぼ熱烈に愛し合うてたかて自然に背《そむ》いてるさかい、もし孰方《どつち》ぞが捨てられる云ふことになつたら私の方が捨てられます。光ちやんの家の方にしたかて、あんたには同情しやはりますやろけど、私に同情してくれる人誰もあれしません」云ひますと、「けどお姉さんのは、その不自然と云ふ点に強味あると思ひます。何でや云うたら、異性の相手捜《さが》そ思たら僕以外にもなんぼでもあるけど、同性の相手やつたらお姉さんの代りになる人外にちよつとあれしません。そやさかい僕はいつでも捨てられるけどお姉さんは捨てること出来ません」云うて、――あ、さう〳〵、そればつかりやあれへん、同性の愛やつたらどんな男と結婚したかて、続けて行かれる。夫が何人変つたかてちよつとも影響せえへん、そしたらお姉さんと光ちやんの愛は夫婦の愛よりも永久不変や云うて、「あゝ、あゝ、僕は何ちふ不仕合はせな男でせう」と、又しても例のセリフ繰り返すのんです。そいから暫く考へてゝ、「なあ、お姉さん」云うて、「僕、お姉さんに正直なとこ聞かして貰ひたいのんですが、光ちやんが僕を夫に持つのんと、外の男持つのんと、孰方の方をお姉さんは望まれますか」云ひますよつて、そら私かてどうせ光子さん結婚しやはるのんやつたら、前から事情知つてゝくれる綿貫と一緒になりやはる方が都合えゝ、のんにきまつてますさかい、そない云ひますと、「そしたら僕とお姉さんとは敵同士になる理由あれしませんやないか」云うて、もう此れからは同盟せう、そして焼餅みたいなん焼くのん止めて、お互に助け合うて馬鹿な目エに遇はされんやうにせう。——なんせ今までは二人離れてたゝめに光子さんの思ふまゝに利用しられた。そやさかい此れからはちよいちよいそうツと会ふやうにして連絡取つて行こやないか。尤もそないするのんには二人が完全に諒解し合うて、互の立ち場認めんといかん。光子さんの云ひぐさ真似シするのんやないけど、同性の愛と異性の愛とはまるきりたちが違ふ思たらなんにも嫉妬することあれへん。ぜんたいあんな綺麗な人たつた一人で愛そ云ふのんが間違うてる。五人も十人も崇拝する人あつたかて当り前やのんに、二人で占領する云ふのん勿体ない。それも男やつたら自分一人や、女やつたら私だけや云ふ工合に考へたら、世の中に自分等ほど幸福なもんあれへんやないか。二人ともそない思《おも》て、その幸福いつまでゞも自分等だけが握つてゝ外の人に取られんやうにしたらえゝのんや云うて、「どないです、お姉さん」云ひますよつて、「あんたさいその気イなら、私かて約束守ります」云ひましてん。「僕、お姉さん味方になつてくれなんだら、ぱつと世間に知れ渡るやうにして、自分もあかんやうになる代り、お姉さんかてあかんやうにしたげよ思てたのんですけど、それ聞いてほんまに安心しました。光ちやんのお姉さんやつたら僕に取つてもお姉さんです。僕女きやうだい一人もないのんで、お姉さん親身の姉や思て大事にしますさかい、お姉さんもどうぞほんまの弟《おとと》や思て、何でも思ひ余ることあつたら遠慮なう打ち明けて下さいませんか。僕ちふ人間は、敵になつたらどんな恐いことでもする代り、味方になつたら命投げ出してもお姉さんのために尽します。お姉さんのお蔭で光ちゃん嫁に持つこと出来たら、夫婦のことやかい後廻しにしてもお姉さんの為め謀ります」「きつと、きつと、そないしてくれはる？」「きつとですとも、僕かて男です。一生お姉さんの御恩忘れるやうなことせえしません」――そんでとう〳〵、又「梅園」の前まで歩いて来てしもたのんで、そしたら今度、いつでも必要なこと出来たら「梅園」で待ち合ひしまひよ云うて、堅い握手して別れましてん。

私は一人で帰つて来る途々何や知らん胸がわくわくするぐらゐ嬉しいて、光子さんはそない私を愛してゝくれる？ 私の方が綿貫よりずつと愛されてる？ まあ、そんなこと、夢やないのんか？――つい昨日《きんの》までは二人のために玩具《おもちゃ》にしられてる思ひ込んでたのんに、急に形勢変つてしもて、まるきり狐につまゝれたみたいな気イしましてんけど、そいでも綿貫の云うたことといろ〳〵考へてみましたら、好きと違《ちご》たらあんな騒動する筈ない云ふのんもほんまやし、そやなかつたらちやんとした人ありながら私と会ふ云ふ訳ないし、――それに、今になつてから初めごろのことだん〳〵思ひ出してみますと、あの観音様のモデルのことでやかましい噂立つた時分、光子さんかて私がどんな気持でゐたか大方素《そ》振《ぶり》でも察しついてたですやろし、道ですれちごた時やかいに「此の人うちに気イあるねんなあ」思て、今に誘惑してやろと待ち設けてなさつたのんかも分れしませんねん。そない云うたら二人が始めて物云うたのんも、云ひ出したのんは私ですけど、いつでも済ましてなさるのんにニツコリ笑ひなさつたのんで、つい釣り込まれて口きいたのんやし、裸体の姿見た時にしたかて、見せてくれ云うたのんは私ですけど、そない云はすやうに持ちかけなさつたのんやし、——ぜんたい私、なんぼ光子さん崇拝する云うたかて、どんなことから今みたいな仲になつてしもたのんか、それにはいろ〳〵夫に対して不満あつたとこい、学校であんな噂立てられたのんが反動的に作用したこともありますやろが、私にそんな可能性あること見抜いて、知らん間アに暗示かけてなさつたのんかも分れしませんし、それ考へたらあのM家との縁談の事にしたかて口実みたいに思はれますし、——なんせ自分の仕掛けた罠《わな》い私おとしいれながら、うはべはいつでも私の方から手エ出した形にさゝれてた云ふ気イしますねん。そら綿貫の云うたことかて一から十まで信用出来しませんし、あの着物取られた晩でもたしかに綿貫が指図したのんと違ふかしらん、SK病院から電話かゝつた時にしたかて、あの男の声綿貫でなうたら外にそんな事頼まれる人あるかしらん云ふ工合に、疑ひ出したら腑に落ちんこともあるのんですけど、——第一子供生れる云ふこと、なんで私に隠してなさるのんか、あんな心配さしときながら、そんな水臭いことするやなんて、やつぱり私の方が侮《あなど》られてること知れたある、ひよツとしたらあないに秘密打ち明けて私と光子さんとの仲い水さそ云ふ気やないのんか？　さうか今のうちは邪魔されんやうに味方につけといて、結婚したら放つてしまふつもりやないのんか？——そない思たら、だん〳〵疑ひも濃うなつて来るのんですけど、そいから四五日たつた或る日、又ろうじの外で待ち受けてゝ、「ちよつと、ちよつと、………」云うて、「僕今日お姉さんに相談したいことあるのんですが、『梅園』まで来てくれませんか」云ひますよつて、一緒に附いて行きましたら、二階の座敷い上つて行つて、「たゞ口でばつかりきやうだいの約束する云うても、お姉さんかてなか〳〵僕を信じる云ふ訳に行きますまいし、僕かてやつぱり何や心配ですさかい、お互に疑念残らんやうに誓約書交さうやありませんか。実はそのつもりで此んなもん書いて来たのんですけど」云ひながら、懐から二通の證文みたいなもん取り出すのんです。………あ、さう、さう、ちよつと此れ見て下さいませ、此れがその時の誓約書ですねん。（作者註。彼女が示した誓約書の内容は話の順序として玆《ここ》に紹介する必要があるばかりでなく、此の文案を作製した綿貫なる男の性格を想像せしむるに足るから、煩を厭はず原文のまゝを左に掲載するであらう。——）

誓　約　書

現住所　兵庫県西宮市香櫨園××　弁護士法学士柿内孝太郎妻

柿　内　園　子

明治卅七年五月八日生

現住所　大阪市東区淡路町*五丁目××番地　会社員綿貫長三郎次男

綿　貫　栄　次　郎

明治卅四年十月廿一日生

右柿内園子ト綿貫栄次郎トハ其ノ各〻ガ徳光光子ニ対シテ有スル緊密ナル利害関係ヲ考慮シ昭和某年七月十八日以降左ノ条件ノ下ニ骨肉ト変リナキ兄弟ノ交リヲ締スベキコトヲ誓約シタリ

一　柿内園子ヲ以テ姉トシ、綿貫栄次郎ヲ以テ弟トス、栄次郎ハ年長ナレドモ園子ノ妹ノ夫タルベキ者ナレバナリ

二　姉ハ弟ガ徳光光子ノ恋人タルノ地位ヲ確認シ弟ハ姉ト徳光光子トノ姉妹愛ヲ確認シタリ

三　姉ト弟トハ徳光光子ノ愛情ガ第三者ニ移ルコトナキヤウ常ニ結束シテ防禦シ、姉ハ弟ト光子トヲ正式ニ結婚セシムルタメニ努力シ、弟ハタトヒ結婚後トイヘドモ姉ト光子トノ既ニ確立セラレタル関係ニ対シ何等異議ヲ申シ立ツルコトナシ

四　若シ両人ノ孰レカガ光子ニ捨テラレタル場合ハ他ノ一人モソレト進退ヲ共ニスベシ、即チ弟ガ捨テラレタル時ハ姉ハ光子ト交リヲ絶チ、姉ガ捨テラレタル時ハ弟ハ光子トノ婚約ヲ破棄シ、結婚後ニ於テハ離別スベシ

五　両人ハ他ノ一方ノ承諾ヲ経ズシテ無断ニ光子ト逃亡シ、所在ヲ晦マシ、若シクハ情死スル等ノ行為ヲナサズ

六　両人ガ此ノ誓約ヲナセルコトハ光子ノ反感ヲ挑発スルコトアルベキヲ以テ発表ノ必要ニ迫ラルル迄ハ絶対ニ秘密ヲ厳守スベシ、若シ両人ノ孰レカガ光子ニ対シ、或ハ他

ノ何人カニ対シ発表セント欲スル時ハ予メ他ノ一方ト協議スベキ義務アルモノトス

七　若シ両人ノ一方ガ此ノ誓約ニ違背スル時ハ他ノ一方ヨリ有ラユル迫害ヲ受クルコトアルベキヲ覚悟スベシ

八　此ノ誓約ハ孰レカガ任意ニ徳光光子トノ関係ヲ放棄セザル限リ有効トス

以　上

昭和某年七月拾八日

姉　柿内園子印

弟　綿貫栄次郎印

（――此れだけの文句がかんぜより*で綴ぢた二枚の改良半紙*へ、頗《すこぶ》る丹念な毛筆の細字で、せゝこましい字配《じくば》りで、一点一画の消しもなく書かれてゐるのである。二枚の半紙の四分の一以上も余白が残つてゐるのを見ると、こんなに細かく書く必要はないのであるが、蓋《けだ》し平素からかう云ふコセコセした字を書く癖があるのであらう。書体は毛筆を使ひ馴れない現時の青年の筆蹟としては決して拙くないけれども、何処かに商店の番頭の字のやうな品の悪い達者さがある。最後の二人の署名だけは、梅園の二階で万年筆で記したものだが、これも柿内未亡人の署名の方が不釣合ひに字体が大きい。そして何より無気味なのは、署名の下に小さな花弁《かべん》を押したやうにひろがつてゐる茶褐色の斑点であつて、同じものが半紙の綴ぢ目の割り印を捺《お》すべき所にも二つぽたぽたとにじんでゐる。それが何であるかは未亡人自らが語るであらう。――）「どうです、お姉さん、此の条件でよろしいですか？　よろしかつたら此処い名ア書いて判おしてくれませんか？　それとも何ぞ足らんとこあるお思ひになつたら、遠慮なう云うてみて下さい」云ひますよつて、「此れだけちやんときめたあつたら結構ですけど、そいでも子供生れた場合に、あんたも光ちやんも家庭が大事や云ふ気イになりませんやろか。なんとか其処のとこもうちよつと考へて欲しい」云ひましたら、「それは第三に規定したある通り、『弟ハタトヒ結婚後トイヘドモ姉ト光子トノ既ニ確立セラレタル関係ニ対シ何等異議ヲ申シ立ツルコトナシ』やさかい、家庭のためにお姉さん犠牲にするやうなこと絶対にあれしませんけど、子供生れる云ふことそない心配やつたら、どうでもお姉さんの気イ済むやうに此処い書き加へときますが、どないしたらえゝのんです？」云ひますのんで、「今光ちやんのお腹にある子は結婚するのんに必要やさかい、それはしやうがないとして、結婚してからは子供生まんやうにして頂戴」云ひましてん。そしたら暫く考へてゝ、「よろしいです、そないしませう」云うて、「どんな工合に書いときましよか、こない／＼の場合もありますし」と、いろ／＼私の気イつかなんだことまで考へてくれて、――その、二枚目の紙の裏のとこいペンで書いたあるのん見て下さいませ、それがその時の書き入れですねん。（作者註。前掲の誓約書の最終の紙面に、「追加条項」として下の文句が附記されてゐる。――「弟ハ徳光光子ト結婚後ニ於イテハ常ニ光子ヲ姙娠セシメザルヤウニ注意ス、モシ聊《いささ》カニテモ姙娠ノ疑ヒアル時ハソノ処置ニ関シ姉ノ指揮ヲ受クルモノトス、」――此の文句を記したあとで又思ひついたものらしく、更に次の二箇条が規定してある。――「結婚前ノ姙娠トイヘドモ、ソノ姙娠中ニ結婚シ、結婚後ナホ避姙ガ可能ナル時ハ為シ得ル限リノ手段ヲ取ルベシ、」「弟ハ妻ガ協力シテ此ノ追加条項ヲ忠実ニ履行スル保證ヲ得ルニアラザレバ、光子ト結婚スルコトヲ得ズ、」――――さうして此処にも茶褐色のしみが点々と捺《お》されてゐるのである）――それ書いてしまふと、「こいだけ極めといたら安心です、これ読んでみたらお姉さんの方が僕より余つぽど有利なくらゐです、これで僕の誠意のあるとこお分りになつたでしよ」云うて、「さあ、サインして下さい」云ひますねん。そんで私、「サインするのはしてもえゝけど、判持つてエしません」云ひましたら、「きやうだいの約束するのんに普通の判では役に立てしません、お気の毒ですけど、ちよつとばかり痛いのん辛抱してくれませんか」云うて、ニヤニヤ笑ひながら袂《たもと》の中から何か出すのんです。

その二十

「どうぞ此処のとこ出して下さい、痛い云うてもほんちよつとの間です」云うてるうちにもうシツカリ手エ握つてゝ、指の先か思てましたら、肩の方まで袖まくり上げて、二の腕の上と下とをハンカチで括《くく》ろとするのんで、「判おすのんにそんなことせえでもえゝやあれしませんか」云ひましたら、「判おすだけと違ひます。きやうだいの約束するのんです」云うて、自分も同じやうに腕まくつて、私の腕と一緒にそろへて、「よろしですか、お姉さん、声出したらいけませんで。……あれ云ふ間に済んでしまひますよつて、眼エつぶつてなさい」云ひますねん。「イヤや」云うたらどんな目に遇ふか分れしませんし、逃げよ思ても手頸握られてますし、光る物見たら気が顚倒してしもて、眼エつぶつてる間に、咽喉《のど》でもどないぞしられるのんやないかと生きてる心地せえしませなんだけど、殺されたら殺された時思てあきらめてますと、肘《ひじ》の上のとこスルスルと鋭利な感覚がした思たら、ぞうツとして脳貧血起しさうになりましたが、「しツかりしなさい、しツかりしなさい」云うて、自分の腕出して、「さあ、お姉さんから先イ飲んで下さい」云ふのんです。そいから、「此処と、此処と、此処い判おすのんです」云ひながら自分で私の指つかんでペタペタおしてしまひましてん。

私は綿貫云ふ男がつく〴〵恐い気イしましたのんで、正直に約束守るつもりで、その誓約書は大事に簞笥の抽出《ひきだ》しい鍵かけてしもといて、光子さんには済まん思ひながら素振にも悟られんやうにしてましてんけど、そいでも隠し事してると何処ぞヲドヲドした様子出るのんか、明くる日不思議さうに私の顔見てなさつて、「姉ちやん何で、こゝのとこ傷したのん？」云ひなさるのんです。「あゝ、此れどないして出来たのんか、ゆんべあんまり蚊アに喰はれて、夢中で掻きむしッたのんか知らん」云ひますと、「をかしいなあ、栄ちやんもちやうどそれと同じもん出来てるねんわ」と、そない云はれたら、あゝ、悪い事出来んもんやなあ思うて急に私の顔色変つて来ましたのんで、「姉ちやん何ぞあてに隠してるのんと違ふ？　それどないして出来たのんか、ほんまのこと云うて頂戴」云ひなさつて、「隠したかて大概分つてる、姉ちやんはあてに内證で何ぞ栄ちやんと約束したことあるねんなあ？」――そら、光子さん云うたらさう云ふことには早う気イ廻るのんで、そない図星《ずぼし》刺されたらもう惚《とぼ》けること出来しませんけど、そいでも真つ青になりながら黙つてますと、「きつとさうに違ひないやろ？　なんでそれ云うてくれへん」云うて、――だん〳〵聞いてみましたら、きのふ綿貫はあれから帰りに、腕の傷コツソリ光子さんに見られてしもてゝ、その時から何ぞ訳あるのんやなあと思てた、そないに二人同じ日に同じとこへ傷出来る筈あれへん云ひなさつて、「姉ちやんはあてと栄ちやんと孰方《どつち》が大事や」とか、「隠す以上はあてに知れたらいかんことあるねんやろ」とか、しまひには私と綿貫との間にイヤなことでもあつたやうに「それ聞かんうちはどないしても帰せへん」云ひなさるのんですが、そんな時にも光子さんは一杯涙ためたなりじつと落ち着いてなさつて、恨めしさうに睨んでなさるだけですねんけど、その眼エえらい妖艶で、何とも云へんなまめかしい風情あつて、「なあ、姉ちやん」云ひながら甘えるやうにその眼エ使はれたら、なか〳〵魅力に逆らふ云ふこと出来しません。それにそこまで感づかれたらいづれ一と騒ぎ持ち上ること極まつてますし、隠すだけ疑はれること分つてますねんけど、綿貫に相談せんうちはウツカリ云ふ訳に行きませんので、「どうぞ明日まで待つて丶頂戴」云ひますと、明日云はれることが何で今日云はれへん、人に相談して云ふぐらゐやつたら聞かいでもえ丶、自分にだけそうツと教せてくれたら迷惑か丶るやうなことせえへん云うて、どないしても聴きなされしませんさかい、「光ちやんそない云ふけど、あんたかつてあてに隠してることあるやろ」云うてやりますと、「あてが何隠してる？　何でも正直に云うたげるよつて、そない思ふことあつたら聞いて頂戴」云ひなさいますねん。「ふうん、きつと隠してることないなあ？」「きつとあれへん。そら隠すつもりやなうて云はなんだことあるかも知れんけど」「あんたあてに、何ぞ体のことに就いて隠してることあるやろ？――」「何云うてるのん、姉ちやん？」「あのなあ、いつやあんた家い来て苦しがつたわなあ、あの時ほんまにお腹の中に子供あつたん？」「あ丶、あの時のこと」云うて、さすがに極まり悪さうに赧《あか》い顔しなさつて、「そらあの時は姉ちやんに会ひたうてわざとあんな真似してん。………」「あてそんなこと聞いてるのんやあれへん。あの時はほんまに子供出来てたのんかどうか、それ知りたいねん」「そら、出来てえへんなんだ」「そんなら今でも出来てえへんの？」「そんなこと極まつてるやないか、なんで又それ疑うてるのん？」「なんで云ふことないねんけど、疑ふだけの訳あるねん」「あ丶、姉ちやん」と、その時光子さんは「もう分つてる」云ふ顔しなさつて、「姉ちやんきつと、あて妊娠してる云ふこと栄ちやんに云はれたのんやろなあ？　あの人きつとそんなこと云ふねん、ほんま云うたら子供生ます能力もないくせに、――――」と、そない云ひなさるか思たら、一生懸命歯ア喰ひしばつて、眼エに一杯たまつてた涙が急にポトポト頰べた伝《つと》てるのんです。

私はビックリして、「何やて、光ちやん？」云ひながら自分の耳疑うてますと、そのあひだにもうさめ〴〵泣いてなさつて、実は今まで、自分のことに就いては何一つ隠してえへんけど、綿貫には人に云はれん秘密あつて、それ知られたら自分も耻かしいし、あの人も気の毒な思て云はんといた。けど姉ちやんに蔭でいろ〳〵な中傷したりするのんやつたら、もうあんな人、可哀さうなことも何もあれへん、自分が今みたいになつてしもたのんも元は云うたらあの人や、自分の不仕合はせはみんなあの人の仕業《しわざ》や云うて、又えらい泣きなさつて、そいから綿貫ちふもん知つた時のことから始めて委《くわ》しいに話しなさつて、なんでも二年前の夏、浜寺*の別荘い行てた時分、お互に物云ふやうになつて、或る晩散歩に誘ひ出されて、海岸に置いたある漁船の蔭に連れて行かれた。そいで夏過ぎてからも、大阪の家が近いとこにあつたさかい常時孰方ぞから呼び出しては逢うてたら、或る時女学校時代のお友達から綿貫のことに就いて妙な噂あるのん聞いた。そのお友達云ふのんは、いつや二人が宝塚歩いてるとこ見たことあるのんで、そのゝち朝日会館*の映画の夕の時やつたかに、光子さんが一人で屋上庭園に出てなさつたら、「徳光さん」云うてうしろから肩たゝいて、「此なひだあんた綿貫さんと歩いてたなあ」云ふのんで、「あんた綿貫さん知つてるのん？」云うたら、「うち直接には知らんけど、あの人えらいシヤン*や云はれて、みんなが騒ぐのんやてなあ、あんたみたいに綺麗《きれ》かつたら一緒に歩いてゝもちやうどえゝけど」云うて意味ありげに笑てるさかい、そないに深い関係やない、あの時ちよつと歩いたゞけやと云ひ訳しなさつたら、「そない弁解せんかて、あの人やつたら誰も疑ふ筈あれへん、あんたあの人の仇名《あだな》知つてる？」云ひますよつて、「知らん」云ひなさると、「『百％安全なるステツキ・ボーイ』*云ふねんし」云うてクスクス笑てるのんやさうです。それが光子さんには何の事やらさつぱり分れしませんのんで、根エ掘り葉ア掘り聞いてみましたら、綿貫云ふ人は無能力者で、中性の人間や云ふ噂ある、而もそれにはちやんとした證人あるのんや云ひますねん。

その二十一

なんでもそれ分つた云ふのんは、その光子さんのお友達の知つてる人が綿貫と相愛の仲になつてゝ、人頼んで結婚申し込んだところが、何や向うの親たちがえゝ加減なこと云うてちよつともハツキリせえへんのんで、本人同士は真面目に結婚望んでるさかい是非承知して下さい云うたら、栄次郎は実は訳あつて一生嫁持たさん積りです云ふのんで、だん〳〵調べたら、子供の時分にお多福風*にかゝつたのんが元で睾丸炎《こうがんえん》*になつた、——私、そんなことよう知りませんけど、お医者はんに聞きましたら、お多福風から睾丸炎になる云ふことかてあるもんやさうですなあ？　尤もそない云うてるだけで、ほんまは極道《ごくどう》*したのんかも分れしませんけど、兎に角そいからその娘さんえらい綿貫憎んでゝ、――――そら考へたら可哀さうでもありますねんけど、そんなんやつたら人に交際求めたりイヤらしい手紙くれたりせなんだらえゝのんに、「あんたは理想の妻や」とか何とか巧いこと云うてたばつかりやない、散歩云うたらきつと暗いとこい連れて行つたりしたのんは、今から思たら自分がそんな体やさかいそないな事で満足してたのんで、つまり云うたら恋愛の仮面被《かぶ》つて人玩具《おもちゃ》にしてたのんや。けど綿貫はさう云ふ時に、「僕は結婚せん先に肉体的の関係結ぶ云ふのん罪悪や思ひます」云ふのんで、しツかりした人や思て感心してたのんが尚腹立つ。そいでその娘さん「どうぞ秘密にしてやつて下さい」云はれてましてんけど、口惜しまぎれにいろ〳〵な人にしやべつたところが、外にもそんな目エに遇うた人たあんとある云ふこと分つて来て、それが綿貫は、自分がえゝ男で異性に好かれる云ふことよう知つてますさかい、何処いでも女の集りさうなとこいづうづうしいに出て行くのんで、誰でも一ぺんは引つかゝりますねん。そやけどプラトニツク・ラヴ*や云うてどない熱烈に愛されても純潔守つてるのんで、大概のものは人格者や云うてなほ崇拝して、何処迄でも釣られて行つて、際どいとこまで引つ張られてから極まつてぽんと捨てられてしまふ。「ふーん、あんたかつてさうやつたのん？」「ふん、ふん、うちもそやつてん」と、そない云ふ人方々から出て来て、誰に聞いてみても同じやうに、或る程度以上になつたら妙にコソコソ逃げてしもて、そない云うたらその様子が何や知らんけつたいやつた、ほんまのプラトニツク・ラヴやつたら接吻するのんかて矛盾してるのんに、あれやつたらなにも純潔なことあれへん。みんな欺されてたあひだはそれに気イつきませなんだけど、分つてしもたら、誰も彼もそない云ひ出して、その人らの捨てられた云ふのんが型に篏まつたやうに、「結婚申し込んだら、何やすうツと消えるやうに逃げられてしもた」云ひますねん。そいで中には同情する人もありましてんけど、本人はそない仰山《ぎようさん》に自分の秘密知られてる思はんと、そいから後も次から次い処女弄《もてあそ》んで、知らん人は今でも常時《じようじ》引つかけられてますのんで、「又ステツキさん、あんな人摑《つか》まへてるし、………」「あのステツキ・ボーイやつたら誰も羨ましいことないなあ」云うて、知つてるもんはえゝ笑ひ草にしてる。「うち此なひだ、徳光さんきつとまだ知らんのやなあ思て、いつぞ云うたげよ思てゝんし。うそや思ふのんやつたら誰それさんにかて誰それさんにかて聞いて御覧」「へーえ、そんなけつたいな人！　うちまだ接吻しられたことないねんけど、そしたらもう直きしられるやろか」と、光子さんはわざと空惚けて、その場アそいで済ましてしもてから、「今日友達にこない〱云はれてんけど、ほんまやろか？」云うて、家い行んでからお梅どんに話しますと、「ほんまかうそかとうちやん知りやはれしまへんのんか？」云うて、あべこべにお梅どんから尋《た》ンねられた。――――そらお梅どんにしたら、もしもそんなことあつたらそれ光子さん知らんとゐた訳ない思ふのんでせうけど、光子さんは異性に接触する云ふこと始めての経験ですし、「子供生れたらいきませんから」云うてるのんで、別に不審にもせんとゐた、そやさかい友達にそない云はれてもほんまかうそか自分には分らん云ふのんで、お梅どんも始めてビックリして、「とうちゃんとあのお方はんとやつたらあんまり揃ひ過ぎて、お雛さんみたいやさかい、水さそ思てそんな悪口《わるぐち》云ふのん違ひますやろか。誰ぞに調べて貰ふ訳に行きまへんか」云うて、そいから内證で秘密探偵*に調べさしたら、性的に欠陥あるのんはやつぱり事実に違ひない云うて来たのんですねんて。尤もお多福風の結果かどうか分りませんねんけど、兎に角子供の時分からさうやつたらしいて、それがどないして探偵に知れた云うたら、光子さんとそないなる前南地で隠れ遊びしてた云ふこと突き止めて、その方面調べてみたら、くろと*の女でも一ぺん綿貫に引つかゝつたら大概なもん夢中になる、なんぼ男前えゝとしたかてあんまりをかしい、何ぞ秘伝でもあるのんやないか云うて、一時はえらい評判になつて、関係あつた女たちに聞いてみても、誰も絶対に秘密しやべらん、そいで噂ひろがつて行つて、いろ〳〵な方法で詮索するもん出来て来て、分つたとこでは、初めごろ綿貫は自分に欠陥ある云ふこと隠して遊んでましてんけど、そのうちに或る女が秘密嗅ぎつけた云ふのんは、その女もやつぱり同性愛の習慣あつたのんで、一人前の男やなうても女に愛される云ふこと綿貫に教《お》せ込んだらしい。そいから綿貫のこと「男女《おとこおんな》」やとか「女男《おんなおとこ》」やとか云ふやうになつたのんやさうですが、そない云はれる時分にはぷツつり遊び止めてしもて、何処のお茶屋*いも姿見せんやうになつた。――私、その探偵の報告書あとで見せて貰ひましたら、ずゐぶん細かいとこまでも行き届いて調べられてゝ、そんなこと委しいに書いてありましてん。そいで隠れ遊びしてる間に、「自分かて何も悲観することない」云ふ自信ついて、今度はしろとの女捜してるとこい光子さんが網に引つかゝりなさつた。――これは想像ですねんけど、きつとさうに違ひないやろ云ふのんで、そんな人間の玩具になつた思たら、もう〳〵生きてゐられん気イして、ほんまにその時光子さんは死んでしまおか思ひなさつたさうですが、死ぬのんやつたら恨み云うてから死んでやろ云ふ覚悟しなさつて、正式に結婚してくれへんか、あんたさいよかつたら此方はちやんと親の許し得たあるねんし、と、そない云うたら何ちふか思て云ひなさると、「僕かて望むとこですけど今は都合悪い」とか、「もう一二年たつてから」とか、何の彼の云うて胡麻化すのんで、「あんたほんまは、何年たつても結婚出来へんのんやろ」云うてやりなさつた。そしたら急に顔の色かへて「何でゞす?」云ふよつて、「何でや知らん此《こ》ない〳〵の噂ありますねんけど」云ひなさつて、かうなつたらうちもあんた捨てる訳に行かんよつて、一緒に死んで頂戴云ひなさつたら、そいでもまだ「そんな噂うそや」云うてましてんけど、探偵の報告書出して見せなさつたのんで、その時云うたらなんとも云へん顔つきして、「悪かつたです、堪忍して下さい」云うて、「一緒に死にます」云ひましてんと。けどなか〳〵死ぬ訳に行けしませんし、さん〴〵恨み云うてしもたら又可哀さうになつて来て、ついぐづぐづに会うてなさつた。それ云ふのんが、光子さんかて心の底ではやつぱり綿貫のこと忘れること出来んと、一日も長う一緒にいてたい云ふ気イあつたのんですやろが、綿貫の方でもそれ見て取つて、自分は今迄、自分の体の秘密知れたら、どない愛してくれてる人でもきつと自分を捨てるやろ思て隠してた、自分に欠陥ある云ふこと承知して愛してくれるのんやつたら、自分かて何で隠すもんか、自分はこんな体になつたのん不仕合はせやとは思ふけど、そない重大な欠点やとは思てえへん、それで男子の資格ない云うたら、男子云ふもんのほんまの価値何処にあるのんや、男子ちうたら外に現れた恰好《かつこ》ばつかりできめるのんか、そんなんやつたら男子でなうてもちよつともかめへん、深草の元政上人《げんせいしようにん》*は男子の男子たる印《しるし》あつたら邪魔になるのんで、灸《やいと》すゑた云ふやないか、男子の中で一番えらい精神的な仕事した人は、お釈迦さんでもキリストでも中性に近かつた人やないか、そやさかい自分みたいなんは理想的人間や、そない云うたらギリシヤの彫刻かて男性でも女性でもない中性の美現はしてあるのんやし、観音さんや勢至《せいし》菩薩*の姿かてさうやし、それ考へても人間の中で一番気高いのん中性や云ふこと分つてる、自分はたゞ愛する人に逃げられるのん心配して隠してたんや、ほんま云うたら、恋愛にしたかて子供生んだりするのん動物の愛で、精神的恋愛楽しむ人にはそないなことやかい問題やあれへん。……

その二十二

……はあ、そらもう綿貫ちうたら、そんな工合に議論し出したらなんぼでも都合のえゝ理窟ならべて、つべこべつべこべ果てしないのんです。そいで云ひますのんに、光子さん死にやはるのんやつたら、自分かて一緒に死ぬのん躊躇《ちゅうちょ》せえへんねんけど、自分は死ぬだけの理由見つかれへん、こゝで死んだら、ふん、あの男、不具者や云ふこと悲観して死によつた云はれるのん口惜しい、自分はこれぐらゐのことで死ぬやうな意気地なしやあれへん、なんぼでも生きてゝ、立派な仕事して、普通の人間よりずつと偉大な超人や云ふこと見せてやりたい、光子さんかて死ぬぐらゐな決心するのんやつたら、自分と結婚してくれたらえゝやないか、今も云ふ通り、自分みたいなもん夫にするのん恥や思ふのん間違うてるし、一層高尚な精神的結婚や云ふやうに考へたら、……尤もそない云うたとこで世間の奴等は理窟分らんと、いろ〳〵な妨害するやろさかい、自分がこんな人間や云ふこと無理に此方から広告して歩かいでもえゝ、一人や二人噂するもんあつたにしたかて、誰もちやんとした證拠握つてるもんないねんよつて、もしもそんなこと尋ンねるもんあつたら、完全に一人前の男や云うてゝ欲しい、——それが考へたらほんまに矛盾してますのんで、「ちよつとも悲観することない、超人や」云ふぐらゐやつたら、何にもそないに秘密にせんかて大手振つて歩いたらえゝのんに、何は措いても邪魔這入らんうちに無事に結婚してしまお、それが第一の目的やさかいその目的果たすためには世間欺す云ふことも已むを得ん、自分等は誰にも退《ひ》け取らん云ふことお腹の中でさい承知してたら差し支ひない云ひますねん。けど、世間はどうでも親たちまでそないあんぢよう欺す訳に行けへん云ひなさつたら、自分の親は承知で嫁に来てくれる人あつたら、どんなに結構や思ふか分れへん、反対するのんは光子さんの方の親たちだけやよつて、事情打ち明けても許してくれへんこと極まつてるのんなら、やつぱり隠しとかんといかん、光子さんさいその気イになつたら隠しとかれへん云ふことあれへん。「そんなことして分つた時どないするのん？」「分つたら分つた時のことやあれしませんか、そないなつたら堂々と正義の立ち場説いて聴かして、絶対に外の人とは結婚せん云うて、それでも許してくれなんだら、その時こそ二人で姿隠しても一緒に死んでもえゝことあれしませんか」それが本人は、自分の秘密仰山の人に知られてゝ、仇名まで附けられてる云ふ風に思へしませんのんで、くろとの女別としたら感づいてるもんちよびツとよりないやろ思てますさかい、巧いこと隠し通せる思てるらしいのんですが、そない都合よう親欺して結婚する云ふこと、実際にはなか〳〵出来しません。綿貫の方には親云うてもお母あさんと、後見してる叔父さんとがあるだけやさかい、一ぺん光子さんが会うてくれて、「こない〳〵の訳ですよつて、いづれ家から表向きに申し込んで来たら黙つて承知して下さい」云うたら、お母あさんはよう分つてくれる、叔父さんかて、わざ〳〵人の欠点あばいて折角の縁談ワヤにするやうなことせえへん云ふのんですけど、光子さんの考では、結婚申し込む先に身元調べるに違ひないよつて、どないしたかて知れる、そんなことして平地に波瀾起すより当分内證で会うてる方えゝやないか、ぜんたい綿貫の方には別に結婚せんならん理由ないのんで、そんな体で無理な相談や云ふこと自分かて分つてますねんけど、光子さんの方がそないいつ迄でも一人でゐられる筈ないさかい、こんなり*でゐたらもうつい*逃げられへんやろか、それが心配で仕方あれしませんねん。それに口で云ふのんとお腹の中とはまるきり反対で、出来るもんなら一人前の男と同じに奥様持つて暮らして行きたい、世間欺すばつかりやなうて、自分の心まで欺して、ちよつとも外の男と違たとこないやうに思てたい云ふ気イあるばつかりか、光子さんみたいな人一倍綺麗な奥様持つて、世間の奴等アツと云はしてやりたい云ふ虚栄心まであるのんで、せえだい焦つてゝ、「そんな一時逃れ云うて、えゝ縁談あつたら行くつもりやろ」云ふやうなイヤ味云ひますねん。そいで光子さんは、どない親に云はれてもきつと余所《よそ》い嫁に行けへん、今のとこ差し迫つた縁談あるのんでもなし、そのうち自分も二十五になつたら自由結婚*出来るやうになるし、きつとえゝ折あるやろさかいまあ〳〵もうちよつと辛抱してゝ、……そやなかつたら死ぬより外に道ない云うて、やう〳〵納得《なつとく》さしましてんと。

光子さんのその頃の気持、「ほんまのとこ自分にも分らん」云うてなさるのんですが、初めのうちはそない云うて宥《なだ》めといて、どないぞして切れてしまひたい思てなさつたのんは確かですねん。会うたあとではいつでも後悔しなさつて、あゝ、あゝ、自分は仰山の女の中でも人に羨ましがられる器量持つてながら、あんな男に見込まれるやなんて何ちふ情ない身の上やろ、もう〳〵止めてしまひたい思ひなさるのんですけど、そら不思議と、又二三日も立つうちに自分の方から跡追ひ廻すやうになつてしまふ。さうか云うて、それほど綿貫恋しいのんか云うたら、精神的にはえゝ思ふとこ一つもない、顔見るのんさいムカムカするやうな気イして、卑しい奴《や》ツちや、見下げ果てた奴ツちや、云ふ風に、お腹の中では常時激しいに軽蔑してる。そいで毎日のやうに会うてることは会うてるけど、二人の気持シックリすることめつたになうて、いつでも喧嘩ばつかりしてゝ、その喧嘩云ふのんが、自分の秘密人にしやべつたやろとか、いつまで待たす気イやとか、例のキマリ文句で、愚にもつかんやうなこと取り上げては疑ひ深いにちやにちやした口調で云ひますのんで、……光子さんかて、そない厭がること用もないのんに人に話したら綿貫だけの耻やあれしませんし、そんなくらゐなこと云はれいでも分つてましてんけど、さうかてお梅どんだけにには云はんちふ訳に行かんので云ひなさつたのんを、「何で女子衆みたいなもんにしやべつた」云うて、その時ばつかりはえらい喧嘩になつて、光子さんもちよつとも負けてんと、「あんたは偽善者や、云ふことゝ為《す》ることゝまるきり違てるうそつきや。あて等のしてる事にほんまの恋愛らしいとこ此んだけもあれへん」と、思ひ切り云うてやりなさつたら、とう〳〵文句に詰まつてしもて、血相変へて「殺す」云ひますのんで、「殺すのんやつたら殺したらえゝ、あてはとうから死ぬ覚悟きめてる」云ひなさつて、じつと眼エつぶつたなり動こともしなされしませなんだ。そしたら綿貫の方が気イ呑まれてしもて、「悪かつたよつて堪忍して下さい」云ひますのんで、「あてあんたみたいな恥知らず違ふよつて、こんなこと世間に知れたら、あんたよりあての方がどない難儀するか分れへん、もう〳〵いつでもそんな云ひ係り云はんといて頂戴」云ひなさつて、ぎゆうぎゆう云ふ目に遇はしなさつた。そいから綿貫だん〳〵頭上らんやうになりましてんけど、それだけ却つて陰険になつて、蔭では一層疑ひ深《ぶこ》なりましてん。

ところがちやうどそないなつてる時にM家との縁談持ち上つた。――その時分光子さんがあの技藝学校い行つてなさつた云ふのんは、綿貫と会ふ機会作るためやつたのんですが、私との間に同性愛や云ふ噂立つたのんは実は誰の仕業でもない、光子さん自身がそない云ひ触らしなさつて、匿名《とくめい》のハガキ投書しなさつたのんですねんて。何でそんなことしなさつた云うたら、縁談のこと聞いてから云ふもん綿貫の焼餅が激しいて、そんなことあつたら唯では置かん、今までの関係一切合財新聞い素《す》ツ葉《ば》抜いてやる云うて脅迫しますし、それでなうても競争の形になつてる市会議員の家の方で手エ廻して、光子さんのアラ捜しゝて、此方の縁談滅茶々々にせうとかゝつてるのんで、自分はもちろんM家い行こ云ふ気イないさかい競争に負けるのんかめへんけど、そんなことから綿貫との秘密探り出されて、ぱつと知れ渡るやうになつたら、それが何より恐い。そいでつまるとこ、ほんまのこと知れんやうに、わざと同性愛の噂立てた。まあ云うてみたら、私ちふもん利用して世間の眼エくらましなさつた。光子さんとしたら、「ステツキ」やとか、「男女」やとか云はれてるもんと噂立つより、同性愛や云はれる方が辛抱出来る、人に後指《うしろゆび》さゝれたり物笑ひの種にならんと済む思ひなさいましてん。そんな工合で初めはたゞ、私が光子さんモデルにして絵エ画いてる云ふこと聞きなさつたり、道で擦れ違《ちご》た時の素振《そぶり》や何かゝら、ふつと思ひつきなさつたゞけですねんけど、私の方があんまり真剣で熱烈でしたさかい、だん〳〵利用する心持からほんまの愛情に変つて行きなさつた。そら私かて全然純真なとこばつかりやあれしませんけど、そいでも綿貫とは比べ物にならん程精神的な気持ありましたよつて、知らん間にそれに絆《ほだ》されなさつて、――それと一つには、綿貫みたいな誰にも相手にしられんやうな人間の慰め物にしられるのんと、同性の人から観音様の絵にまで画かれて崇拝しられるのんとはえらい違ひですよつて、私と云ふもん出来てから持ち前の優越な感じ、――自尊心戻つて来て、始めて世の中が明《あこ》なつたやうな気イした云ひなさいますねん。そいで綿貫にはこない〳〵の噂あるのん幸ひにこないな人道具に使てる、そないした方が家空けるのんにも工合えゝさかい云うてなさつたのんですが、それをそんなり真に受けるやうな綿貫と違ひますよつて、うはべは「さうですか、そらその方《ほう》がえゝでせう」云ひながら心の中では嫉妬の刃《やいば》研ぎすましてゝ、何ぞ事さいあつたら私との仲割《さ》いてやろ思てたのんに違ひない云ふのんは、あの笠屋町で着物盗まれた事件にしたかて、今考へたらどうも怪しい、あの時別の座敷で博奕打つてるもんあつたとか、刑事乗り込んで来たとか云ふのんはみんな根エも葉アもないことで、彼処の家の人に頼んで不意に光子さんビックリさして、逃げてる間に着物すつくり隠すやうに初めから段取り極めといた。――それが、あの日の昼、私のとこい来なさる前に三越*い買ひ物に行きなさつたら偶然綿貫に会ひなさつたのんで、此いから柿内の姉さんとこ行て帰りにずつと笠屋町い廻るさかい待つてゝ欲し云うて別れなさつた。そいで綿貫は揃ひの着物着てなさつたこと知つてましたよつて、こりやえゝ機会や、あの着物ないやうにしてやつたらどうしても私のとこい電話かけるやうになる、そしたら私かて愛憎《あいそ》尽かすやろ云ふやうに考へて待つてる間にあの家のもん買収してこない〱せえ云うといた。――綿貫やつたらそのくらゐのこと企らまんとも限らんし、企らむだけの時間もあつた。そやなかつたら何ぼ何でも人の着物着て警察い連れて行かれる云ふことあんまりをかしいし、光子さんとこいも綿貫とこいも、そんなり警察からなんにも云うて来なんだ云ふ訳あることない。けどその時はまさか計略にかゝつたとは思ひなされしませんさかい、どないしてえゝのんか顛倒してしもてると、「こないなつたら、柿内さんとこい電話かけて揃ひの着物取り寄せるよりしやうがないでしよ」と、綿貫の方から云ひ出した。――綿貫の話とはそこえらい違てゝ、光子さんはもう取られたのんが揃ひの着物やつた云ふことさい忘れてたくらゐ慌てゝなさつて、なか〱そんなこと考へ出せるどころやなかつた。綿貫にそない云はれてからも「姉ちゃんに頼める義理やない」云ひなさいましてんけど、「それ厭やつたら僕と一緒に逃げてくれますか、それとも電話かけますか」云はれて、絶体絶命の場合になつて、こんな男の道連れになるのん死ぬよりイヤや思ひなさつたら、後先の分別《ふんべつ》もないよになつて夢中で電話口い走つて行つた。そいでもあの時、近所のカフエエい来て貰ふとか、綿貫先帰してしまふとか、あんなとこ私に見せんかて何とかもうちよつとえゝ工夫あつたやろのんに、うろたへてたらそんなこと思ひつけしませんし、そこが綿貫の狙《ねら》ひどこですよつて「早《はよ》しなさい、早しなさい」云うて急《せ》きたてますし、そのうちに私に来られてしもて「合はす顔ない」云ひなさつたら「僕えゝやうに云ひますさかい隠れてなさい」云うて、いかにも自分は光子さんの恋人や云ふ顔つきして、いろ〳〵なこと私にカマかけて聞*いてしもた。「ふん、そやねんし。ほんま云うたら、あの人あの時まで姉ちゃんとのことそないよう知つてエへんなんでん」云ひなさいますねん。

その二十三

「へーえ、そしたらあの時カマかけられてたのん？　『そら光子さんの奥様に対する気持云うたら、全く真剣でしてなあ』云うて冷やかしたりして、人馬鹿にしてる思てゝんけど」「ふん、ふん、わざとそんなこと云うて、成るだけ姉ちやんに腹立たそとして丶んし。あて襖《ふすま》の蔭で聞いて丶、まあ何ちふうそつきやろ思てんけど、あんな時に弁解したかてなか〳〵信用して貰はれへんしなあ。………」そいで光子さんは、計略にか丶つた云ふことに気イつきなさつたら、忌《い》ま〳〵しいてならんとこい、それからちふもんもう邪魔なもんないやうになつたのんで尚のことひつこうに附き纏《まと》て、何ぞ云うたら「あんたこそうそつきや、巧いこと云うて僕欺してたやないか」云うて、私とのことい つ迄でも根エに持つて、「きつとあんなことぐらゐで絶交する筈あれへん、今でも何処ぞで会うてんとは限らん」云うて、自分で会はさんやうにしといたくせに、何処迄も疑はんとゐられん性質やのんか、それともわざと空惚《そらとぼ》けてそんな嫌がらし云ふのんか、「あんたも男らしいもない、済んでしもた事そないくどくど云はいでもえ丶」云ひなさつても、「いや〳〵、済んでしもたことやない、きつとあの人に僕の秘密知らしたあるやろ」云うて、ほんまのとこはそれ一番恐がつて丶、私に知れたら復讐的にどんな妨害するか分れへん云ひますのんで、「邪推もえ丶加減にして欲しい。あんたちふもんあることさい隠してたのんに、なんでそんなことしやべる隙《ひま》あるやろ。あんた姉ちやんに会うたんやつたら大概様子で分つたやろのんに」「いや、その様子に怪しいとこあつた」云うて、自分がカマかけたりしますさかい人の態度まで疑うて、――それが、たゞの嫌がらしと違て、綿貫にしたら疑ふ訳ある云ふのんは、自分かて光子さんと私との仲感づいてたやうに、私にしたかて綿貫と光子さんとの仲知らんとゐた云ふ筈がない、知つて今迄焼餅も焼かんとゐたのんは、「あの男は不具な人間や」云ふこと聞かされて安心してたのんやろ、そやなかつたらまさか黙つてる訳あれへん、そない思て、それがお腹にありますのんで、私を笠屋町の宿屋い呼んだ云ふのんも、自分はしよつちゆうこんなとこで光子さんと会うてるぐらゐで、性的欠陥のある男やない云ふこと見せつける積りもあつたのんです。光子さんかて、「どうぞ姉ちやんと別れて下さい」と正面から手エついて頼まれなさつたら、「イヤ」とは云へん義理ですのんに、あんぢようペテンにかけられた上にそないエゲツなう疑はれたら、意地でも謀《はかりごと》の裏かいてやりたうなりなさるし、あんな心にもないことして仲悪《なかわる》なつた思ひなさつたら、なほのこと未練残つて、どないぞして仲直りしたい、せめて一ト眼だけでも会ひたい思ひなさいましてんけど、訪ンねて行つてもたやすうは会うて貰へんやろし、会へたところでどない云うて云ひ訳せう、今更何云うたにしても気持直して貰えへんやろと、いろ〳〵考へなさつた末あの本のこと思ひ出しなさつて、……あれはほんまに光子さんには用のない本で、やつぱり中川の奥様に貸しなさつたのんやさうですが、あの時のことは、ふつとそれからヒント得なさつたのんで、ＳＫ病院の名前騙《かた》つてこない電話かけよ、こんな時にはこないせう云ふ工合に、何日もかゝつて一生懸命考へ抜きなさつた。もちろん誰にも相談せんと、自分ひとりであんだけの段取り工夫しなさつて、たゞ電話かけるのんに女の声やつたらいかん思て、お梅どんに訳《わけ》話して出入りの洗ひ張り屋*の男頼んだ。「あてかてあの時は姉ちやんを取り戻そ云ふ一心で有るだけの智慧絞《しぼ》つてんし。今考へたらあんなえらい騒動して、眼エ吊り上げて見せるやなんて、役者でもないのんにようあんなことしたなあ」云ひなさつて、そら、あの時のことは確かに私を計略にかけた、欺した云はれても仕方ないけど、それも自分がどんな気持でしたか云ふこと直きに分つて貰へるやろ、そしたら私かて可哀さうなとこそ思へきつと憎いとは思えへんやろと、そない考へてた云ひなさいますねん。ところが私と仲直りした云ふことそれから間もなう綿貫に知れた。光子さんかてもと〱綿貫のたくらんだことあべこべに引つくり覆《かい》して見せつけてやろ云ふ気イあるのんで、別に隠そともしなされへんばつかりか、知れたらどんな顔するやろ思て待ち構へてなさつたとこですさかい、「あんた此の頃、又あの人とより戻つたんやろ、空惚けてゝもちやんと分つてる」「ふん、そんな事ちよつとも惚《とぼ》けてエへん」と、落ち着き払《はろ》てなさつて、「会はんとゐたかてどうせ疑はれるぐらゐなら、会うた方が優《ま》しや思てん」「何で僕に内證でそんなことした？」「内證やあれへん、あてどない邪推しられたかて、せエへんことはせエへん云ふけど、したことはした云ふし」「さうかて今日まで黙つてたやないか」「そら云ふ迄もない思たさかい黙つてた、何も一々自分のしたこと報告せんならん思てエへんもん」「こんな大事なこと報告せんちふ法あるもんか」「そやさかい、したことはした云うてるやないか」「たゞ『した』だけでは分らん、孰方《どつち》から仲直りしたのんかちやんとはつきり云うて見なさい」「あての方から訪ンねて行つて、悪かつた云うて堪忍してもろてん」「何やて！　何で詫まりに行くことある？」「何で云うて、こんなとこいあんな時間に呼び出しといて、着物借《か》つたりお金借つたりして、放つとく云ふ法あるかいな。そんな義理の悪いこと、あんたは出来てもあてはようせん」「借つた物はあの明くる日、僕が郵便で返してやつた。あんな汚《けが》らはしい女にそれ以上礼云ふ必要あるもんか」「ふーん、そしたらあの時姉ちゃんの前で何ちうた、『僕の一身はどないなつても、此の場アさい無事に済んだら御恩は一生忘れしません』云うて、その汚らはしい人に頭下げて、手エ合はして拝んだやないか。そやのんに今頃ようそんなこと云へるなあ。第一借つたもん郵便で返すやなんて、もし旦那さんの手エにでも渡つたらどない迷惑しなさるか、汚れてたかてゐエへんかて世*話になつたもんは世話になつたもんやのんに、何ちふ恩知らずやろ。あんたそんなこと云うたら、あの晩のことかて手妻《てづま》*の種見えるやうな気イするし。………」そない云うてやりなさつたら、ぎよツとした顔して、「手妻の種て何のこつちや」云ひますのんで、「何のこつちや知らんけど、何もあれから絶交したとも云エへんのんに、あんた独りで絶交したもんと極めてる云ふのんけつたいやないか。そない自分の思ふ壺に嵌まる思たら間違《まちご》てるし」「何や一体、あんたの云うてること僕には分らん」「あのなあ、あの時の着物あんなり警察から戻つて来エへんのん何でやろ？」「今そんなこと問題にしてエへん」そない云ひながら、チクリと痛いとこ刺されたのんで、「何を云ふのんか今日はあんた興奮してるで。まあ〳〵、その話ゆつくり聞こ」云うて、照れ隠しにニヤニヤ笑て胡麻化してしもた。けどそんなりで放つとくやうなあつさりした男違ひますよつて、二三日したら直き又持ち出して、今度は下手に出て光子さんの機嫌取りながら、「あの奥様よつぽど怒つてた筈やのんにどんなこと云うて丸めたのんか、後学のために聞かして欲しい」とか、「そんな優しい顔して、あんたはえらい手管《てくだ》上手や」とか、「くろとも及ばん凄腕《すごうで》や」とか、いろ〳〵なこと云うておだてたり皮肉云うたりしますのんで、えゝ加減なとこで妥協しといた方がえゝ思ひなさつて、実はこない〳〵の計略で仲直りした云ふこと話してやりなさつた。「あんたそんな狂言書いて人欺すことといつの間アに覚えてん？」「そらあんたに教せてもうてん」「阿呆云ひなさい、僕にもちよい〳〵その手エ使てるねんやろ」「ほら又邪推始まつた。あてこんな人の悪いことしたん今度だけやわ」「そない迄してあの奥様ときやうだいになりたい云ふのん、僕には分れへん」「けどあんたかて此なひだ姉ちやんに『僕はちよつともかめしません、此れから三人仲好うしましよ』云うてんやないか」「そらあの時あの人怒らしてしもたら難儀やさかい、あない云うといてん」「うそ云うてるわ。あんた姉ちやんにカマかけたんやないか。あの晩の細工ちやんとあてに分つてるし」「そんなこと僕一向知らん」「あんたよう聞いて頂戴や、一寸の虫にも五分の魂云ふことあるよつて、蔭い廻つてけつたいな事しられた思たら、誰かつてそんなりにしとけへんさかいになあ」「僕がけつたいな事したやなんて、何ぞ證拠でもあるかいな。あんたこそ邪推してるやないか」「邪推なら邪推にしといたらえゝ。けどあんたかてそない云ふのんやつたら、ちやんと、約束した通り姉ちゃんと附き合うたらえゝやないか。あんたは疑うてるか知らんけど、あてかてあんたのイヤがるやうなこと決して姉ちゃんに云エへんし。……」そこで光子さんは即座に気転利かしなさつて、私のとこいあんなこと云うて来たのんも一つは綿貫のイヤがつてること何処までも隠して、一人前の人間や云ふこと私に信じさすためやつた、自分はそない迄して綿貫の名誉守つてるねんさかい、綿貫さいもうちよつと寛大な気持になつたら、此の先三人が仲好うして行かれへん云ふ筈ないやないか――と、一方では綿貫の痛いとこおさへて、賺《す》かしたり威嚇《おど》したりしなさつて、「あんたと此処で会うてる以上は、姉ちゃんにも来て貰ふ」云ひなさつて、私との交際には絶対に嘴《くちばし》入れんといてほしい、ぐづぐづ云ふのやつたら綿貫捨てゝも私捨てへん云ふ覚悟見せなさつたのんで、とう〳〵泣き寝入りになつてしまひましてんて。

その二十四

「…………なあ、姉ちゃん、なんぼ親しい間柄《あいだがら》かてこんなこと云うたら自分の耻やし、愛《あい》憎《そ》つかされるかも分れへん思てじつと辛抱してゝんけど、もう〳〵今日は何も彼も云うてしもてんし。あてぐらゐ不仕合はせなもん世の中にあるやろか」――そない云ひながら私の膝の上い打《う》つ伏しなさつて、涙でそこがびしよびしよに濡れるぐらゐ激しいに泣きなさるのんで、あんまりのことに何ちうて慰めたげたらえゝのんやら、――なんせ私の知つてる今日までの光子さん云うたら、花やかで、勝ち気で、いつもプライドに充ちた眼エ耀《かが》やかしてなさつて、そんな辛い思ひしてなさつたとはちよつとも見えしませんのに、その高慢な、女王みたいにエラそにしてなさつた人が、プライドも何にも放つてしもて泣き崩れてなさる様子だけでも、ほんまに思ひの外ですねん。光子さんに云はしたら、自分は強情張りやよつてどない苦しいことあつても人に見透かされんやうに努めて来てんけど、そいでも姉ちやん云ふもんなかつたらもつと陰気になつてたやろのんに、姉ちやんのお蔭で暗い運命に打ち克つだけの勇気出た、いつでも姉ちやんの顔さい見てたら気が晴れ〲して一切のこと忘れてたけど、今日ちふ今日はどう云ふ訳か悲しい思ひ込み上げて来て、意地にも辛抱出来んやうになつて、長いあひだ怺《こら》へてた涙の堰《せき》が一ぺんに切れた。「なあ、姉ちやん、どうぞ〱、……頼りにするのん姉ちやんばつかりやさかい、こんな話聞いても愛憎尽かさんといてエな」「なんで愛憎尽かすもんか。云ひにくいことよう云うてくれたなあ。あてかてそない頼りにされたらどない嬉しいか分れへん」そしたら光子さん気イ弛《ゆる》みなさつたのんか、一層止めどもなう泣きなさつて、自分の一生は綿貫のお蔭で滅茶々にしられた、もう行末に何の望みも光明もない、生涯埋《うも》れ木で暮らすばつかりや云ひなさつて、自分は死んでもあんな男と結婚せエへん、どうぞ助ける思てあの男と手エ切れるやうにしてくれへんか、何ぞえゝ工夫あつたら教せて頂戴云ひなさるのんで、「こないなつたらあてかて正直なこと云ふけど、ほんま云うたらあて栄ちゃんと兄弟の約束してしもて、こない〳〵の書付まで交してんし」と、昨日の出来事みんな話したげたら、大方そんなことやろ思てた、綿貫の奴、何処迄行つても知られてエへんか云ふこと疑うてゝ、わざとそないなこと云うて姉ちゃん試してみといてから、自分捨てられたら姉ちゃんも一緒に抱き込んでやろ云ふ気イや。………そない云ふと成る程、「光ちゃんに子供出来た云ふこと初耳です」云うたとき、「へえ？　初耳？」云うて血走つた眼エして、「何で子供出来る筈ない云ひましたか、そんな体質や云ふのんですか」と唇の色まで変へてたのんが、あの時にもけつたいな人やなあ云ふ感じしましたし、それに思ひ当るのんは、話の中途でためいきついては、「あゝ、あゝ、僕は何ちふ不幸な運命の下に生れたのんでせう」と、二へんも三べんも芝居のセリフみたいな節つけて繰り返したあの言葉、——あの時は何や、人の同情求めるためにわざとあんなセンチメンタルな声出してる思ひましてんけど、それがやつぱり、なんぼづうづうしい男にしたかてお腹の中では自分の不仕合はせ嘆いてるのんで、人に云はれん淋しい気持が自然と外に現れたのんかも分れしません。けど「何でそないに姙娠した云ふこと隠すのんでせう？　お姉さんにまでウソつかいでもえゝやありませんか」とか、「子供生れたら何処いなとやつてしまふ云うて、光ちゃんのお父さんかんかんになつて怒つてる」とか、巧いこと云うて探り入れて、——それもえゝけど、「これ読んでみたらお姉さんの方が僕より得してる、僕の誠意のあることこれでも分りましたやろ」云ふやなんて、もと〳〵起る気づかひないのんやつたら、どんな条件かて書けるやあれしませんか。そんな有りもせんこと種に使《つこ》て、此方の信用つないだりして、どないな気イやろ？　どんな場合にあの約束役に立たすつもりやねんやろ？　そらきつと「姉ハ弟ト光子トヲ正式ニ結婚セシムルタメニ努力シ」云ふのんと、「弟ガ捨テラレタル時ハ姉ハ光子ト交リヲ絶チ」云ふのんと、「両人ハ他ノ一方ノ承諾ヲ経ズシテ無断ニ光子ト逃亡シ、所在ヲ晦マシ、若シクハ情死スル等ノ行為ヲナサズ」云ふのんとが、——殊に此の一番しまひの条件が眼目やのんで、その外のことは勿体らしいに見せかけるための附け足りやと、光子さんは云ひなさいますけど、そいだけのことにわざ〳〵こんな尤もらしい形式取り交して、あんな大騒ぎせいでもよさゝうなもんですのんに、そんな法律くさい文句並べるのんがあの男の癖なんやさうで、そない云うたら、此の頃光子さんの綿貫に対する態度だん〳〵焼け糞になつて来なさつて、どないなとなれ云ふやうな素振《そぶり》見せなさるもんですさかい、綿貫の方も近いうちにただでは済まんやうな事起る云ふ予覚感じてゝ、蔭い廻つて何ぞ悪さするやうな様子見えてた。そいで此なひだ三人で松竹座い行つた時にしたかつて、「あんたそないひがんでんと一ぺん姉ちやんに会うて御覧、そしたら姉ちやんどんな人やか、あんたの秘密知つてるかどうか、大概話しぶりでも分るやろ」云うて連れ出しなさつて、そないしといたら、内證でけつたいなこと云はれたりする危険ないやろ思ひなさつたのんですけど、あんな工合に妙にこぢれて口も利かなんだのんですと。「そしたらあない空々しいしてゝ、蔭でそうツと手ェ握ろ云ふことあの時から考へてたのんか知らん？」「そらどや知らんけど、あてがあの人放つたらかして姉ちゃんと逃げるのんやないか云うて、常時《じようじ》心配してゝんし」「きつとあてを道具に使て結婚さいしてしもたら、もうあんたみたいなもん用ない云うて放り出すつもりやつてんなあ」「結婚々々云うてるけど、それかて自分で自分欺くためやのんで、ほんまに結婚出来るとは思てエへんねん。あんまり無理なこと云うたら、あて生きてエへんこと分つてるし、姉ちゃんちふもんある方が外の男に取られる気づかひない思て、今のまゝ出来るだけ続けていてたいねんし」……そいで光子さんは、今日も綿貫が待ってるねんけど、今日ばつかりはどないしても会ふのんイヤや云ひなさつて、何ぞ工合よう行《い》なしてほしい云ひなさるのんですが、今急にそんなこと云うても怪しまれるばつかりやし、後が却つて悪いさかい、そない云はんと今日のとこは何もこんな話せなんだことにしときなさい、そのうちにあてがきつと〳〵手ェ切れるやうにしたげる、あて死んでも光ちゃんの命助けんと置かん、まさかの時はあの男殺してやる云うて、私も一緒に泣きながら力づけたげて別れましてん。

それが、……さう、さう、その誓約書の日附け見たら分るのんですが、……さうです、さうです、此れが七月十八日ですよつて、光子さんとそんな話しましたのんが多分明くる日の十九日のことで、ちやうどその時分夫の方は忙しかつた事件やつと片附いたのんで、何処ぞい避暑に行こやないか、ことしは軽井沢いでも行つてみよか云ひましてんけど、私はなか〳〵それどこやあれしませんさかい、光子さん毎日々々淋しがつてゝ、こんな体で自分何処いも出られへんのんに、あんたほんまに羨ましいなあ云うてなさるし、行くのんならもうちよつと涼しいになつてから箱根いでも連れて行つて欲しい云うて、夫が何や物足らん顔してるのんにも頓着せんと、そいから半月程云ふもんはいツつも〳〵夫の出かけるのん待ちかねて笠屋町い飛んで行きましてん。何しろ私にしましたら、あれから此方光子さんが別人みたいにしをらしいに見えて、今迄は美しい悪魔みたいに思はれてたのんが、今度は急に鷲に狙《ねら》はれてる鳩みたいに思はれて来て尚更いとしさ増したとこい、会ふたんびに心配さうな様子してなさつて前のやうな花やかな笑顔見せなさること一日もないのんで、まさかとは思てゝも短気なことでもしなさつたらえらいこツちや思たら、気が気やあれしません。そいで私、「光ちやん、あんた栄ちやんの前ではせめてもうちよつと浮き〳〵してなさいや、そやなかつたら又感づかれてどんなこと云ひ出すか分れへん」云うて、「きつと、きつと、世間に顔向けならんやうに叩きつけてやるさかい、死ぬ程つらいことあつてもちよつとの間辛抱《しんぼ》してなさい」云ひましてんけど、さてどないしたら綿貫叩きつけること出来るか、人欺したり陥れたりする計略は向《むこ》の方が上手ですさかい、なか〳〵えゝ考出て来《け》えしませなんだ。私はそない云うてるうちにも、又綿貫がろうじの外で待つたりしてたらどない云ひ抜けしたらえゝのんやら、あんな誓約書の条件守らんかてちよつとも疚《やま》しいことあれしませんけど、そいでも約束破つてるのんがやつぱり何や済まんやうな気イして丶、いつもろうじ出て来るとき、又あのぞつとするやうな声がうしろから「お姉さん」云エへんかとビクビクしてたのんですが、え丶あんばいにあんなりになつてますのんで、あんな男のこツちやさかい、誓約書さい交してしもたら兄弟も糞もあつたもんやない思てるねんやろ、結局その方が此方も助かる思てましてん。さうかうしてるうちに光子さんは毎日々々「姉ちやんどないぞしてくれへんか、もう一日も辛抱出来へん」云ひなさいますし、自分は最後の手段として、わざと綿貫誘ひ出して駈け落しようか思てる、その時は何処い逃げる云ふこと前に私に教せとくさかい、新聞に出されたりしてえらいことになつた時分に、もうえ丶頃や思たら摑《つか》まへに来てほし、そないしたらなんぼ綿貫かて二度と寄り附くこと出来んやろさかい、自分の名誉も傷けること覚悟の上でやつてみせる。「此方で相談してることうす〳〵嗅ぎつけたらしいよつて、やるのんなら早い方がえ丶」云ひなさるのんで、「嗅ぎつけたらあの誓約書楯に取つてあてに何とか云うて来るやろ、まあ、まあ、そんな非常手段最後まで取つときなさい」云うて、——ほんまにあの時分、よつぽど思案に余つてしもて、先生のとこい智慧貸してもらひに上ろか思たぐらゐですねんけど、そんな厚かましいことようせえしませんし、お梅どんに聞いてみてもえ丶考ない云ひますし、いつそのこと夫の力借《か》ろかしらん、うそついてたこと或る程度迄は白状して、たゞ綿貫の迫害免《まぬが》れるやうな法律的の手段ないもんか知らん、話しやうに依つたら夫かて光子さんに同情寄せんこともないやろと、困つた揚句そんなことまで考へましてん。ところがその夫が、或る日突然、ちやうど私が行つてる時に電話も何もかけんといて笠屋町の宿屋い訪ンねて来たやありませんか。それが事務所の帰りしな、四時半ごろのことで、二階で光子さんと話してましたら、「奥さん〳〵」云うて慌てゝ仲居《なかい》さんが駈け上つて来て、「今奥さんの旦那さんがお見えになつて、お二人さんに会ひたい云うたはります。どないしまひよ」云ひますのんで、「何でやつて来たんやろ」とぎよツとしながら顔見合はしましてんけど、「兎に角あて会うて来るわ、光ちやんそこにすツ込んでや」云うて、玄関い降りて行きましてん。

その二十五

「やあ、えらう分りにくいとこやなあ」と、夫は格子のとこに立つてゝ、実は今さつき、伊勢の四日市*い帰る人あつて湊町《みなとまち》の駅*まで送つて行つて、戻りしなに心斎橋筋散歩してたら、光子さんのゐなさるとこ確か此の辺やつたなあ、きつとお前も来てるやろ思たのんで、急に訪ンねる気イになつた。別に用事あるのんと違ふけど、いつもお前がお邪魔に上つて厄介になるのんに、近所まで来て顔出しせんのも悪いやうな気イするし、それに光子さんどないしてなさるか、お見舞ひかた〴〵是非お目にかゝつて御礼云ひたい、差支ひなかつたら何処ぞで晩の御飯御馳走したい思ふねんけど、ちよつとも外い出なさること出来へんのんやろかと、何気ない風して云ふのんですが、どうもそれだけやないみたいな気イして、「此の頃は大分目立つやうになつてなさるよつて誰にも会はんやうにしてなさるし、なか〱外い出るどこやあれへん」云ひましてんけど、「そやつたらまあ、会ふだけでも会うて行きたい」云ひますのんで、それでもいかん云ふ訳に行けしませんさかい、「どない云ひなさるか聞いて来るわ」云うて、「光ちやん、こない〱云ふねんけどどないせう」「どないせう、ほんまに。………姉ちやんどない云うたん？」「大分目立つやうになつてるよつて誰にも会ひなされへん云うてんけど、是非ちよつとでも云うてるねん」「何ぞ訳でもあるねんやろか」「さあ、あてもそない思ふねんし」「あていつそ会ふわ、そんなんやつたら。………今お春どんと相談したら、帯上げお腹の上い締めてその上から着物着なさつたらえゝやろ云ふよつて、そないするわ。ほんまに懐《ふところ》い綿詰めるやうになつてしもたなあ」云ひなさつて、そのお春どん云ふ仲居さんに帯上げ借つて、「お客さん階下《した》の部屋い通して待つてゝもろて」云うて、その間に私が手《て》ツ伝《と》うて身ごしらひしてましたら、又お春どん上つて来て、「そない申しましたけど、一分か二分でえゝさかい玄関でお目に懸る云やはつて、上りやはれしません」云ひますのんで、そやつたら早せんならん云うて大慌てに慌て、二人がゝりで着せましたもんの、冬やつたらどないなと胡麻化せるのんですが、肌襦袢の上に明石《あかし》*の単衣《ひとえ》もん着てなさるだけやのんで、どないしても妊娠のやうに見えしません。「姉ちやんあてのこと何ケ月や云うといたん？」「何ケ月云うたか忘れてしもたけど、人眼につく云うたぐらゐやし、六ケ月か七ケ月になつてんと工合悪いなあ」「これぐらゐやつたら六ケ月に見えるやろか」「もつと全体が円うに膨《ふく》れてなんだらいかんし」そんなこと云うて三人ともクスクス笑ひ出しながら、「なんぞもうちよつと持つて来まひよ」と、又お春どんがタオルやら何やら持つて来ましたのんで、「あんたも一ぺん下い行つて、とうちやん誰ぞに見られたらいかん云ひなさつて、めつたに玄関いも出て来なされしませんさかい、兎に角お上り下さい云うて、なるべく暗いあんまり見えんやうな部屋い入れといて頂戴」云うて、彼れ此れ三十分も待たしといてから、やつとどうにか六ケ月のお腹《なか》拵《こしら》へて行きましてん。「そんなりでかめへん云うたんやけど、浴衣《ゆかた》がけでは失礼や云ひなさつて、着物着かへてなさつたのんで、……」と、そない云ひながら夫の様子窺《うかご》うてますと、折れ鞄《かばん》*傍に置いて、キチンと洋服の膝がしら揃へてすわつて、「却つて御迷惑か思ひましたけど、あんなり御無沙汰してますし、一ぺんお見舞ひに上らんならん思てたとこいちやうど此の前通りかゝりましたさかい」云うて、気のせえか光子さんのお腹の辺ジロジロ見てるみたいですねん。光子さんは「いゝえ、うちこそいツつも姉ちやんに我が儘ばつかり云ひまして」――と、自分のために避暑に行くのん止めてしまひなさつたのん気の毒やとか、姉ちやんのお蔭で淋しい思ひ慰めてもろて、たいそう有難い思てるとか、あんまり口数利きなさらんと殊勝らしい聞えるやうにあんぢよう云ひなさつて、団扇《うちわ》で帯の上のとこ隠すやうにしてなさるのんですが、お春どんが気イ利かしてくれたと見えて、昼間でも電気点《とも》さんならんやうな薄暗い部屋の一番隅の方にすわつてなさつて、なんせ風通しの悪い上にお腹にいろ〳〵なもん詰めてなさるよつて、づくづくに汗かいてはあはあ息してなさる恰好《かっこ》云うたら、いかにも本物らしいて、「巧いこと芝居してなさるなあ」思ひましてん。

夫は直きに座ア立つて、「えらいお邪魔しました、どうぞ又お出かけになれるやうになつたら遊びに来て下さい」云うて、「もうおそいさかいお前も一緒に帰つたらえゝ」云ひますのんで、「何ぞ訳あるに違ひないよつて今日は此れで帰る。明日きつと待つてゝ頂戴」と光子さんにそうツと云うといて、しぶ〳〵連れられて出て来ましたら、「バスに乗つて行こ」云うて四《よ》つ橋《ばし》*の停留場い出て、そいから阪神で家い帰るまで、夫は不機嫌に黙つてしもて、何云うても生《なま》返事しかせえしません。家い這入ると洋服も脱がんと、「ちよつと二階いおいで」云うてどんどん上つて行きますのんで、此方もあらかた覚悟きめて附いて行きますと、寝室のドーアぱたんと締めて、「まあそこいおかけ」と差向ひに椅子にかけさして、暫くは物も云はんと、ほつと息ついて考へ込んでるのんです。「あんた、今日、何で突然あんなとこい来たん?」と、重苦しい空気破るために私の方からそない云うてやりましたら、「うむ、………」云うて又考へてゝ、「お前に見て貰ひたいもんあるねん」云ひながらポケツトから事務所用の封筒に這入つたもん出して、テーブルの上にひろげたのん見ましたら、そんなり私は真つ青になつてしまひましてん。どないして手エに這入つたのんか、「こゝに署名してあるのん確かにお前に違ひないか」云うて夫はあの誓約書眼ェの前い突きつけるのんです。「断つとくが、僕はお前の心持次第では決して事を荒立たさう思てエへん。これが僕の手エに這入つた径路についても聞きたいのんやつたら聞かしてやる。けど第一に、事実お前が署名したもんか、それとも此れはニセ物やのんか、その点ハツキリさしときたい」……あゝ、綿貫に先越された！　私の持つてる書付の方は簞笥に鍵かけて隠したありましたから、此れは綿貫のんに違ひないのんで、こんなことするために此の誓約書書かしたのんか！　ほんまに私は、此なひだから夫に口利いて貰《もら》お思てゝ、光子さんのことも打ち明けた方が得なことは話してしまお思てたのんに、さつき不意討ちに笠屋町い訪《た》ンねて来られて、あないなつたら姙娠してなさるのんうそや云ふこと今更云ひ出しかねて、うその上塗りしてしもてんけど、こんなことになるのんやつたらあの時白状しといたらよかつた！　「おい、黙つてたら分らん、返事したらえやないか」と、夫は出来るだけ腹の虫おさへて、やさしい、静かな声出して、「黙つてるとこみたら、これお前書いたと認めてもえゝねんなあ？」云うて、そいからだん〳〵話し出すのん聞いてますと、五六日前に今橋の事務所の方い突然綿貫が訪ンねて来て面会求めた。そいでどんな用事か思て応接間い通して会うてみたら、「今日お訪ンねしたのんは、実は折入つてお願ひしたいことあるのんです」云うて、「多分あんたも御承知でせうが、僕と徳光光子とは結婚の約束したあるばかりでなく、既に光子は僕の種までも宿してますのんに、此方の奥さんが中に這入つていろ〳〵邪魔しなさるのんで、光子の仕打ち此の頃日増しに冷淡になつて、今の工合ではいつ結婚してくれるのんか分らんやうな状態にある。就いてはあんたから奥様に意見して下さいませんか」云ふよつて、「僕の家内《かない》が何で邪魔するのんですか。委《くわ》しいことは知りませんけど、家内はあんたがたの恋愛に同情してゝ、一日も早う結婚しなさるのん祈つてるやうに聞いてましたが」云うたところが、「あんたは奥様と光子との関係がどんなことになつてるか、ほんまの事情御存知ないのんです」云うて、今でも前のやうや云ふことそれとなしに仄《ほの》めかした。けど初対面の男の話をそのまゝ信用する気イもなかつたし、現にその男の種宿してるもんが別に同性の人とそんな風になつてると云ふのんもけつたいなし、何やこの男気イ触《ふ》れてるのんと違ふか知らん思てたら、「お疑ひになるのんも尤もですが、こゝに確かな證拠あります」云うて此の書付出して見せた。夫はそれ読んだとき、自分の妻が未だに自分欺いてたことにも不愉快感じましたけど、それよりもなほ不愉快やつたのんは、妻と見ず知らずの男とが自分の知らん間に兄弟の約束してる云ふことやつた。第一人の女房とこんなもん取り交しといて、その女房の亭主の前いれいれいしいに見せつけながら、それに対する一言《いちごん》の云ひ訳もせんと、まるで刑事が犯罪の證拠摑《つか》んだみたいに得意さうにニヤニヤしてる此の男の気イ知れん思たら、一層むかむかして来たとこい、「あんたは此処に署名したあるのん、あんたの奥様の手エ*や云ふことお認めになりますやろなあ」云ひますのんで、「成るほど、見たとこではたしかに家内の手エ

のやうですが、それより先に伺ひたいのんは、こゝに署名してる男は何処の人です」云うてやつたら、「それは僕です、僕が綿貫自身です」云うて、まだその皮肉悟らんみたいに平気な顔してる。「此の署名の下に捺してあるもん何ですか」云うたら、それはこない〳〵の訳でと臆面もなう其の時のこと細かうに話し出すのんで、みんなまで聞かんうちに腹立つて来て、「此れ読んで見ると、あんたと、光子さんと、園子との関係は委しいに規定してあるが、園子の夫である私に就いては何の考慮も払はれてをらん。私ちふもんは全然眼中に置かれてん。あんたも此処に署名してをられる以上当然責任分《わか》たれるもんと考へるのんで、一往《いちおう》あんたの立ち場からその弁明求めたい。まして今のお話のやうやと、此の誓約書は園子の意志から出たんやなうて、半ば強制的に結ばれたやうに思はれるが」云うてやつた。そしたら恐縮するかと思ひのほか相変らずニヤニヤ笑てゝ、「その書付にもある通り僕と園子さんとは徳光光子に依つて結ばれてるのんで、その関係は園子さんの夫であられるあんたの利害とは始めから衝突してます。もし園子さんがあんた眼中に置かれたら、光子とあないな間柄になることもなかつたやろし、こんなもん交す迄もないし、それこそ僕の何より望むとこですけど、妻たる人が自ら進んでしなさるもんを他人の僕がどないすることも出来しません。僕に云はしたら此の書付のやうな関係認めることが、既に園子さんに対して非常な譲歩してるのんです」云うて、あべこべに夫の監督の不行届き恨むやうな口ぶりで、兄弟の約束した云ふのんは密通したのんと訳が違ふ、そやから自分は不道徳なことしたとは思てエへん云ふのんです。

その二十六

そんで夫は、そんな書付手エに触れるのんも汚らはしい思ひましてんけど、何せ相手が非常識な人間のことやさかい、此の男にこんなもん持たしといたら何するか分らん、此れはどないぞして取ってしもた方がえゝ思て、「お話はよう分りました、あんたの仰《お》つしやる通りやとしたら、頼まれいでも夫たるもんの責任として放つとけしません。けど僕としても、あんたとは今日始めてお目にかゝつたばつかりやし、一往家内の云ふことも聞いてみんことには片手落ちになる。就いては此の書付暫く貸しといて貰へませんか。此れ眼の前い突き付けてやつたらきつと白状しますやろけれど、さうでもなかつたら、中々強情な奴ですさかい」云ひましたら、貸すとも貸さんとも云はんといて、急に大事さうにそれ膝の上に置いて、「しかしあんたは、もし園子さんが白状しなさつたらどう云ふ処置お取りになるのんです」云ひますのんで、「どう云ふ処置取ろと、その時の都合次第やさかい、今から明言する訳に行かん。僕はあんたに頼まれたから家内を詰問するのんやない。僕はあんたの利害のために動くのんやなうて、僕自身の面目、自分の家庭の幸福のために動くのんや云ふことを承知して下さい」云うたところが、何や嫌アな顔して、「僕かて何も、自分のために働いて欲しい云ふのんやあれしませんが、今度の事は、あんたの利害と僕の利害とが偶然一致してる思たのんで、伺うたのんです。あんたかてそれは認めなさるやろ」云ひますよつて、「そんなこと僕は考へる余裕もなし、又考へたうもありません。失礼ながら、僕はあんたと、ぐるになつてそんな事件の中い捲き込まれたうないのんです。僕は自分の自由意志で自分の妻を処分するだけです」云うてやつた。すると、「あゝ、さうですか、そんなら仕方ありませんが」云うて、「ほんま云うたら、僕かてあんたには縁もゆかりもないのんですから、こんなこと頼みに来られる義理やないのんですけど、そいでも僕、もし園子さんが光子と一緒に逃げるやうなことあつたら、困るのんは自分ばかりやない、それ知つてながら黙つてたらあんたに対しても不親切や思て来たのんですが」云ひながら、ジロジロ人の顔のぞき込んで、「そないなつたら、あんたかて嫌でも応でも事件の中に捲き込まれてしまひますで」云ひますのんで、「いや、御好意は分りました。御親切に対しては感謝します」云うてやりますと、「たゞ感謝する云はれたゞけでは困るのんです。一体あんたは、まさか園子さんに逃げられるやうなヘマな事しなさらんやろ思ひますが、そいでも万一逃げられた場合にはどないなさいますか、逃げたもんには未練ない云うてアキラメておしまひになりますか、それとも何処迄でも追ひかけて行つて取り戻そ云ふお積りですか、そこのとこをハッキリきめといて下さい」云ひますよつて、「僕は自分の行動に就いて、その時になつて見んと分らんこと今から他人に約束したり、それに掣肘《せいちゆう》*

しられたりするのんイヤやのんです。まして夫婦のあひだのことは飽くまで夫婦のあひだゞけで解決つけます」云ひましたら、「しかしあんたは、どんな事あつてもよもや園子さんを離縁なさるやうなことありますまいな」云ふのんですて。その云ひ方が変に厚かましいて、ひつこうにねちねち絡み着いて来ますのんで、自分の妻離縁しようとしまいと、余計なお世話やないか、何もあんたがそんな心配する必要ありますまい云うてやりましたら、「いや、そいでもあんたは園子さんの実家に恩義ある筈や」とか、「ちよつとやそつとの不都合があつたから云うて、園子さん追ひ出したら義理が済まんやろ」とか、多分光子さんから聞いたのんですやろが、そんな内輪《うちわ》の事情までちやんと知つてゝ、「あんたも立派な紳士やよつて、まさかそんな不徳義なことしなされへんやろ思ひます」云うたりするのんで、夫もしまひには腹に据ゑかねて、「あんたは一体何しに来たのんや。何のためにそんな関係もないことといつ迄もべちやべちやしやべつてるのんや、あんたに注意して貰はんかて僕は僕で紳士の道守りますけど、それがあんたの利害と一致するかどうかは保證する訳に行けしませんから、どうぞその積りでゐて下さい」云うたら、「ふん、さうですか、そんなら折角ですが此の書付お貸しすること出来ません」云うて、膝の上い置いてあつたのん丁寧に封筒い入れて、内ぽところい収《しま》ふのんやさうです。夫はそれが欲しかつたことは欲しかつたけど、そんな行きがゝりになつてしもたらもうしやうがない、却つて弱味見せたらあかん思て、「えゝ、えゝ、僕も強《し》ひて拝借しようとは思ひませんから、御自由にお持ち帰り下さい。但し一言《いちごん》お断《ことわ》りしておきますが、あんたがそれを、僕の手エ経て僕の家内に示すことを拒《こば》まれる以上は、家内が事実を否定した場合に、僕としてもその書付に信を置くこと出来んかも知れない。僕は当然、初対面のあんたより家内の方を信じますから」云うてやつた。そしたら独りごとのやうに「とかく夫が細君に甘いのが間違ひの起る原《もと》やのんですな」云うて、「なあに、此の書付と同じもんが園子さんのとこいも行つてますよつて、何処ぞ捜しなさつたらきつと出て来ますで。尤もそんなことしなさらんかて、腕を出さして見なさつたら證拠が残つてる筈です」――と、そないな憎まれ口云うて、「お忙しいとこえらいお邪魔しました」と、わざと落ち着いて挨拶して出て行きますのんで、それを廊下まで送つて行つて、呆れた奴や思ひながら部屋に戻つてほつとしてますと、ものゝ五分ぐらゐした時分、又コツコツとドーアをノックして、「やあ、只今は失礼しましたが、ちよつと、あのう、もう一遍お邪魔さして貰ひます」云うて、何と思たのんか、今度は妙にニコニコとあいそ笑ひしながら、そのほん五分ぐらゐのあひだにまるで人間変つたみたいな表情して這入つて来ましてん。それが夫には又気味わるうて、ぎよつとしながら黙つて見てましたら、テーブルの前い来て、お時儀して、「おかけなさい」とも云はんうちに今腰かけてた椅子にかけて、「さつきは僕が悪かつたです。僕は今、命にかけてもと思ふ人を取るか取られるか、大事な瀬戸際《ぎわ》にあるもんですから、自分のことにばつかり眼エくらんで、あんたの感情尊重する余裕失うてました。何も悪意あつてあんなこと云うたんやありませんから、さつきのことは水に流して下さい」云ひますよつて、「それをわざ〳〵云ひに来なさつたんですか」云ひますと、「はあ、さうです、外い出てから考へてみたら、自分が悪かつた云ふこと分りましたのんで、何や知らん気イ済まんもんですから詫《あや》まりに来ました」云うて、「それは御丁寧なことです」云うてやつても、「はあ、………」云うたなり、まだモヂモヂと腰かけて、けつたいな作り笑ひして、「実はあのう、かうしてこんなことをお願ひに来たりお詫《わ》びに上つたりしますのんも、よく〳〵苦しい立ち場に置かれて思案に余つた結果やのんですが、どうぞ僕の此の、切ない、遣る瀬ない、泣くに泣けん胸の中を推量して下さい。それさい察して貰へたらさつきの書付お貸しゝてもよろしいのんです」云ひますのんで、「察してくれ云うて、どんな工合に察したらえゝのんですか」云ひましたら、「正直なとこ、僕は何より、あんたが園子さんを離縁しなさるやうになるのんを恐れるのんです。そないなつたら園子さんヤケ起してます〳〵邪魔するさかい、光子と僕が結婚する望み尚のことないやうになつてしまふ。僕かてあんたがめつたにそんなことしなされへん思ひますけど、どない考へても心配やのんは、園子さんが光子連れ出して逃げる場合です。何遍も〳〵くどいやうですが、よつぽど監督厳重にして下さらんと、きつと近いうちに逃げるにきまつてますのんで、一遍そんなことあつたら、たとひあんたが心のうちでは園子さん赦《ゆる》してやろ思ひなさつても、世間の手前さうも出来んやうになるかも分らん。それ考へたら僕は危険がもう眼の前い迫つてる気イして、夜もおちおち寝られへんのんです」――そない云うて、「どうぞ、どうぞ、お願ひします」と、額をテーブルい擦りつけるやうにして、「さう云ふ訳ですから、自分の都合のえゝことばつかり云ふ勝手な奴やとお思ひになりますやろけど、僕の窮境察して下さつて、此れから後、どんな事あつても園子さん逃がさんやうに責任持つて監督する、そいでもまさか括《くく》り着けとく訳にも行けしませんさかい、逃げられることないとは限りませんけど、そないなつても追ひかけて行つてきつと家い引き戻す云ふこと約束して下さい。それさい『うん』云うて下さつたら此の書付お預けします」云うて、「今更こんなこと念押さんかて、あんたは園子さん非常に愛してなさる、決して離縁しなさらんことはよう分つてるのんですが、それを一と言あんた御自身の口から聞かして欲しいのんです。あんたかて僕を哀れんで下さつたら、お腹の中でちやんときまつてること云うて下さつてもえゝやありませんか」――夫はそれ聞いてるうちに、つく〴〵此の男イヤ味な奴ツちや、初めからもつと素直に、人の感情害さんやうに云へるもんを、わざとほじくり返すやうな余計なこと云うて、顔色見い〳〵態度いろ〳〵に変へたりして、何ちふけつたいな男やらう、これなら女に好かれる筈ないよつて、光子さんかて厭になんなさつたかも知れん、よつぽど損な性質に生れついた人間や。そない思たら今度はほんまに可哀さうになつて来て、「そしたらあんたも、此の書付将来明るみい出すやうなことせん云うて誓うてくれますか、そして僕が必要と認めるあひだ保管さしといてくれますか、それ承知なら、僕もあんたの条件容れてもよろしいです」云うたら、「此の書付は、そこにも書いてある通り双方合意の上でないと人に見せられんやうになつてるのんですが、既に園子さんの方に背信行為あつたと認めますのんで、僕があんた方困らしてやろ云ふ気イあつたら、此れ種にしてどんな事でも出来んことあれしません。けど僕そんな卑怯な真似する人間でないことは、此れわざ〳〵あんたのとこい持つて来てお預けするのでも分るやありませんか。なあに、相手に誠意なかつたら何ぼこんなもん書かしても反古《ほうぐ》と同じですよつて、お役に立つのんならどうぞ持つて行つて使て下さい。僕の方はたゞ、さつきの二箇条さい約束して下されば満足やのんです」云ひますさかい、そんならそれと、何で初めから云はんのんやろ思ひながら、「そいでは確かにお預りします」云うて受け取ろとしますと、「ちよつと待つて下さい」云うて、「甚だ恐縮ですが、後日のために一と筆預り證文書いて貰へませんやろか」云ふのんやさうです。それも承知しました云うて、「右正ニ御預リ致候也」と書いてやりましたら、「その後いもう一と筆書き足して下さい」云ふのんで、「何を書くのんです」云うたら、「下名*ハ右證書ヲ保管中左ノ条件ヲ遵守スルコトヲ誓フ、一、下名ハ下名ノ妻ガ妻タル者ノ行為ニ悖《もと》ルコトナキヤウ責任ヲ持ツテ監督ス、二、下名ハ如何ナル場合ニ於イテモ決シテ妻ヲ離縁セズ、三、下名ハ所有主ヨリ請求サレタル時ハ何時ニテモ保管中ノ證書ヲ提示シ、若シクハ返却スベキ義務アルモノトス、四、下名ガ保管中ノ證書ヲ紛失シタルトキハ、何等カ他ニ所有主ヲ満足セシムル保證ヲ与ヘザル限リ、第一条及ビ第二条ニ規定シタル義務ヨリ解除セラルルコトナシ、――」それを一遍にすら〳〵云ふのんと違て、一つ書いてしまふと又考へて、「あ、もう一と筆願ひます」云うて、だん〳〵そんな工合に書き足さすのんで、何や、馬鹿々々しい、三百代言*みたいなこと云ふ奴や思て、面白半分に好きなやうなこと云はして、その通り書いてやつて、「では此の後い但し書きを一つ入れますで。――但シ、下名ノ保管スル證書ガ虚構ノ事実ニ基ケルモノナル時ハ総ベテノ約束ヲ無効トス、――なあ、こない書いといても差支ひあれしませんやろ？」云うて、はつとしたらしうどぎまぎしてる様子でしてんけど、さつさと構はんと書いてしもて渡してやつたら、急に又未練出たやうにぐづぐづしながら、そいでも仕方なしに書付置いて行きましてんと。夫はそこまで一と息に話して来て、「どうや、此の書付お前書いたのんに違ひないのんか。お前の方にも此れと同じもん行つてるのんなら出して見なさい」云ひながら、じつと返答待つてますのんで、私は黙つて立ち上つて、鍵のかゝつてる抽出し開けて、そこに隠してあつたもう一通の方持つて来て、無言のまゝテーブルの上い置きましてん。

その二十七

「ふーん、此れある以上は此の書付ニセ物やないのんやなあ？」そない云はれても、やつぱり黙つて頷《うなず》いて見せますと、夫は私がどんな気持でゐるのんか見当つかんもんですさかい、疑ひ深さうに眼エぱち〳〵さして、「そしたら此の證書に書いたあることみんなほんまの事実やのんか」云ふのんです。「そら、ほんまのこともあるねんけど、うそのこともあるねん」――――私はさつき夫の話聞きながら、もうこないなつたら隠し立てしたかてしやうがない、いつそ綿貫の計略の裏搔いて、自分に都合えゝことも悪いことも、何でも彼でも残らず打《ぶ》ツちやけて、あとは成り行きに任してやろ、ひよツとしたら案じるより生むが易うて、どんなうまいことあるかも分れへんと、すつくり腹きめてましたのんで、先づ第一に綿貫の秘密すつぱ抜いてやつて、そやさかい光子さん姙娠してはる云ふのんうそや云ふこと、さつき夫が会うた時はお腹にいろ〳〵なもん詰めてなさつたのんや云ふこと、あの笠屋町の家にしたかて、常時彼処にゐなさるのんでも何でもないこと、此の證文書かされた時は綿貫にあんぢよう篏められて、脅迫しられたのんや云ふこと、自分が欺されてたことから夫欺してたこと迄、なんでも二時間ぐらゐかゝつて一切合財《いつさいがつさい》話してやりましたら、「ふん、ふん」云うて、とき〴〵溜め息つきながらしまひまで聞いてしもて、「そしたらお前の今云うたことちよつともうそないねんなあ？　綿貫云ふ男にそんな秘密あること確かやねんなあ？」云うて、「ほんま云うたら、自分の方にもちやんと調べ届いてる」云ふのんです。それが、夫が綿貫に会うたのんは四五日前のことですのんに、そいから今日まで知らん顔して事件伏せといた云ふのんは、何や綿貫云ふ奴の素振《そぶり》怪しい、何ぞもつと深い訳あるのんやないか云ふ気イしたのんで、私に打つかる前に一往取り調べてやろ思て秘密探偵に頼んだとこが、そんな商売大阪にかつて仰山《ぎようさん》あれしませんさかい、此なひだ光子さんが頼みなさつたのんと同じとこい行つてしもたのんで、「その人なら大概のこと分つてます、前に調べたことあります」云うて、その場アで直きに答へてくれた。そいで綿貫が訪ンねて来た日の夕方には、もう一と通り種上つてしもてたのんですが、夫はあんまり意外やのんで同名異人の間違ひやないか知らん思ひましてんけど、探偵の方には光子さんとのいきさつまで分つてゝ疑ふ余地あれしませんし、……そないなつて来ると、今度は光子さん姙娠してなさる云ふことや、笠屋町の家のことや、私と光子さんとの関係や、なんとも腑に落ちんことだらけですよつて、また改めて光子さんの方調べさした。その報告の届いたのん今朝のことで、そいでも夫はまだ半信半疑でしたさかい、自分で様子見て来てやろ思てさつき不意に笠屋町訪ンねてやつた云ふのんです。「そしたらあの時、お腹に物詰めてはつたこと分つてたん？」私はわざと打ち解けた調子でそない云うてやりましたけど、夫はそれにには答へんと、「僕はお前の今日の態度いつもより柔順で正直なこと認める。けどその正直さは過去の罪悪後悔してるためやのんかどうか、それハッキリ云うて見なさい」云ひますねん。「お前かて自分の過去の行ひが、どんなに道に外《はず》れてたか云はんかて分つてるやろ。僕もそんな不愉快なことほぜくり返す気イないねんよつて、こいから後、本気で罪の償《つぐな》ひする決心あるかないか、それ聞かしてくれたらえゝ。どうせ綿貫との約束やかい真面目に守る必要もないねんけど、兎に角僕はお前離縁せん云ふことあの男の前で誓うた。それに考へてみたら僕自身にも手落ちあつた。夫としての監督怠つてた云ふ綿貫の云ひぐさにも一往理窟ないことないし、光子さんの家の方から苦情申し込まれたら、お前より先に僕手エついて詫まらんならん思てるぐらゐやし、こんな事になつたのんは夫婦共同の責任みたいに感じてる。第一新聞にでも出ることあつたら、何としてお前の親たちに言訳せう。それも普通の意味での恋愛やとか三角関係やとか云ふのんやつたら、まだ話しよも同情のしよもあるけど、此の證文に書いたあるやうなこと、誰が読んだかて気違ひとより思エへんで。ま、そない思ふのん身贔屓《みびいき》かも分れへんが、お前の云ふのん聞いてみたら、もと〳〵綿貫云ふ奴から起つたことで、ほんまに悪いのん彼《あ》の男一人や。お前かて光子さんかてあんな男に係り合はなんだら、まさかこんなことにもならなんだやろし、………徳光さんの家かて、それ分つたらどない思やはるやろ。僕今迄光子さん悪いのんや、あの児《こ》不良少女やよつてお前にロクでもない感化及ぼすのんや思てゝんけど、親の身イになつたら綿貫云ふ男八つ裂きにしても飽き足らん思やはるやろ。何処い出しても耻かしない器量自慢の娘持つてゝ、あんな奴に見込まれるやなんて、僕とこよりも一つ不仕合はせや。………」夫は私の激し易い性質に逆らうたらいかん思てますのんで、理性に訴へるより感情的に動かすやう努めてゝ、それが一種の手エや云ふこと見え透いてますねんけど、親のことやかい持ち出されて、殊に光子さんのこと、そないに不憫《ふびん》らしう云はれましたら、自分の胸に思てることゝ一緒やのんで、急に悲しいになつて来て、眼エに一杯涙溜め〳〵聞いてますと、「なあ、そやないか?」と、夫は涙で光つてる頰べた視詰めながら、「泣いてばつかりいてゝも分れへんさかい、よう分別して、今度こそ最後の、うそのないお前の考云うてみなさい。僕はお前がどうしても家出する云ふのんなら、そら仕方ない思てる。けど、ほんまの僕の気持云うたら、憎いのんあの男だけで、お前も光子さんも可哀さうな目エに遇うたんや思てるねん。かりにお前と離別せんならんことになつても、お前が今みたいな真似つゞけてたら、いつ迄立つてもその『可哀さうな』云ふ心持残つてゝ、僕も長いこと苦しまんならんし、お前にしたかてまさか光子さんと結婚する訳にも行けへんやないか。僕の監督離れたかて、いつまで世間が許しとく筈ないさかい、仰山の人に心配かけた上自分も恥掻いて圧制的に止めさゝれるか、そないならんうち自分で悟つて直すやうにするか、孰方《どつち》なとお前の心がけ次第やで」「そんでもうち、………こないになつたのん因果やさかい、………死んであんたに詫まります!」夫はビクリとして飛び上るやうな恰好しましてんけど、その時私はわツと泣きながらテーブルに俯伏《うつぶ》してしまひましてん。………「どうせうち、こないになつたら誰にかて見放されるのん当り前やし、生きてたかて世間に顔向け出来へんさかい、………どうぞ死なして頂戴、こんな腐つた人間にあんたかて未練ないやろし、………」「………誰がお前見放す云うた? 見放したもんなら意見する筈ないやないか?」「そないに云うてくれはるのん有難い思ひますけど、今更うち一人えゝ児になつて光子さんあんなりに放つてしもたら、どんなに難儀しやはるこつちやら、………あんたかて一番光子さん可哀さうや云やはつたやないか」「そら云うた、云うたからこそお前等救ひ出さうとしてるのんや。………まあ、お聞き、お前えらい考へ違ひしてるで。お前みたいな意味でどんなに愛情捧げたかつてちよつとも難儀救《すく》てやることになれへんで。僕はお前のことばつかり心配してるのやあれへんで。徳光さんとこいも行て、よう訳《わけ》話して一切あの男近づけんやうに厳重に監督して、お前との交際も遠慮して貰ふやうに注意するのんが、僕の義務やと思てるねん。そないにしてこそ光子さんのためやないか」「あんたみたいなことしなはつたら、うちより先に光子さん死にやはるし。………」「なんでや？　なんで死ぬのんや？」「なんでゞも死にやはるし。………今迄かつて死ぬ〳〵云うてはつたんやう〳〵のことで止めてゝんもん。………そやさかいうちも一緒に死ぬわ。死んで社会に詫まるわ」「馬鹿なこと云ひな！　そんなことして僕や親たちに迷惑かけて、それが何で謝罪になるねん！」

その二十八

私は夫が何ちうても耳に入れんと、「いゝえ、死にます、死なして頂戴」云うてテーブルに俯伏したなり、やんちやな児オみたいに泣いてましてん。もう此の場合「死ぬ」云うてやるのん一番えゝ。それより外に方法ない。………私の頭の中にあるのんは、どないしたら此いから先も今迄のやうに会うて行くこと出来るやろかと、そればつかりですのんで、正直に云うたら、夫に離縁しられるのん一番恐い。どうせ此処まで知れてしもた以上、自分と光子さんとの間柄納得《なつとく》さして、それ承認してくれたら、自分は夫大事にする、きつと夫婦仲も円満に行く、綿貫の奴どんな妨害したところで、證拠の書付此方に取つてしもたあるし、あんな男の云ふことやつたら信用するもんないやろし、たとひ光子さん何処ぞい行きやはつても、ちやんとした家庭の奥様同士どないに仲好うしてたかて誰が何ちふもんあるやろ。前とちよつとも変つたことないばつかりか、前よりしつくりと行くのんやし、無闇に事荒立てるよりもその方が何ぼ優《ま》しか分れへん。夫は私に無鉄砲な事しられたら、第一に心配やのんで、お腹《なか》の中では私以上に離縁恐れてゝ、事勿れ主義に傾いてることよう分つてますさかい、「そないに束縛するのんならほんまに家出してやるぞ」云ふとこ見せて、そいからそろ〳〵注文持ち出して、――と、私はあらかた思案をきめて、二日かゝつても三日かゝつてもきつとしまひには云ふこと聴かしてやるつもりで、なるべく反感挑発せんやうに、何云はれてもたゞ大人しいに無言のうちに涙ぐみながら、堅い決心隠してるみたいに割りと落ち着いてましたのんで、それが夫にはなほ気味悪うて、その晩はとうど夜の明けるまで一睡もせんと傍に着いてゝ、便所いまで一緒に来るのんです。そいで明くる日は一日事務所休んでしもて、御飯も二階に運ばすやうにして、じつと睨み合ひしたなり、とき〴〵顔色うかゞうては、「こないしてたら体つゞけへんさかい、一と寝して頭休めてから、ゆつくり考へ直して御覧」とか、「兎に角死ぬやの家出するやの云ふこと、思ひ止まる云ふ約束してくれ」とか云ひますねんけど、私は黙つていやいやして見せるばつかりで、心のうちでは、此処まで来たらもう大丈夫や思てましてん。ところがその又明くる日の朝、夫はどうしても一時間か二時間事務所い出んならん用あるのんで、留守の間は絶対に外い出エへんし、電話もかけへん云ふこと誓ふか、それイヤやつたら大阪い連れて行く云ひますよつて、「うちかてあんた一人で出したら心配やさかい附いて行きます」云ひましたら、「何が心配やのんや」云ひますのんで、「うちに内證で徳光さんとこい云ひつけ口でもしに行かれたら、それこそ生きてられへん」云ひますと、「僕かつてそんな、お前に納得させへんうちに無断で不意討ち喰はすやうなこと絶対にせエへん。僕がそれ誓《ちこ》たらお前も誓うてくれるか」云ひますねん。そいで私も、「あんたさい意地の悪いことせエへん云ふのんなら、留守のあひだぐらゐじつと待つてますさかい、安心して仕事して頂戴。うちもその間アに一と休みしますわ」云うて、夫出してやりましたのんが九時頃のことで、暫く寝台に横になつてましてんけど、妙に興奮してしもて、寝られるどこやあれしません。それに夫から、大阪に着いたら直ぐ電話かゝつて、そいから三十分置きぐらゐにチヨイチヨイかゝつて来ますさかい、何や知らん気分落ち着かんと、部屋の中往つたり来たりしながらいろ〳〵なこと考へましたら、そのうちにふつと思ひついた云ふのんは、毎日々々こんな工合に根競《こんくら》べしてたら、綿貫がどないなわるさせんとも限らんし、光子さんかて、一昨日あんなり別れてしもてどない思てはるか、昨日かて一日待つてはつたやろ。どうで口先で「死ぬ、死ぬ」云うたぐらゐでは威嚇《おど》し利《き》けへんさかい、いつそ早よ埒明《らちあ》くやうに、それもあんまりえらい騒ぎにならんやうに、奈良とか京都とか、何処ぞ近いとこい逃げたらどやろ。そいでお梅どん頼んで、わざとビックリしたみたいに夫のとこい駈け込んでもろて、「今お宅の奥さんと家のとうちゃんと何処そこい逃げはりました。家い知れたらえらいことになりますさかい早よ摑《つか》まへとくなはれ」云うて、もうちよつとで死ぬ云ふとこへ夫連れて来て貰ふ。……それやつたら、今日置いたら機会あれへん。……と、そない思ひましてんけど、外い出る訳に行けしませんさかい、「あのなあ、委《くわ》しい話会うてからするよつて、大急ぎでちよつと家まで来てほしい」云うて電話で光子さん呼んどいて、「旦那さんに云うたらいかんで」と、女子衆に口止めしといて待つてましたら、そいから二十分ぐらゐして来やはりましてん。

電話かゝつて来るうちは夫大阪にゐるちふこと確かやのんで、却つて安心ですねんけど、そいでも不意に帰つて来たら裏口から出て貰《もら》お思て、光子さんの日傘と草履庭の方い廻しといて、逃げる時の用心に下の座敷で会うたのんですが、光子さんは初めから心配さうな青い顔して、昨日一日見なんだ間にえらい窶《やつ》れてなさつて、私の話聞きなさるともう涙ぐみながら、「そしたらあれから姉ちやんの方にもそんなことあつてんなあ」云ひなさつて、自分もあの日イの夕方から昨日にかけてさん〴〵綿貫にいぢめられた。綿貫の云ふのんには「あんたと姉さんとグルになつて僕欺さうとしてるさかい、僕の方もその裏掻いて此なひだ今橋の事務所い行つて、姉さんのことみんな柿内氏に話して来てやつた。そやさかい笠屋町い様子探りに来たのんや。あないして姉さん連れて行かれてしもたら、もうなんぼ待つてたかて来る筈あれへん」

その二十九

そない云うて綿貫は、「僕と姉ちゃんと證文換へこと*してたこと、あんたかて薄々知つてたやろが、もうあんなもん反古《ほうぐ》になつたさかい、證拠のために今橋い預けて来た。こゝに預り證書ある」云うて、懐《ほところ》から出して見せて、「そら、此の通り書いたあるやろ、——下名ハ下名ノ妻ガ妻タル者ノ行為ニ悖ルコトナキヤウ——」と、一々箇条書き読んで聞かして、それも自分に都合悪い但し書きのとこ手エで隠してゝ、「柿内氏から此の書付取つた以上は、もう姉ちゃんの方心配ないよつて、あんたも僕に證文入れなさい」云ひながら、又懐《ほところ》からその文案みたいなもん出して見せますねんと。それ読んでみると、光子さんと綿貫とは永久に一心同体やとか、死を以て綿貫に従はないかんやとか、その約束に背《そむ》いたら此ない〳〵にしられるやとか、何ぼでも虫のえゝこと書いたあつて、「これでよかつたら此処い名ア書いて判捺しなさい」云ふのんですけど、「そんなことするのんイヤや」

云うて断《ことわ》りなさつて、「あんたみたいに何ぞ云うたら證文書け〳〵云ふ人あれへん、そないしてはそれ種に使《つこ》て人オドスつもりやねんやろ」云ひなさつたら、「あんたさい心変りせエへんなんだら、恐がる道理ないやないか」云うて無理にもペン持たそとするのんで、「お金の借り貸しやあるまいし、證文で人の心括《くく》つとくこと出来る思てるのんやろか。何ぞ外に目的あるねんやろ」「あんたこそ判つくのんイヤやなんて、心変りする気イやねんやろ」「ふん、そら、なんぼ判ついたかて先のことは分れへん」云うてやんなさつたら、「そない僕に楯ついたら今に難儀することあるで。あんたが證文書かんかて、オドスつもりやつたら此処に何ぼでも材料あるねん」云ひながら、紙入れの中から小さい写真出して見せるのんやさうです。それがビツクリしたことには、私の夫が取り上げてしもたあの誓約書の写しやのんで、此なひだ今橋い持つて来る前に、ちやんと写真に映しといた、柿内氏はもうあの書付返さんつもりかも知れんけど、そんな手エに乗るやうな僕やあれへん、此の写真と、預り證と、此の二つ新聞記者にでも見せたら、売つてくれ云うて飛び着いて来るやろ、僕かて必要に迫られたら何するや分らん。――そない云うて、何でも僕の云ふこと聴け、聴かなんだらあんたの前途真つ暗にしてやる云ひますよつて、「それ見なさい、その通りあんた卑劣やないか。あてかて覚悟してるさかい、それだけ材料あるねんやつたら、此の上人イヂメたりせんと、新聞にでも何にでも売んなさい」云ひなさつて、そんなり喧嘩別れになつた。そいであんまり弱いとこ見せたらいかんよつて、今日は笠屋町いも行かんといて、どないするか様子見てやろ思てなさつたら、私のとこから電話やつたんで、飛び立つ思ひで顔見に来た云ひなさいますねん。

まさか綿貫かて、いよ〳〵あかん云ふ見きはめも付かんと自分の損にもなるやうなことせエへんやろけど、こないなつて来たら尚のこと夫味方に入れるのん第一や云ふのんで、そいから私の考へてた計略実行することになりましたのんですが、光子さんは「何処ぞ近いとこい逃げるのんやつたら、あて所《とこ》の浜寺の別荘がえゝし」云ひなさつて、彼処《あつこ》は今年留守番の夫婦行てるだけやさかい、海水浴して来る云うてお梅どん連れて行くのんなら、四日や五日泊つてたかてちよつとも家の方心配ない。そいで私の方はそうツと此処の家抜けて出て、難波《なんば》駅*で光子さん待ち合はして、三人で浜寺い着く時分には、夫は私のゐんやうになつたのん気イ付いて、何は措いても光子さんの家い電話かけるにきまつたある。そしたら直ぐ居所分つて浜寺の方い又かけて来る。その時お梅どん電話口い出てもろて、「今お宅の奥様と家のとうちやんと薬飲んで昏睡《こんすい》してはる。ちやんと書き置きまで書いたあるのんで、覚悟の自殺にきまつてます。今本宅とあんたさんとこい電話かけよとしてたとこです。直きに来とくなはれ」云うたら、きつと慌《あわ》てゝ飛んで来るやろ。――此のお梅どんの口上も大役ですねんけど、それより昏睡して見せるちふこと、なんぼ狂言にしたかてやつぱりほんまにそんなもん飲まんなりませんのんで、お医者はんが見ても此れなら生命に別《べ》ツ条《ちよう》ない、二三日安静にしといたらえゝ云はれる程度にするのんには、どれぐらゐ飲んだもんやら分量分れしませんねん。けど常時使てるバイエル*の薬やつたら、そない恐いことあれしませんし、「小ツちやい方のタブレツト*やつたら一ト箱飲んでも死ねへん云ふし。そやさかいあれもうちよつと控へ目エに飲んだら大丈夫やし。あて姉ちやんと一緒やつたら間違うて死んだかて構ふことあれへん」云ひなさるのんで、「ふん、そやとも、あてかてかめへん」云ひましてん。――――そいで夫が駈け着けて来たら、「まだ此の通りぼんやりしてはりますけど、お医者はん絶対に心配ない云やはりますし、もう大分正気づいて来やはりまして、とき〴〵眼エ開いたりしやはりますのんで、ほんまは本宅の方いお知らせゝないきまへんねんけど、そしたらとうちやん叱られはりますし、私かてどない御《ご》寮人《りようにん》さん*に叱られまツか分れしまへんさかい、電話かけんと置きましたんだす。何卒《どうぞ》あんたさんもそのお積りで内證にしといとくなはれ。どうで今晩帰りやはる訳に行けしまへんよつて、奥様御加減ようなりやはるまで、此処い遊びに来てなはる体裁にしてゆつくり逗留《とうりゆう》してとくなはれ」と、そこはお梅どんにあんぢよう云はして、二日でも三日でもじいツとしたなりで、寝たふりしながら譫言《うわごと》云うたり、眼エ覚まして泣いて見せたり、そのあひだにはお梅どんからも「お二人さんの命助ける思て願ひ聴いたげとくなはれ」云ふ工合に口添へしてもろたら、なんぼ夫かてしヨことなしに承知するやろ。「そしたらそれ何《い》日《つ》にせう?」「何日《いつ》云うたかて、こないに監禁同様にしられてたら、今日より外に機会あれへん」「あてかて早よして貰はな、又綿貫が何の彼の云うて来るし」――――と、そんな相談してるうちにも何遍でも電話かゝつて来ますのんで、此れやつたらなか〳〵逃げる隙ないし、逃げたとこで浜寺い行かん間に分つてしまふ。逃げてから摑まへられるまで何ぼ少うても二三時間の余裕なかつたら都合わるい。最初私は、「夕方まで昼寝するさかい起したらあかん」云ひつけて、夫にも電話で断つといて、寝室のドーア中から鍵かけて、窓から飛んで降りて逃げよ、と、そない考へましてんけど、外側が洋館の白壁になつて、足がゝりもあれしませんし、前の浜には仰山《ぎようさん》海水浴の人行《い》てますし、そんな人目につくやうなこと出来しませんよつて、又相談し直して、いつそのこと此処二三日大人しいにしてゝ、夫や家《うち》の者に油断さしてから、海い泳ぎに行くやうに見せて逃げ出してやろ云ふことになりましてん。そいでそないするのんには、二三日して気イ許すやうになつた時分、「毎日家の中に閉ぢ籠つてたら病人みたいになるさかい、海い這入ることぐらゐ許して頂戴。海水服一つ着たなりで、何処いも行かんと前の浜にゐますよつて」と、夫が出かける時に断つといて、ほんまに海水服着たゞけで海岸い出る。同時にお梅どん光子さんの着物持つて、浜で待つてゝ、直きに着換へさす。着物は海水服の上からスッポリ被《かぶ》れるやうなワンピースの洋服にして、帽子も成るだけ縁《へり》の下つた顔の隠れるやうなのんがえゝ。浜には人がウヨウヨしてゝ、却つて気イ付けへんやろけど、洋服やつたら此の頃めつたに着たことないのんで、尚更誰に見られても私や云ふこと分れへんやろ。待ち合はす時刻は朝の十時から十二時迄の間、――その時分やつたら夫きつと大阪い行てる。日イは、雨さい降らなんだら今日から三日目、その日イいかなんだら四日目も五日目も、毎日来てゝ貰ふ。と、そんな相談してましたら、又えゝ智慧出て来て、光子さんの方は二日目の晩あたりに一と足先浜寺い行つてる。そないすると夫から問ひ合せの電話かゝつたとき、「光子は昨日《きんの》から別荘の方い行つてます」と、本宅の方でも云ふやろし、光子さんの方いかゝつて来ても、「うち此方い来てること姉ちやん知りやはれしませんさかい、来やはる筈あれしません」云うて、自身で電話口い出てやんなさつたら、此れは遠い所い逃げたんやない、海で死んだのんかも分れへん思て、何より先に海の方捜索するやろ。そいでえゝ加減たつた頃に、「実は今さつき奥様お見えになりまして、うつかりしてる間アにえらい事になりまして、………」とお梅どんから知らしてやる、此の計略で時間計算してみましたら、家の者等気イ付く迄に一時間半か二時間はかゝる。そいから大阪い知らせ行つて、問ひ合はせの電話かけたりして、夫香爐園《こうろえん》い帰つて来るのんざつと一時間、海捜したり近所尋ンねたりするのん一二時間、お梅どんから知らして来て香爐園から浜寺い駈け付ける迄が一時間二三十分、――――都合五六時間余裕あるのんで、それやつたらちやんとその間《ま》アに支度出来る。たゞ気の毒やのんはお梅どんで、前の日イから光子さんに附いて浜寺い行つてゝ、彼処から十時迄にわざ〳〵香爐園い出て来て、暑い盛りに一時間も二時間も海岸に待つてんならん。それもひよツとしたら待ちぼけ喰はされて、二日も三日も来んなりません。けど「あの児やつたらきつとしてくれるわ、そんなことするのん好きやねんし」云ひなさつて、何から何まで洩れのないやうに手筈きめて、お互に「巧いことやつて頂戴」云うて光子さん帰つて行きなさつたのん一時頃でしたけど、それと殆《ほとん》ど入れ違ひみたいに夫戻つて来ましたのんで、ほんまに此れやつたら今日でなうてよかつた思ひましてん。

その三十

はあ、………逃げたのんはそいからやつぱり三日目のことで、日和《ひより》の都合も時間の工合もすつくり予定の計画通り行きましたのんで、私は十時ちよつと過ぎに海水服着て海岸い出て、お梅どん見ると眼エで合図しい〳〵黙つて浜七八丁*走つて、そこで更紗模様《さらさもよう》*のヴオイル*の服頭から被《かぶ》つて、お金の十円這入つてる手提げ受け取つて、パラソルで顔隠しながら、お梅どんとは別々に急ぎ足で国道い出ましたら、運よくタクシー来ましたのんで、それに乗つて一と息に難波《なんば》まで行きましてん。そいですさかい十一時半前にはもう別荘い着いてしもてゝ、お梅どんの方が三十分も後れてやつて来て、「えらい早よおましたなあ。ほんまにこない巧い工合に行たことあれしません。さあ、さあ、今の間アにしやはらんと、ぐづぐづしてはつたら電話かゝつて来まつせ」云うて、母屋《おもや》から大分離れた庭の中に建つてる「何とか庵」たら云ふ葛屋《くずや》葺き*の家の方い二人追ひ立てるやうにして、そこい這入つたらもうちやんと枕許《まくらもと》に薬やら水やら用意してあるのんで、私は洋服浴衣《ゆかた》に着換へて差向ひにすわつてみましたもんの、此れが此の世の見納めやないか、ほんまに死ぬのんやないやろか、「もし間違うてあて死んだら光ちゃん死んでくれるなあ？」「姉ちゃんかてさうやわなあ？」と、互に抱き合うて涙流すばつかりでしてん。その時光子さんは両親に宛てたのんと、私の夫に宛てたのんと、二通の書き置き出して見せなさつて、「これ読んでみて頂戴」云ひなさるのんで、私も書いといたのん出して互に読み比べてみましてんけど、それかてほんまの書き置きの積りで、殊に私の夫に宛てたある光子さんの手紙には、「あんたの大事な奥様一緒に連れて行くのん何とも申訳ありません。此れも運命や思てあきらめて下さい」と、夫が読んだら恨みも忘れて心動かすに違ひないやうに書いたありましたさかい、それ眼エの前い置いて見る自分等までが本気にさせられて、もうどないしても死んで行くもんとしか思はれしません。そないして一時間ぐらゐたつてしまひましたら、パタパタと庭下駄の音してお梅どん駈け込んで来て、「とうちゃん、とうちゃん！　今やつと今橋から電話だす。まだゞしたらとうちゃんちよつと出とくなはれ」云ふのんで、慌て、飛んで行きなさつて、その電話済んでしまふと、「此れで何も彼もあんぢよう行つた。さあ、もうぐづぐづしてられへん」云うて、そいからもう一度別れ惜しんで、互にぶる〳〵顫《ふる》てる手エ握り合ひながら薬飲みましてん。

完全に意識失うてたのんは半日ぐらゐの間らしいて、その晩の八時頃にはとき〴〵眼エ開いてあたりキヨロキヨロ見廻したりし出した云ふこと、あとで聞きましたのんですが、私

自身ではその後二三日ちふもん一つもハツキリした記憶ないのんで、………何や斯う、頭抑へつけられるやうな、胸苦しい、ムカムカ吐き気するやうな感覚が、枕もとに据わつてゝる夫の姿とごちやごちやに幻影みたいに眼エに映つてゝ、つまりその間が数限りもない夢の連続になつてますねん。私と、夫と、光子さんと、お梅どんと、四人が何処ぞい旅に出かけて、宿屋の一と間に蚊帳《かや》吊つて寝てゝ、それが六畳ぐらゐの狭い座敷で、同じ蚊帳の中に、私と光子さん中に挟んで両端に夫とお梅どん寝てる。………そんな光景が夢の場面の一つのやうにぼんやり頭に残つてますねんけど、部屋の様子から考へたら、ほんまの事が夢に交り込んだのんに違ひないのんで、これもあとで聞きましたのんに、夜遅うになつてから私の布団隣りの部屋い引つ張つて行きましたら、光子さん眼エ覚ましなさつて、「姉ちやん、姉ちやん」と譫言《うわごと》みたいに云ひつゞけて、「姉ちやんいてへん、うちの姉ちやん返して！　返して！」云うてポロポロ涙こぼしなさるのんで、しヨことなしに又同じとこに寝さしたんやさうですさかい、それが夢では宿屋の座敷になつてるのんですが、まだその外にもいろ〱不思議な夢あるのんで、此れも宿屋みたいな所《とこ》に私が昼寝してましたら、傍に綿貫と、光子さん小声で内證話してゝ、「姉ちやんほんまに寝てはるねんやろか」「眼エ覚ましたらいかん」云うて、ヒソヒソしやべつてるのんが切れ〲に聞えますのんを、私はうとうとしながら聞いてゝ、此処は一体何処やねんやろ？　きつといつもの笠屋町の家に違ひない、生憎其方《あいにくそっち》い背中向けて寝てるのんで、二人の様子見えへんけど、見えんかてもう分つてる。自分はやつぱり欺されたんや、自分にだけ薬飲まして、こないな目エに遇はしといて、その間アに光子さん綿貫呼びやはつたんや、エエ、口惜しい、口惜しい、今跳び起きて二人の面皮《めんぴ》剥《は》いでやろ！　と、そない思ふのんですけど、起き上ろとしても体の自由利けしません。声出してやろ思て一生懸命になればなる程、舌硬張《こわば》つて動けしませんし、眼エあくことすら出来しませんのんで、エエ、腹立つ、どないしてやろ思てる間アに又いつやらうとうとしてしもて、……そいでも話声まだ長いこと聞えてゝ、その男の方の声が、をかしいことに綿貫でなうて夫の声に変つてしもてゝ、……こないなとこになんで夫ゐるねんやろ？　夫あないに光子さんと親しいのんか知らん？　「姉ちゃん怒りやはりますやろか？」「なあに、園子かてその方が本望ですやろ」「そしたら三人仲好うして行きまひよなあ」と、——そんな工合にポツリポツリ耳に這入つたのんが、今考へてもよう分れしませんねんけど、二人の間でほんまに話してたもんやのんか、それとも夢の中ながら想像で事実補うてたのんか、……それがあのう、……此いだけやつたらみんな自分の心の迷ひで根エも葉アもない幻見たんや、そんな事実あらう筈ないと打ち消してしまひますねんけど、その外にもまだ忘れることの出来ん場面覚えてますし、……それも初めは阿呆らしい夢や思てましたのんが、薬さめて意識ハッキリして来るにつれて、外の夢だん〳〵消えてしまひますのんに、その場面だけ却つて頭い焼き付いてゝ、疑ふ余地ないやうになつて来ましてん。いつたい薬の分量は同じやうに飲んだのんですけど、私の方が長いあひだ昏睡してた云ふのんは、光子さんは十一時ごろに朝昼兼帯の御飯たべはつてお腹大きかつたのんに、私は朝御飯もろくさまたべんと飛び出してえらい活動しましたさかい、胃袋空ツぽになつてゝ薬完全に吸収されたのんやさうで、私の方はまだ夢うつゝの境迷うてた時分、光子さんは飲んだもんみんな吐いてしまやはつたお蔭で、余つぽど前から意識恢復してなさつたらしいのんです。そいでも後になつてからの話に、「あて知らん間アに、傍にゐる人を姉ちゃんと間違うたのんや」と、そない自分では云やはりますのんで、それやつたら罪は夫の方にあることになるのんですが、夫の自白聞きましたら、二日目の昼過ぎお梅どん母屋《おもや》の方い行つてゝ、夫は私の寝顔見ながら団扇《うちわ》で蠅追うてた、そしたら光子さんが寝惚《ねとぼ》けたやうに「姉ちゃん」云ひながら私の方い寄つて来うとしなさるのんで、眼エ覚ましたらいかん思て、間い這入つて光子さんの体抱き上げるやうにして引き離して、枕外しなさつたのんを直したげたり、掛け布団掛けたげたり、……そんな風にして、寝てはるとばつかり思ひ込んで油断してましたさかい、知らず識らず、気イ付いた時にはもうどないしても逃げること出来んやうにしられてた。何せ夫ちうたらそないな事にかけたら経験のない、子供みたいな人ですよつて、私は夫の話の方がほんまに違ひない思ひますねん。

その三十一

まあ、そんなこと、どつちが先や詮議立てしたとこで無駄ですねんけど、一ぺん間違ひあつてからは、私に済まん思ひながら同じ過ち繰り返してたらしいのんで、それ考へたら全然夫に責任ないとも云はれしませんのんですが、私としたらその点に同情出来る云ふのんは、前にもたび／＼云ひました通り、夫と私とは肌合エへんのんで、私がいつも愛の相手外に求めてたやうに、夫にしたかて無意識のうちにそれ求めてたのんに違ひあれしません。おまけに外の男みたいに藝者遊びするやとかお酒飲むやとかして、物足らなさ充たすちふこと知らん人だけに、尚のこと誘惑に陥り易い状態にあつたのんで、一旦そないなつてしもたら、堰《せき》切つた水みたいに、盲目的な情熱が意志や理性の力蹈《ふ》みにじくつて燃え上つて来て、光子さんより夫の方が十倍も二十倍も夢中になつてしもたのんです。そんな訳で、夫の心持の変化は大概諒解出来ますねんけど、いつたい光子さんどう云ふ積りでゐなさつたのんか、そらまあ、ほんまに半分は寝惚けてなさつて、ほんその時の出来心やつたのんか、それとも或るハツキリした目的持つてなさつたのんか、——つまり綿貫放《ほ》る代りに夫とさう云ふ風になつて、私との間に嫉妬起さして、思ふまゝに操つてやろ、——どうで自分の崇拝者一人でも仰山《ぎようさん》寄せ着けときたい性分ですさかい、又してもその悪い癖出しなさつたのんか、そやなかつたら「気イついてみたら済まんことした思てんけど、そいでもこないなつた方が味方につけるのんに都合がえゝのんで」云うてなさつたやうに、夫引き入れる手段やつたのんか、なんせえらい複雑で裏には裏ある人の気持中々分れしませんけど、多分そんないろ〳〵の動機に時のはずみも加はつたのんやろ思ひますねん。ま、二人が自白しましたのんはずつと後のことですさかい、初めはそんな深いとこまで考へんと、寝ながらぼんやり「裏切られた」云ふ感じ持つてゝ、お梅どん枕許いやつて来て「奥様、もう安心だつせ、あんた所の旦那様何も彼も聴いてくれはりました」云うてくれた時も、嬉しいのん半分と口惜しいのん半分で、そない喜びもせえしませなんだのんで、二人も私に感付かれたこと薄々悟《さと》つてたらしいのんです。

そいでお医者はんに「もう起きられても大丈夫です」云はれたのん三日目エの晩で、浜寺引き揚げたのんは四日目エの朝でしてんけど、その時も光子さん「姉ちやん、もう心配せんでもえゝし。委《くわ》しいこと明日あんたとこに行つて相談せうなあ」と、口ではそない云ひながら、気イ咎めると見えて妙に態度余所々々しいて、夫の方も何や知らん光子さんと打ち合はせしたあるらしう、私連れて香櫨園い帰つて来ますと、「用事溜つてるさかい此いからちよつと事務所い行て来る」云うて直きに出て行つて、晩の八時過ぎに戻つて来てからも、「晩の御飯済まして来た」云うたなり、私に話しかけられるのん恐がるやうにしてますねん。私は夫が人欺して平気でゐられる人間でないことよう知つてますさかい、今に何とか云ひ出すやろ、困らされるだけ困らしてやれ思て、無理に知らん顔して、時間になつたらさツさと先い寝てしまひましたら、夫は尚更落ち着かん塩梅《あんばい》で、十二時になつても寝付かれんらしい寝返り打つて、とき〴〵薄目エ開きながらそうツと此方見守つて寝息うかゞうてるのんが、真つ暗い中でも分るのんです。そないして暫くたちましたら、「おい」云うて私の手エ取つて、「どうや、気分えゝのんか？　もうちよつとも頭痛いことないか？　まだ起きてるねんやつたら、僕話したいことあるねん」云うて、「お前、………知つてるねんやろ？………どうぞ堪忍してくれ、運命や思て怺《こら》へてくれ」「あゝ、そんなら夢やなかつてんなあ。………」「堪忍してくれ、なあ、堪忍すると一と言云うてくれ」そない云はれてもしくしくしくしく泣いてばつかりゐる私を、いたはるやうに肩さすつてくれながら、「僕かてあれ夢と思ひたい。………悪夢や思て忘れてしまひたい。………けど、僕、忘れること出来んやうになつてしもた。僕は始めて恋するもんの心を知つた。お前があないに夢中になつたのん無理ない云ふこと今分つた。お前は僕のことパッシヨンない〳〵云うたけど、僕にかてパッシヨンあつたんや。なあ、僕もお前許す代り、お前かて僕許してくれるやろ？」「あんた、そないなこと云うて復讐する気イやねんなあ。今にあの人とグルになつて、うち独りぼつちにさそ思て、………」「馬鹿なこと云ひな！　僕そんな卑劣な男やない！　今になつたらお前の気持かて分つたさかい、何で悲しい思ひさすもんか！」自分は今日も事務所の帰りに光子さんと会うて相談して来た。私さい承知してくれたら、あとは自分が一切引き受けて、綿貫の方もちよつとも心配ないやうに片附けてやる。光子さんも明日は家い来なさるやろけど、私に会ふのん極まり悪がつてなさつて、「あんたから姉ちやんに詫まつといて頂戴」云はれて来た。と、そないに云うて、自分は綿貫みたいな不信用な男やないよつて、綿貫に許したこと自分にも許してくれたらえゝやろ云ふのんですが、そら、成る程、夫の方は人欺すやうなことせんとしても、気がゝりやのんは光子さんですねん。夫に云はしたら「自分は綿貫と違ふよつて大丈夫や」云ひますねんけど、私の身イになつたらその「違ふ」云ふこと心配の種やのんで、なんせ光子さんは始めてほんまの男性ちふもん知んなさつた、そんだけ今迄より真剣になんなさるかも分れへんし、そのために私捨てなさつても、「不自然の愛より自然の愛貴い」云ふ立派な口実ありますし、良心の苛責も少いですやろし、………もし光子さんにそんな理窟云はれたら、夫にしたかつて間違うてることとしなさい云ふ訳に行けしませんし、ひよツとしたらあツちやこツちや*説き伏せられて、しまひには「光子さんと結婚さして欲し」云ひ出さんとも限れしません。「僕とお前とは誤まつて夫婦になつたのんや。性の合はんもんこないしてたらお互の不幸やさかい、別れた方がえゝ、思ふ」――と、いつぞそない云はれる日イ来るのやないやろか？　そしたら常時恋愛の自由口にしてながら「イヤや」云ふこと出来しませんし、世間の人かて私みたいなもん離縁しられるのん当り前や思ふやろ、今からそんな行末のこと考へて、取り越し苦労したとこでしヨうないやうなもんの、どうも私にはきつとそないなる運命みたいな気ィするのんですが、さうか云うて、今の場合、夫の頼み聴かなんだら自分も明日から光子さんの顔見られんやうになるのんで、「あんた信用せえへんのやないけど、何や知らん悲しい予覚して、――――」云うて、しくしくしくしくいつ迄でも泣いてますと、「そんな馬鹿なことあるもんか。そらみんなお前の妄想や。誰ぞ一人でも不幸になつたら三人で死のやないか」云うて、夫も泣き出して、とう〳〵二人で夜が明ける迄泣き通してしまひましてん。

その三十二

さてその明くる日から夫は光子さんの家の方の諒解運動と、綿貫の方の解決とにえらい奔走し始めたのんです。先づ第一に徳光さんとこい行て、お母さんに面会求めて、僕はお宅のお嬢さんの親友である園子の夫として、お嬢さんから頼まれたことある。実はお嬢さんは悪い男に付け狙《ねら》はれてなさつて、………と、そんな工合に切り出して、尤もその男はこない〳〵の人間やのんで、お嬢さんの貞操は汚されてエへん、たゞその男ちふのんが卑劣な奴で、お嬢さんがその男の種宿してなさるやとか、お嬢さんと僕の妻とが同性愛やとか、跡形もないこと云ひ触らして、強制的に證文に判つかしたりしましたさかい、今にお宅の方いも脅迫がましいこと云うて来るかも分れしませんが、絶対にそんなことお取り上げになつたらいきません。お嬢さんの身の潔白は誰よりも僕が知つてます。取り分け僕の妻との交際がそんな醜いもんでないことは、夫たる僕が證明します。就いては僕も友人の立ち場として、御依頼なうても何とかせんならん思てた際ですから、どうぞ此の問題僕に一任して貰へませんか。お嬢さんの安全僕お引き受けしますよつて、たとひその男何云うて来ても「今橋の事務所い行け」云はれて、直接お会ひにならんやうに。――と、めつたにうそついたことない人が、恋のためにはそないなこと迄するのんですやろか、巧いこと云うてお母さん円めてしもて、そいから綿貫のとこい出かけて、結局此の方はお金で埒《らち》明《あ》いた云うて、例の新聞い売る云うてた證文の写真と、種板*と、夫から渡したあつた預り證と、證拠になるもん全部取り返して来ましてん。それが二日か三日のあひだにバタバタと片附いてしもたのんで、なんぼ夫が一生懸命になつたにしても、あの綿貫がそない易々《やすやす》手エ引*いた云ふのんが、私も光子さんも何や腑に落ちんやうな気イして、写真の種板おこしたにしたかて複写したあるかも分れへんし、何企らんでるかも知れん、「なんぼお金やんなさつた」云ひましたら、「千円云ふのん五百円にさした」云うて、「なあに、彼奴かてカラクリの種こツきり*僕に握られてしもてヽ、もう此れ以上オドシ利かん思たのんで金にする気イになつたのんや」と、夫は安心し切つてるのんです。そいでその時はすつくり私等の計画通りに行つた形で、たつた一人貧乏鬮《くじ》抽いたのんお梅どんで、「そんなことになつてたのんに、お前附いてながら主人に知らさん云ふ法あるもんか」云はれて、暇出されてしもて、えらアい私等恨んでゝ、――そら、まあ、あないに骨折らしときながら、其方の方い飛ばしり行くのん考へなんだのんは何と云はれても手落ちですさかい、出て行く時にいろ〳〵なもん買うてやつたりして機嫌取りましてんけど、此のお梅どんから後で意趣返しされるやなんて、夢にも思ひ寄りませなんでん。

夫は光子さんの家の方い「もう御安心です」云うてやりましたのんで、お父さんわざ〳〵事務所いお礼に来なさるやら、お母さんも私のとこい来なさつて、「どうぞ〳〵、あの通りの我が儘もんですさかい、ほんまの妹や思て面倒見てやつとくなはれ。家ではあの児がお宅さんいさい上つてたら安心してます。何処い行きたい云ひましても、あんたさんと一緒でないと出せしません」云ひなさるやら、えらい信用しられてしもて、お梅どんの代りにお咲どん云ふ女子衆つれて、毎日おほびらに遊びに来やはつて、たまには泊つたりしなさつても、お母さん何とも云やはれしません。けどそないにして外部の関係万事都合よう行くやうになりましたら、今度は内部の関係が、綿貫の時よりも一層お互に疑ひ深うさゝれて行つて、日一日と地獄の苦しみ重ねるやうになつたのんです。それにはいろ〳〵理由あるのんで、前は笠屋町云ふ便利なとこありましたのんに、今ではそんなとこあれしませんし、あつても一人だけ放つといて二人が外い出ることならん云ひますし、そしたら結局家にゐるよりしヨうないのんですが、そないすると私か夫か孰方《どつち》ぞが邪魔にしられるやうになつたり、さうでない迄も自分の方から気イ利かさんならんやうになつたり、そこいさして光子さんが、いつでも出しなに「此《こ》いから香爐園い行きます」云うて、今橋の方い知らしやはるよつて、夫は直き帰つて来る。それもお互に隠し立てせん約束やのんで、知らすのん仕方あれしませんけど、そんならそいで、もうちよつと早う朝のうちからでも来てくれはつたらえゝのんに、大概二時か三時頃に来やはるさかい、二人ぎりでゐる時間云うたら、ほんの何ぼもあれしません。夫にしたかて光子さんから電話かゝつたら用事放つといても飛んで帰つて来るのんで、「そないせんかつてよろしやないか、うちちよつとも話してる間アもあれへん」云ひますと、「もつとゆつくりしてよ思てんけど、事務所の方暇やさかい帰つて来た」とか、「離れて想像してる方が気が揉める。一つ家にいてたら安心やよつて、邪魔やねんやつたら階下《した》い行て、もえゝ」とか、「お前は二人ぎりでいてる時間あるのんに、僕にはちよつともない云ふこと察してくれんと困る」とか、だん／＼問ひ詰めると、「ほんまは光ちやん『電話かけたのんに何で早よ帰つて来えへんねん？ 姉ちやんの方が余つ程実意ある』云うて怒りやはるねん」云ひますねん。いつたい光子さんの焼餅ちふのんが、何処迄が本気で何処迄が手管《てくだ》か分れしませんねんけど、それが又いかにも気違ひじみてゝ、たとへば私の夫のこと「あんた」云うたらもう眼エに涙溜めはつて、「今では夫婦でもないのんに、あの人のこと『あんた』云うたらいかん」云ひなさつて、人のゐる前では兎も角、内輪《うちわ》では何ぞ外に呼びやうあるやろ、「孝太郎さん」とか、「孝ちやん」とか、云うて欲し、夫にしたかて私のこと「園子」やの「お前」やの云はんと、

「園子さん」云ふか、「姉さん」云ふかせないかん、それぐらゐはまだえゝとして、睡眠剤と葡萄酒持つて来なさつて、「二人とも此れ飲んで寝なさい、あてあんた等の寝ついたん見てから行《い》ぬ」云うて聴きなされしません。初めは冗談か思てましたら、なか〳〵そやないのんで、「特別によう利く薬調合してもろて来た」云ひなさつて、粉薬の包二つ出して、夫と私の前い置いて、「二人ともあてに対して忠実誓ふねんやつたら、その證拠に此れ飲みなさい」云ひなさるやあれしませんか。けど此の薬に毒でも這入つてゝ、自分だけ永久に眠らされるのんやないか知らん？――と、はつとそんな気イ起りましたら、「飲め〳〵」云ひなさる程なほのこと疑はしいになつて来て、じーつと光子さんの顔視詰めてますと、夫もやつぱり同じ恐怖に襲はれたらしう、白い粉薬手エの上に載せたまゝ、私の手エにある薬の色と見比べるみたいにして、光子さんの顔と私の顔とジロジロうかゞうてるのんです。すると光子さんは「なんで飲めへんのん？　なんで飲めへんのん？」云うてヤキモキしなさつて、「あゝ分つてる、あんた等あて欺してゝんなあ」と、身イふるはして泣きなさいますし、もうしヨうない、殺される覚悟で飲んでやろ思て、薬の包口イ持つて行きましたら、私の様子黙つて眺めてた夫が「園子！」云うていきなり手エ摑《つか》んで、「まあ、待つてくれ！　こないなつたら孰方がどうなるか運試しや。その薬換へことして飲もやないか」云ひますのんで、「ふん、さうせう、そんで二人とも一二の三で一緒に飲も」と、とうどそないして飲みましてん。

その三十二

此の光子さんの計略図にあたつて、夫と私とはどんなにお互に疑ひ合ひ、嫉妬し合うたことですやろ。毎晩々々薬飲まされるたんびに、寝さゝれるのん自分だけやないか、夫はうその薬飲んで寝た真似してるのん違ふやろかと、そない思たら、飲んだ風して放つてしまおとしますねんけど、光子さん云うたらそんな胡麻化しさゝんやうにじッと手もと視詰めてゝ、まだそんだけでも心配やのんか、しまひには「あて飲ましたげるわなあ」と、寝台と寝台の間に立ちなさつて、恨み合ひせんやうに、同時に両方の手エに薬持ちなさつて、二人仰向《あおむ》けに臥《ね》さしといて、あーんと口開かして、薬入れてしまひなさると、今度はあの、病人に水飲ます嘴《くち》の長アいガラスの容れもんありますやろ？　あれ二つ両手に持つて、そろ〱と、孰方《どつち》が先にもならんやうに、同じぐらゐに傾けて行つてお湯飲ましなさるのんですが、「たあんと飲んだ方が利き目ある」云ひなさつて、あの容れもんに二遍も三遍も入れ替へては注《つ》ぎ込みなさいますねん。此方は一生懸命に、ちよつとでも余計起きて、やろ、寝たふりして見てゝやろ思ひますねんけど、寝返り打つたり横向きになつたりしたらいかん、ちやんと顔見えるやうに仰向きになつてゝ欲しい云うて、両方の寝台のあひだに腰かけて、脇眼も振らんと二人の寝顔見守りながら、寝息うかゞうたり、眼ばたきさして

みたり、心臓に手ェあてゝみたり、いろ〱なことして試しなさつて、ほんまに寝入つてしまふ迄は傍離れなされしません。そないにせんかて何で今更夫婦の語らひしますやろ。夫も私も今では放つとかれたかて手ェ触れる気イも起れへんくらゐで、これほど安全な男女云うたらあれしませんのんに、「そいでも何でも一つ部屋に寝るのんやつたら薬飲ます」云ひなさつて、だん〱利かんやうになると、分量や調合取り換へなさるのんで、その強烈な薬の感じ覚めたあとまでも残つてゝ、朝床の中で眼ェ開いた時の気持の悪さ云うたら、頭のうしろの方痺《しび》れてゝ、手足抜けるやうにひだるうて、*胸がムカムカして、起き上る元気もあれしません。夫も同じやうに病人臭い青《あお》オい顔して、まだ薬の味残つてるみたいに口の中にちやにちやさしながら、「こないしてたら、今にほんまに中毒起して死ぬかも分れへん」云うて溜め息つきます。私はそんな様子見ると、さては夫もほんまに飲まされたのんか思て、却つて安心しますねんけど、疑ひ出したらそれが又狂言みたいな気イしますのんで、「なあ、うち等何で毎晩薬飲まされんならんねんやろ？」云うてやりますと、「何でやろなあ？」と、夫は夫で、やつぱり疑ひ深さうに人の顔ジロジロ見ますねん。「うちら二人寝さしといたかて心配ないこと知れたあるやないか。何ぞ外に目的あるねんし」「どんな目的やお前には分つてるのんか？」「うち分れへん、あんたには分つてんねんやろ？」「僕には分らん、お前こそ知つてるのやないか」「そないお互に疑うてたら切りないけど、うちどないしても、自分だけ寝さゝれてるやうな気イするねんし」「そら僕かて同じことや」「それかて浜寺のこともあるやないか」「あれがあるさかい、今度は僕の番やないか云ふ気イするねん」「あんた光ちゃんの帰る時迄起きてたことないのんか？　どうぞほんまのこと云うて欲し」「僕はない、お前はどうや？」「あんな強い薬飲まされたら、起きてたうても起きてられへん」「ふーん、そんなんやつたら、お前もたしかに薬飲むねんなあ？」「当り前やし、此の青い顔見て御覧」「僕の顔も見て御覧」そんな話してる間に、朝の八時頃になるときつと電話かゝつて来て、「さあ、もう起きないかんし」云はれて、夫は眠たい眼エ擦り〳〵起されてしもて、しヨことなしに事務所い出て行くか、余つぽど睡たうて溜らん時でも、「八時過ぎたらあんたは寝台にいてることならん」云はれてますのんで、下の部屋い来て縁側の籐椅子か何ぞで寝んなりません。そないな工合で、私は何時迄でも寝てられましてんけど、夫の方は一層疲れかた非道《ひど》うて、事務所い行たかて頭《あたま》役に立てしませんさかい、自分は休みたいのんですが、あんまり休むと「姉ちゃんの傍にばつかりいてたがる」云はれますよつて、大概の日イは用事あつてもなうても「昼寝しに行て来る」云うて出かけますねん。

私はその時分から「光ちゃんうちのこと何にも云はんと、あんたのことばつかり、あゝしたらいかん斯うしたらいかん云ふやないか。あんたの方が愛しられてる證拠やし」云うてたのんですが、夫に云はしたら、愛してるもんこないにいぢめる筈ない、僕を疲れさして、情慾も何も起らんやうに麻痺さしといて、二人で好きな真似せう云ふ計略やないか云ひます。そいでをかしいのんは晩御飯の時やかい、お互に睡眠剤で胃イ悪うしてゝ、食慾ちよつともあれしませんのんに、お腹《なか》空いてたら早う薬循《まわ》りますさかい、なるだけ余計喰べとことして、孰方も相手の御飯の数勘定して競争で詰め込みますのんで、「そない喰べたら薬利けへんよつて、二人とも二饌《ぜん》以上喰べることならん」云ひなさつて、しまひには光子さんお膳の傍に眼エ光らして、監督してなさるやうになつたのんです。何せあの頃の生理状態云ひましたら、今考へても無事でゐられたのん不思議なぐらゐで、胃イ衰弱してるとこい毎日飲まされる薬の分量多いのんで、一時に吸収出来へんせえか、お昼になつてもしよツちゆう意識ぼんやりしてゝ、生きてるのんか死んでるのんか分らんみたいに、顔色ます〳〵青うなる、体は痩せて来る、それより困るのんは感覚鈍うなつて来る。ところが光子さんの方は、そないに二人苦しめて御飯の制限までしときながら、自分云うたら何ぼでもおいしいもん喰べて、つやつやしい血色してなさる。つまり私たちは光子さん一人が太陽みたいに輝いて見えて、どんなに頭疲れてる時でも光子さんの顔さい見たら生き返つたやうになりますのんで、たゞそれ一つ楽しみに命つないでゐる。光子さんも亦、「なんぼ神経麻痺してたかて、あてに逢うたらハツキリするやろ？　そやなかつたら熱情足らんねんし」云ひなさつて、興奮の程度で孰方パツシヨン強いか分る、そやさかい睡眠剤飲ますこと尚更止められへん云ひなさいますねん。まあ云うてみたら、普通のパツシヨン捧げられても面白ない、薬の力で情慾鎮静さゝれてしもてゝも燃えるやうな愛感じるのでなかつたら満足出来へん。――結局二人藻抜けの殻みたいにさして、此の世の中に何の望みも興味も持たんと、たゞ光子さん云ふ太陽の光だけで生きてるやうに、それ以外に何の幸福も求めんやうにさしたい云ふことになるのんで、薬飲むのん厭がつたりしたら泣いて怒《おこ》んなさるのんです。そら、まあ、自分がどのくらゐ崇拝しられてるか試してみてそれ愉快がるやうな心理、前から光子さんにあつたことはありましたもんの、そない極端に、ヒステリーみたいなこと云ひ出しなさつたのんは、何ぞ別に理由あるのんに違ひないのんで、多分綿貫の感化やないか思ひますねん。と云ふのんは、最初の経験から健全な相手では物足らんやうにさゝれてなさつて、誰摑まへても綿貫と同じやうにさしたかつたのんやないか？　そやなかつたら何であない残酷に人の感覚麻痺さす必要ありましてんやろ？　よう昔の話に、死霊や生霊《いきりよう》＊乗り移ると云ふこと聞いてますけど、何や光子さんの様子云うたら、綿貫の怨念崇《おんねんたた》つてるみたいに日増しに荒んで来なさつて、ぞうツと身の毛のよだつやうなことありますのんで、そない思たら光子さんばつかりやあれしません、あの健全な、非常識なとこ微塵《みじん》もなかつた夫までが、いつや知らん間に魂入れ替つたやうに、女みたいなイヤ味云うたり邪推したりして、青オイ顔ににたにた笑ひ浮べながら光子さんの御機嫌取つたりしますのんで、そんな時の物の云ひ方や表情のしかたや、陰険らしい卑窟な態度じつと見てましたら、声音《こわね》から眼つきまでとんと綿貫生き写しになつてるやあれしませんか。ほんまに人間の顔云ふもん心の持ちやうでその通りに変つて来るもんやと、つく〴〵

思ひましてんけど、それにしたかて怨霊《おんりょう》の祟り*云ふやうなこと、先生どない思やはりますやろ？　取るに足らん迷信や思やはりますやろか？　なんせ綿貫はあない執念深い男ですやさかい、蔭で私等呪《のろ》てゝ、何ぞ恐い禁厭《まじない》*でもして、夫に生霊取り憑《つ》いてたかも分れしません。そんで私「あんた段々綿貫みたいになつて来るわなあ」云うてやりますと、「自分でもそない思てる」云うて、「光ちやん僕を第二の綿貫にするつもりやねん」云ひますのんで、もうその時分の夫云うたら総べての運命に従順になつてしもてゝ、自分が第二の綿貫にさゝれること拒まんばつかりか、却つてそれ幸福に感じてるらしいて、薬飲むのんも、しまひには進んで飲まされること願ふやうになつて来ましてん。光子さんにしましたら、どうせ三人こないになつたら無事に収まる筈あれしませんさかい、もうどないでもなれ云ふ気イで、焼け糞半分になつてなさつて、事に依つたら夫と私だん〳〵薬で衰弱さして殺してしまお、………と、心の底ではそんな企み持つてなさつたのんやないか。………そない思たのん私だけやなうて、「僕かてそれ覚悟してる」と、夫も云うてましたぐらゐで、ほんま云うたら、もう直き二人幽霊のやうに細うなつて死んでしまふのん待つてなさつて、その時限り自分は巧いこと手エ退《ひ》いて、すつくり真面目な人間になつて、えゝ婿さん捜そ思てなさるのんやろ、「僕もお前もこないに青い顔してるのんに、光ちやん一人丈夫さうにぴんぴんしてる様子見たら、どうやらさうに違ひない気イする」云ひますねん。

そんで夫も私も、衰弱の余り楽しいことも嬉しいことも感じんやうになつてしもたら、もうその時が此の世の終りやと観念して丶、今日死ぬか明日死ぬか思ひながら生きてましてん。

あ丶、………ほんまに私、その予想の通りになつてあの時一緒に殺されたらどない幸福でしたやろ。それがこないな思ひかけぬ結果になつてしもたのんは、あの新聞に記事出たのん第一の原因ですのんで、なんでもあれ九月の二十日頃でしたやろか、或る朝夫が「ちよつと起きてくれ」云ひますよつて、何や思たら、「誰やこんなもん送つて来た奴ある」云うて、いつも見たことない新聞の三面のとこ広げて丶、そこ覗《のぞ》いてみましたらあの綿貫に書かされた書付大きな写真にして載せたあつて、仰山《ぎようさん》なこと書き立て丶ある見出しの上に、赤インキで二重円の印附けたあるやあれしませんか。それも一日だけやない、記者の手許《てもと》に材料たんと集まつてるさかい、連日に亙つて此の醜悪なる有閑階級の罪状を摘発すべしと云ふ予告したありますのんで、「それ見なさい、やつぱり綿貫に欺されてたんや」云ひましたもんの、もうその時は案外度胸すわつてしもて丶、口惜しいとも忌ま〱しいとも思はんと、「いよ〱最後の時来た」云ふ感じ、真つ先に来ましてん。「ふん、馬鹿な奴ツちや、今更こないなこと書かして何になる」云うて、夫も血の気エ失せた頰べたに冷やかなほほ笑み浮べてるだけで、「構めへん、構めへん、放つといたらえ丶」云ひましてんけど、そいでもその新聞云うたら信用のない小新聞ですさかい、まさか世間が真《ま》に受ける筈ないやろ云ふのん頼みにして、何は措いても光子さんとこい電話で知らして、「これ

〱の新聞家《うち》いも送つて来たよつて、光ちゃんとこいも来てへんか」云うたげましたら、慌てゝ捜して見なさつて「来てた、来てた、えゝ塩梅《あんばい》にまだ誰アれも見えへなんでん」云ひなさつて、その新聞懐《ほところ》に入れて、「どないしたらえゝやろ」云ひながら駈け込んで来なさいましてん。

最初私等は、綿貫の売り込んだ材料やつたら自分に都合悪いこと書けへんやろし、私と光子さんとの事なら今に始まつた噂やないし、大した問題にはならんかも知れへん、まあ、まあ、そない慌てるにも及ばんやろ思てましたのんで、二三日目エに光子さんの家い知れた時にも、「又例のわるさやつてるのんです、偽筆の署名まで拵《こしら》へて写真に出すやなんであんまり悪辣《あくらつ》ですさかい、訴へてやつてもよろしいんですが」と、夫の口でえゝやうに云ひくるめさして、ほつと一と安心してたところが、記事はそいから何日たつてもしまひにならんと、一層深刻に真相に触れて来て、綿貫に不利な事実かて遠慮なしに発《あば》き出したばつかりか、笠屋町の宿のこと、奈良い遊びに行つたこと、光子さんお腹に物詰めて夫に会ひなさつたこと、……それが、綿貫の知つてる筈ないことまでも分つてるらしいで、此の調子やつたら、浜寺のことから狂言自殺のこと、夫渦中い巻き込んだこと、何から何まで素ツ葉抜きさうな勢ひやのんです。それにをかしいのんは、光子さんも私もお互に遣り取りした手紙大事にしもといて、誰にかて見せたことあれしませんのんに、私の方から上げた中の一通が、——えらい猛烈な、動きの取れん文句並べたある一通が、——いつの間にやらちやんと窃《ぬす》まれてゝ、れい〳〵しいに写真に出されましたのんで、取つたとしたらお梅どんより外にないさかい、さては綿貫とグルになつてるな云ふこと始めて気い付いたのんですが、そない云うたら、光子さんとこ暇出されてからも二三べん私とこい遊びに来て、用もないのんにウロウロしてたことあつて、何や様子けつたいな、するだけの事はしてやつたのんにまだお金でも欲しいのんかいな思ひましてんけど、そないにしてやるにも及ばん思てつい放つたらかして置きましたら、何でも新聞に記事載り出す二三日前にやつて来て、妙なこと云うて光子さん冷かしたりして行んでしもたなり、ぷツつり姿見せしません。「何ちふ恩知らずやろ、家にゐた時かて奉公人みたいなことあれへん、まるきりあてときやうだいみたいにさしといたのんに、………」「あんまり我が儘さし過ぎてんやわなあ」「飼ひ犬に手エ咬《か》まれるとは此の事《こ》ツちやし。姉ちやんにかてあない色々してもろといて何不足やねんやろ」「そしたらやつぱり綿貫に買収しられたんやろか」――まあ想像しますのんに、新聞社では最初綿貫の材料に基づいて調べ出してみたら、それからそれいと隠れた事実分つて来たとこい、折ようお梅どんちふもん見つけて摑まへたのんか。そやなかつたら綿貫の奴初めからお梅どんと連絡取つて、破れかぶれに自分の秘密までサラケ出して売り込んだのんか。孰方にしたかてこないなつたらもう一刻も猶予出来へん、グヅグヅしてたら光子さん一歩も外い出られんやうになるよつて早う兼ねての約束通り覚悟きめよ云ひましたもんの、そいでもどうせう斯うせう云うて毎日相談してましたら、そのうちにとうど浜寺のこと出始めましてん。そいから先の出来事は孰《ど》の新聞にもあない委《くわ》しいに出ましたぐらゐで、先生かてよう御承知ですやろし、もう〳〵そないに管々《くだくだ》しいに過ぎ去つた日のことお聞かせゝんかて、……何や私も、あんまり長いことしやべつたせえかけつたいに興奮して、辻褄《つじつま》の合はんこと話したやうな気イしますねんけど、……たゞ新聞に洩れてること云ひましたら、あの時第一に「死の」云ひ出しなさつて最後の手筈きめなさつたのんは光子さんでしてん。たしかお梅どんに手紙盗まれたこと分つた日イに、「こないなもん家い置いといたら危険や」云うて、證拠になるやうな文殻《ふみがら》全部私とこい持つて来なさいましたのんで、「焼いてしまおか」云ひましたら、「いや、いや、あて等いつ何どき不意に死なんならんか分れへんさかい、書き置きの代りに此の記録遺《のこ》しとこ。どうぞ姉ちやんのと一緒に大事に預つといて頂戴」云ひなさつて、私等にも身イの周りのもん整理しとくやうに云ひつけたりして、そいから二三日目エの、十月二十八日の午後一時頃、「いよ〳〵家の様子をかしい、今日帰つたら出られんやうになりさうな」云うて来なさいましてん。逃げて摑まへられたりしたらあかんさかい、いつそいつもの部屋で死の云ひなさいましてん。それで枕もとの壁にあの観音様の画像飾つて、三人寄つてお線香《せんこ》上げて、「此の観音様の手引やつたら、あて死んだかて幸福や」と、私がそない云ひましたら、「僕等死んだら、此の観音様『光子観音』云ふ名アつけて、みんなして拝んでくれたら浮かばれるやろ」と夫も云うて、彼の世い行つ

たらもう焼餅喧嘩せんと仲好う脇仏《わきぼとけ》*のやうに本尊の両側にひツついてまひよと、光子さん真ん中に入れて枕並べながら薬飲みましてん。……はあ？　そら、さうですねん、何でその時、私だけ一人残される云ふこと思ひましたやろ、明くる日眼エ覚ました時にも、直きに二人の跡追はう思ひましてんけど、ひよツとしたら、生き残つたん偶然やないかも分れへん、死ぬまで二人に欺されてたのんやないやろか云ふ気イしましたら、あの手紙の束預けなさつたことにしたかて疑はしいになつて来て、折角死んでも彼の世で邪魔にしられるのんやないかと、あゝ、……先生、（柿内未亡人は突然はら〳〵と涙を流した）……その疑ひさいなかつたら、……今日までおめおめ生きてる私やあれしませんねんけど、……さうかて死んでしもた人恨んだとこで仕方あれしませんし、今でも光子さんのこと考へたら「憎い」「口惜しい」思ふより恋しいて〳〵、……あゝ、どうぞ、どうぞ、こない泣いたりしまして堪忍して下さい。……

蘿洞先生

大正十四年（一九二五）四月「改造」

A雑誌の訪問記者は、蘿洞《らどう》*先生に面会するのは今日が始めてなのである。それで内々好奇心を抱いて、もうさつきから一時間以上も待つてゐるのだが、なか〳〵先生は姿を見せない。取次に出た書生の口上では「まだお眼覚めになりませんから」と云ふことだつた。寝坊な人だとは記者もかね〴〵聞いてゐたから、その積りで来たのだけれど、何ぼ何でも既に十二時半である。三月末の、彼岸桜が咲かうと云ふ陽気に、午過ぎ迄も寝てゐる者があるだらうか。記者はさう思つて、すき腹を我慢しながら、応接間の硝子戸越しに、うら〳〵と日の照つてゐる庭の方を眺めてゐた。

東京の郊外の邸としてはそんなに広い庭ではないが、手入れは可なり行き届いてゐる。せいの低い、煉瓦の柱の表門から、正面のポーチへ通ずる路の両側に躑躅《つつじ》が行儀よく植ゑられて、その向うには芝生がある。それから瓦で四角に仕切つた花壇などもある。独身者の蘿洞先生は、書生や下女を相手にして草花いぢりをやるのだらうか。尤《もつと》も手入れが届いてゐるのは庭ばかりでなく、たとへば此処の応接間にしても、甚《はなは》だ清潔で居心地がよい。A雑誌記者は職掌柄、学者や政治家や実業家や、いろ〳〵の人の応接間を見たが、さすがに此処の先生は長く西洋にゐたゞけあつて、額の懸け方、家具の置き場所、壁と窓掛けの色の調和など、よく考へてあるらしい。小じんまりした質素な部屋ではあるけれど、感じが何となくハイカラで、塵一本もないやうに掃除がしてあり、椅子の覆ひやテーブルクロースも洗濯をしたばかりのやうに純白である。かうして見ると先生は潔癖家ではないのか知らん？　それとも独身生活の人は、かう云ふ事に却つて神経を使ふのか知らん？

A雑誌記者はもと〳〵此れと云ふ問題を持つて来たのではないから、――と云ふのは、毎号雑誌へ連載してゐる「学界名士訪問録」の種取りに来たゞけであるから、此の家の主人に会ふ前に主人の趣味を検べて置くのも、あながち無駄な仕事ではなかつた。それに先生は気むづかしやで、我が儘者で、雑誌記者などが訪ねて行つてもめつたに好い顔はしたことがない。機嫌が悪いと殆《ほとん》どロクに口もきかないさうだから、先《ま》づ先生の趣味の方から話題を作つて打《ぶ》つかつて見よう。――と、記者は記者なりに分別をきめて、もう三本目の敷島*を吹かしながら、庭の様子を一と通り窺つた後、又ジロジロと部屋の中を見廻し始めた時である、みしり、みしりと、老人のやうな重い足音が廊下に響いて、次には「えへん」と云ふ咳払ひがして、漸《ようや》く轟洞先生が這入つて来たのは。

「成る程、此れは噂に聞いた通り、余程気むづかしい人だな。」

記者は急いで吸ひかけの煙草を灰皿に入れ、椅子から身を起し、「気を付け」のやうな姿勢を取つて先生に敬意を表しながら、直覚的にさう感じた。先生の歳は四十五六、或は三四ぐらゐでもあらうか。巾着頭《きんちやくあたま》の、髪を綺麗に分けてゐるので、小鬢《こびん》のところに白髪が二三本生えてゐるのを気に止めなければ、それほどの歳のやうには見えない。が、顔は太つてゐると云ふよりは青《あお》ん膨《ぶく》れにふくれてゐて、それがむうツと、怒つてゐるやうな感じを与へる。おまけに眼瞼《まぶた》の腫れぼつたさうにむくんでゐるのが、一層その相を険しくしてゐる。寝起きのせゐでさう見えるのか、体の調子が悪いのであるか、腎臓病の患者にあるやうな厭な血色だと記者は思つた。

「やあ、お待たせして失礼を。」

「はツ、お休みちゆうのところをどうも、………却つて恐縮に存じます。」

先生が椅子に就いたので、記者も再び、恐る〱腰をおろした。

「――しかし、此の辺は非常に閑静で、いゝ処のやうでございますな。先生はもう長いこと、此方《こちら》にお住ひでいらつしやいますので？」

「長い――えゝ、――そんなに長いことは、――」

「もう何年ぐらゐ？………二三年？………三四年ぐらゐ？」

「えゝ、まあ、――」

こゝで会話がポツリと途切れた。記者が出来るだけ遠慮深く、辞を低うして質問しても、先生の答は不明瞭で、物を半分しか云はない。のみならず、声が頗《すこぶ》る低音で、神経質な顫《ふる》へを帯び、語尾は曖昧に口の中へ消えてしまふ。「傲慢な人」と云ふ評判であるが、話をするにも相手の顔をまともに見ないやうにして、たま〳〵視線がカチ合ふと直ぐにその眼を外らしてしまふ所など、何だか斯う、処女のやうに小心で、臆病らしい素振りもある。仕方がないから記者は暫《しばら》く沈黙して、その間に篤《とく》と先生の身なりを拝見することにした。全体、家の様子から考へて見て、主人も定めし此の庭園や部屋にふさはしい、キチンとした服装で出て来るだらうと予期してゐたのに、豈図《あにはか》らんや先生の身なりはちよつと記者にはえたいの分らぬ恰好である。あのだぶだぶした、裁判官か郵便局員が着てゐさうな不思議な上《うわ》ツ張《ば》りを纏つてゐるのは、何か知らん？　腰から上はルパシカ*のやうでもあり、支那服にも似てゐるけれど、襟の工合や、括り紐の附いた袖口の塩梅《あんばい》がその孰《いず》れとも違つてゐる。西洋人が寝間着の上などへ引つ懸けるナイトガウンの類だとしても、あの括り紐が矢張可笑しい。地質は薄いぺら〳〵した絹織物に相違なく、日本製でない珍しい品だと云ふことは分るが、一面に黒く垢光りがして、模様も何も判然しないほど汚れてゐるのは、余程年数を喰つたものだらう。そしてその襟のはだけた下にフランネルと浴衣の重ね着をしてゐる所を見ると、先生はまだ寝間着のまゝなので、そのぼろ隠しにこんな上ツ張りを纏つたのであらうか。相手が片々たる雑誌記者だと侮つたのかも知れないが、何にしてもこの物臭い風つきは小ざつぱりした部屋の空気に調和しないばかりでなく、蘿洞先生の威厳を損ずる。せめて襟だけでもちやんと掻き合はせてゐればいゝのに、それがだらしなく弛んでゐて、頸の周りから胸板の方まで露はれてゐるのは、不精ツたらしくて感心されない。

その胸板を見たついでに、記者は先生の円々と肥えた体つきにも注意したが、肥えてはゐるものゝ、事実は顔と同じやうにむくんでゐるのか、さもなければ脂肪太りに太つてゐるので、健康な肥え方ではないやうである。それにさつきから気を付けてゐると、時々先生は「げツぷ」と云ふ音をさせて、味噌汁臭いおくびをする。洋行をした先生にも似合はぬ無作法な話だけれど、多分たつた今、遅い朝飯を腹一杯たべたのであらう。「はゝあ、成る程、此の様子では腎臓よりも胃が悪いのぢやないのかな」と、記者は思つた。そして自分の空腹に比べて、先生の胃の腑の病的な飽満状態が、羨ましいやうな、面憎いやうな気がした。

「あの、唯今拝見いたしますと、お庭の方に花壇があるやうでございますが、……」

「うん、ある。」

と、先生は云つた、とたんにチラリと偸《ぬす》むやうに記者の顔を一瞥して、やがて瞳を遠い所へ据ゑたのは、大方問題の花壇の方を見てゐるのだらう。庭の明りがさし込んで来るので、土気色《つちけいろ》をした先生の顔にも、さすがに一脈の春の光が反射してゐる。

「大分陽気が暖かになつて参りましたが、此れからそろ〳〵園藝などには好い季節でございますな。」

さう云つたが、手答へがないので、記者は二の句を附け足さなければならなかつた。

「花壇には主に、どう云ふ花をお作りになるのでございませう？」

「さあ、別段どうと云つて、………」

「先生御自身で種をお蒔きになりますので？」

「う、………あ、、………」

「はあ、左様で、」

よくは分らなかつたけれど、記者は独り合点をして、

「何かもう少うし、さう云ふ方面のお話を伺へませんでせうか？　花の話、園藝趣味と云つたやうな事でも、――」

「うん、………さう云ふことには余り興味がないもんだから、………」

「でも、どう云ふ花がお好きだとか、お嫌ひだとか云ふやうなことは？」

「好きと云へば大概な花は好き――と云ふより外はない。………」

その時先生は又おくびをした。そして言葉尻と一緒に、それをもぐ〳〵と嚥《の》み下した。

此れは余程変つた人だ、随分気むづかしい人間にも会つたが、こんな奇妙な癖のある人を見たことがない。――記者はつく〴〵呆れたやうな表情で、恰《あたか》も珍しい動物か何かを眺めるやうに、先生の顔を覗き込んだ。覗き込まれても先生は平気で、知らん顔をして横を向いてゐる。「口を利くのは大儀だが、顔ならいくらでも見せてやる」と、云つたやうな態度である。一体此の人には神経と云ふものがあるのか知らん？　どんな人間でも他人と

応対をする場合に、ちよつとぐらゐは愛想笑ひを洩らすものだのに、此の先生は決して洩らさない。その無愛想がまた普通とは違つてゐて、たまには笑はうと努めるのだけれども、笑ひかけると直ぐに笑ひが消えてしまふのではないだらうか？　その證拠にはをり〳〵口もとをピクピクさせて、笑ひの出来損ひのやうな痙攣を起す。「笑はないでは悪いだらうか、いや、笑つたところで面白くもない」と、二途に迷つてゐるやうでもある。そして何事をたづねられても、気乗りのしない、詰まらなさうな顔をしてゐる。まあ成るべくなら下らない質問はやめて貰つて、早く帰つて貰ひたさうだが、時々わざと聞えよがしにほつと溜息をつくばかりで、断然「帰つてくれ」とは云はない。気の弱い人が保険会社の勧誘員に摑まつたやうに、向うが退却しない限りは此方も根気よく生返事を繰り返しながら、一日でも二日でも堪《こら》へてゐようと云ふ風である。

「誠に恐れ入りますが、では先生の日常の御生活、――たとへば朝は何時にお眼覚めで、夜は何時にお休みになるとか、主にお仕事をなさいますのは何時頃であるとか、云ふやうなことでも伺はせて戴きませうか。」

少しく大胆になつた記者は、此れなら返事が出来ない筈はなからうと思ひながら、ポッケツトから手帳を出して、エヴアーシヤープ・ペンシル*を握つた。

「いかゞでございませう？　お忙しいところを御迷惑ではございませうが、――」

「いや、忙しいことはないんだが、」

「はあ、左様で。——すると、お眼覚めになりますのは大概何時頃？——朝は御ゆつくりの方だと伺つてはをりますけれど、」

「朝は遅い。」

「はあ、——では何時頃？　十一時？　十二時頃？」

「うん、」

「はあ、はあ、」

と、記者は手帳へ書き留めながら、

「それでは自然、夜分おそく迄お眼覚めでございませうな。」

「夜は遅い。」

「はあ、何時頃？」

「三時頃。」

「はあ、三時頃。——しかし、大学の方へお出かけになる日は、朝もいくらかお早いのではございませんか。」

「う、………あゝ、………なあに、そんなでもない。」

「さういたしますと、先生の講義はいつも午後なのでございませうか。………はゝあ、いつでも午後に。………それで、大学の方は一週に何度ぐらゐ？」

「二度。」

「はゝあ、それは何曜日と何曜日に？………はあ、水曜と金曜。………で、その外の日は、日課としては主にどう云ふやうな事を？　矢張書斎で読書をなさいます時が一番多いのでございませうな。」

「うん、まあ、そんなやうな事が、………」

「書物はどう云ふ種類のものを？　矢張専門の、哲学の方の物ばかりを？」

「う、………あゝ」

先生の「う、………あゝ」に釣り込まれて、此処まで暖簾《のれん》と腕押しをしてしまつた記者は、此の時急に気が付いて、

「あ、さう〳〵」

と、慌てゝ云つた。

「さう云へば先生は、近々大学をお罷《や》めになると云ふやうな噂がございますが、事実なのでございませうか。」

「うん、事に依つたら、………」

「どう云ふ理由で？………学校に対して御不満なことでもおありになると云ふやうな？………」

「さあ、………出ても詰まらんもんだから。」

「すると今後は、御著述の方へ全力をお尽しになりますので？」

「さあ、気が向いたら、………何か雑誌へでも書くかも知れんが、………」

「はゝあ」

と云つて、又行き止まりへ追ひ込まれた記者は、彼《あ》れか此れかと考へながら、落し穴からもがき出るやうに肩を揺《ゆす》つた。

「えゝと、………ところで此れは甚だ突飛《とつぴ》な質問で、失礼でございますけれど、先生のやうな日常生活、――静かに、孤独に、毎日書斎に閉ぢ籠つて書物を友としていらつしやる、――一と口に云へば独身主義の生活に就いて、何か御感想が拝聴出来れば結構なのでございますが、………」

かう云つたとて無論すら〳〵と答へてくれる先生ではないから、記者は続いておツ被せた。

「定めし此の、家庭の煩累などがおありにならないと、思索などをなさいますには、却つてよくはございますまいか。」

「うん、それはいゝ。」

「しかし、一面に於いて淋しさをお感じになるやうなことは？」

「淋しいのには馴れちまつたから、………」

「すると、かう云ふ独身の御生活の方が、サツパリしてゐて気持がいゝと云ふ風に？」

「うん、サツパリしてゐる。」

「で、気持がいゝ？」

「うん。」

「はあ、成る程、………それでも時々訪問者はございませうな、学生だとか、又は友人の方々《かたがた》であるとか。」

「めつたにない。」

「はゝあ、――それから、あのう、お宅は何でございますか、お見受け申しましたところ、お掃除などがよく行き届いて居りますやうですが、かう云ふ事は誰方《どなた》がおやりになりますので？」

「書生にやらせる。」

「はあ、書生さんがお掃除を？――で、女中さんはお幾人？」

「二人をる。」

「では、書生さんが一人に女中さんが二人、それに先生と、四人暮らしでいらつしやいますので？」

「さう、四人暮らし、………」

「尤も何でございますな、先生お一人のことですから、それで十分でございますな。――いや、かう云ふところを拝見しますと、サツパリしてゐて気持がいゝと仰《お》つしやいますのが、わたくし共にもよく分るやうな気がいたします。」

「………」

今度は先生は返事をしない。そして溜息をついたかと思ふと、鼻の孔を少しひろげて、生あくびをした。

そろ〳〵帰れと云ふ謎かな。――すき腹を我慢してゐる記者は、催促がなくとももう好い加減で退却する積りであつたが、実は斯うまでぶツきらぼうな扱ひを受けると、記者も人間である以上、多少は意地にならざるを得ない。まだ何かしらこだはつてやることはないだらうか、もう二三十分蒟蒻《こんにやく》問答*を続けてやりたいと、さう思ひながら彼はわざとぐづぐづしてゐた。が、先生はあくびをしてしまふと、依然として詰まらなさうに、庭の花壇の方を見てゐる。外の明りが顔にきら〳〵照り映えるので、眼を細くして、むうツと澄ました恰好は、日向《ひなた》ぼつこをしてゐる猫の感じである。

「さう云へば此の頃、過激思想の取締り*と云ふことが、大分政治家や学者の間でやかましいやうに存じますが、あれに就いて先生のお考へは？」

「う、………う」

此れから先は、何を聞いても先生はたゞ呻るだけだつた。過激思想から露西亜の宣伝防止問題*、普通選挙*、デモクラシーと哲人政治*、果ては文部省の仮名遣ひ案*、ローマ字問題*まで持ち出して見たが、結局不得要領の「う、………あゝ」で受け流されてしまひ、記者は御苦労にも一人相撲を取つたのであつた。

記者が応接間を辞したのはそれから数分後であつたが、何だか余り業腹《ごうはら》でもあり、まだ此れだけでは記事の材料が足りないやうな気がしたので、表門を出ると小さな塀の外側を廻りながら、もう一度よく此の邸の建て方や、構への内外を観察した。家は灰色の壁を塗つた、わりに新しい洋館で、成る程四人で住むのにはちやうど手頃な、平家建ての造りである。記者はだん〳〵その塀に沿うて雑木林の丘を控へた後ろの方へ廻つて行くと、裏は疎《まば》らな扇骨木《かなめ》*の生け垣になつてゐて、垣根の中がすつかり覗かれる。多分彼処の、煙突から煙の出てゐる部屋が先生の書斎なのだらう。さう云へば北側で、日あたりの悪い、陰気な室を択んだところは先生らしい、――と、記者がそんなことを考へてゐるとたんに、ガチヤン、ガチヤンと、吸上ポムプで井戸の水を汲む音がした。ハテ、と思つてそつちを見ると、井戸端にしやがみながら、十五六の小女《こおんな》が寝間着のまゝで歯を研《みが》いてゐる。小女は楊枝《ようじ》を使つてしまふと、金盥へ水を取つて、タオルでぞんざいに顔を洗つたが、それなり台所の方へは行かずに、すた〳〵と此方へ歩いて来て、裏庭へ降りるドーアを開けて、紅い鼻緒のぴたんこな下駄を石の階段の上へ脱ぎ捨て、ついと書斎の中へ這入つた。

記者が覗いてゐる生垣の前を通つたのはほんの僅かな間《ま》だつたから、勿論よくは分らなかつたが、しかし女中が、今頃起きて歯を研くのはどうも可笑しい。それに勝手口が向うにあるのに、寝間着であの部屋へ這入ると云ふのがちよつと奇妙だ。するとあの小女は何か知らん？「女中は二人」と云つたから其のうちの一人？ 小間使ひ？ さう、まあ小間使ひと云ふ柄だけれど、体のこなしに伸び〳〵とした、奉公人臭くないところもあつて、顔色が少し青白かつた。では先生の「何か」か知らん？　いやそれにしては子供過ぎる、どう見てもまだ十五六だ。………

けれども記者の好奇心は、矢張それだけでは済まされなかつた。で、もう裏庭に誰も居ないのを幸ひに、そつと垣根に附いてゐる木戸をくゞり、そこに生えてゐた八つ手の葉蔭に身を隠しながら、問題の部屋の窓の下まで這つて行つて、こつそり首だけ出して見ると、好い塩梅《あんばい》に二枚のカアテンが、まん中でよぢれて微かに割れてゐる。その割れ目へ片眼を附けて中を窺ふと、果してその部屋は書斎であつた。一方の隅に石炭が赤く燃えてゐるストーヴがある。壁一面に、天井へとゞくくらゐな書棚があつて、本がぎつしり詰まつてゐる。それから、室の中央には、牛肉屋の俎板《まないた》のやうな大きなデスクが頑張つてゐる。ところで蘿洞先生はさつきの上ツ張りを腰のあたり迄まくり上げて、そこから下にフランネルの寝間着を露はし、デスクの上へ腹ん這ひになつてゐる。小女はと云ふと、先生の背中へ腰をかけて、両足をぶらん〳〵デスクの下へ垂れながら、先生の頭をコツンコツン叩いたり、頬ツぺたを摘まんだり、口の中へ指を突つ込んだりしてゐるのだが、しかしふざけてゐるのとは違ふ。小女の表情は陰鬱で、真面目くさつて、恰も義務的の仕事を課せられてゐるやうである。その顔は、――いや手も足も、きやしやで青白い。同様に先生の顔も以前の如く、何の変哲《へんてつ》もない土気色を帯び、膨《ふく》れツ面《つら》を小女の勝手にいぢくらせてはゐるけれども、それがいかにも詰まらなさうである。

間もなく小女は、なほ先生の胴体の上に腰かけたまゝ、小さな一本の籐の笞《むち》を取り上げ、片手で先生の髪の毛を摑み、片手で先生の太つた臀をぴし〳〵と打つた。すると先生はその時始めて、少しばかり生き〳〵とした眼つきをして「ウー」と呻つたやうであつた。

――此の光景を物の半時間も覗いてゐた記者は、変な気がして、コソコソ逃げるやうに裏庭を出た。

続蘿洞先生

昭和三年（一九二八）五月「新潮」

例の蘿洞《らどう》先生が近頃奥さんを貰つたと云ふ噂がある。真偽は保證の限りでないが、しかし先生のことであるから、こつそり世間に知らせずに結婚し、何喰はぬ顔で澄ましてゐると云ふやうなこともないではなからう。兎に角誰もほんたうの消息を知つてゐる者はないのだが、今回も亦《また》妙な因縁《いんねん》で、あの時のA雑誌記者がそれに関係してゐるのだと云ふ話。そして噂も右の記者から出たのである。

A雑誌記者は、いつぞや先生と蒟蒻《こんにやく》問答をして以来スツカリ恐れ入つてしまひ、あれきり訪ねたことはなかつた。たゞ先生があれから間もなく大学の教授を罷《や》めたのを新聞紙上で知つたゞけだつた。はゝあ、教授を罷めて著述の方をやりたいと云つてゐたから、いよ〳〵引退したんだなと、記者はその時さう思つたけれども、その後どんな著述をしたか、何を研究しつゝあるか、多分専門の学術雑誌にでも発表されてゐるのだらうぐらゐに考へて、あまり問題にもしなかつた。その間に数年を経、記者の方も今ではA雑誌社を退いてB新聞の演藝記事を担任してゐた。

で、去年の三月中の或る晩の八九時頃、以前のA雑誌記者ことB新聞記者が浅草公園*へ行つたついでに、ちやうどその時分昭和劇場*にか丶つてゐた夢遊斎《むゆうさい》一座*の奇術を覗いたことがあつた。記者は奇術が好きなのではないが、此の一座には往年の歌劇の残党が加入してゐて、その中に二三の顔馴染があつたものだから、なつかしくなつて立ち寄つたのである。そして楽屋を訪ねた帰りに舞台の袖から演技を見てゐると、その時図らずも不思議なものに眼が止まつた。オヤオヤ、此れはをかしいぞ、轟洞先生がこんな所に来るのかしら?――――記者は最初は人違ひであると思つた。と云ふのは、今しも舞台では奇術の合間にバレエ風の女優の踊りが始まつてゐて、五六人の若い踊り児のはだかの脚が入り乱れつ丶ある向うに、客席の一番とツ鼻からそれを見物してゐるお客の顔が、見れば見るほど轟洞先生に似てゐるのである。尤《もつと》も舞台とその顔との間には一列の脚光がぎら〳〵燃えてゐるためにはつきり見定めにくいのだが、口を半分ほど開けて、白い歯を出して、にや〳〵しながらひつつりのやうな薄笑ひを浮かべつ丶見てゐる表情は、あのいつぞやの無気味な笑ひ方にそつくりである。勿論記者の位置からは顔の下はよく分らない。たゞ顔だけが、曝《さら》し首のやうに舞台の地平線の上へ出てゐる。先生の顔はたしか青ん膨れであつたのに、その顔は赤味を帯びてゐるのが違つた感じを与へるけれども、それも脚光の反射のせゐであるかも知れない。――――記者がさう思つてゐるうちに、やがて舞台では脚光が消えて、赤、青、緑、紫、と色電気がぱつと射した。それにつれて又その轟洞先生の首が赤、青、緑、紫に変るのが余程奇妙な見ものであつた。

だがどうもをかしい、いくら畸人《きじん》*であるにしても、あの北向きの書斎の中に閉ぢ籠つてゐる筈の、独身者の、人間嫌ひの、学者の先生が、こんな時刻に公園へ奇術を見物に来てゐようとは。――果して先生であるとしたら、此れには何か特別の目的があるのではないか。――B新聞記者はそこは商売柄だけに好奇心を起して、舞台裏から表へ廻つて、廊下から場内を窺つてみた。すると此の小屋は階下の中央に三等席があつて、その両側が一段高く、特別席の椅子場になつてゐる。問題の男は、その特別席の一番前、殆《ほとん》どオーケストラ・ボックス*の側面の所にゐるのである。蓋《けだ》し此の場所は奇術のアラ捜《さが》しや女優の脛を拝むためには究竟《くつきよう》な位置であるけれども、ちやうど以前の帝劇*に於ける貴賓席の如きものだから、お客自身も甚《はなは》だ人目につき易いことを覚悟しなければならぬ。おまけにその晩の特別席はガラ空きの形で、見渡したところ、くだんの男だけが一人ぽつねんと、その突《とつ》角《かく》に離れ島を作つてゐるのである。二重廻し*に鳥打帽*を被つてゐるのが、今しがた幕間になつたので、帽子の鍔《つば》を深く引き下げ、顔の半分を外套の襟に隠してうつ向き加減にしてゐるのは、矢張極《き》まりが悪いのであらう。B新聞記者はこつそりその男の後ろの席へ忍び寄つて、背中の方から帽子の庇を覗き込んだ。

「やあ先生でいらつしやいますか、いつぞやは大変失礼を。――」

さう云つたのは、実はまだ確かに見当がついたのではない。たとへ先生であつたにしても素直に化けの皮を現はすかどうか分らないから、出し抜けに斯うカマをかけてみたのである。

「う、………」

と云つてその男は、ぎよつとしたらしく身をすくめて、後ろ向きに肩の角から睨めつけるやうに見返したが、その「う、………」と云ふ声をきくと、もうどうしても先生に違ひないことが分つた。記者が嘗《かつ》て悩まされたのは、此の曖昧な、噫《おくび》だか返辞だか判明しない「う、………」と云ふ受け答へなのである。こんな煮え切らない声を出す動物は先生の外にはめつたにあるまい。

「あのう、御記憶でいらつしやいますかどうですか、――もう余程前、三四年以前に、一度お宅へお伺ひいたしましてA雑誌の記者でございますが、………」

「はあ、」

「私《わたくし》、唯今ではA雑誌の方を罷めましてB新聞社に出てをります。――失礼でございますが、」

と云つて、記者は丁寧にお辞儀をして、『B新聞演藝記者』と云ふ肩書のある名刺を出した。先生は片手をふところに、片手で煙草を吸ひながら、記者が捧げてゐる名刺の上へチラリと一瞥を与へたきり、その孰方《どつち》の手をも動かさうとしないので、記者の方でも引つ込める訳に行かず、暫く根競べの体であつたが、先生もバツが悪くなつたと見え、不承々々に煙草を捨てゝ、手を伸ばした。そしてその名刺を袂へ入れしなに、ほんの申し訳に眼を通したが、その時無表情な先生の顔に何かしら微かな色が動いたのを記者は見逃してしまつたらしい。

「今晩は――あのう、………どなたかお連れでも？………」

「う、………いや、………」

「はあ、おひとりで？」

「う、………うん、………」

「はあ、………では此の辺まで御運動に？………」

「う、………うん、………」

此処で又しても蒟蒻問答が始まりかけた。しかし記者は馴れてゐるから驚きもしないで、

「けれども先生のお宅からは随分遠方でございますなあ。――なんでございますか、お宅は矢張以前の所に？」

「うん、彼処にをる。」

「はあ、左様で。――とき〴〵公園などへいらつしやるのでございますか。」

「う、………いや、………」

「へーえ、すると今夜はわざ〴〵此れを御見物にいらつしやいましたので？」

此の質問が眼目なのだが、なか〴〵オイソレと要領を得させる先生ではない。

「なあに、わざ〴〵と云ふ訳でも、………」

「妙なことを伺ひますが、先生のやうな方は芝居や活動などよりも、或は斯う云ふ奇術のやうなものがお好きなのではございますまいか。」

「………まあ、………好きと云ふのでもないがね。」

此の「ないがね」の「ね」と云ふ音には微かながらも親しみがあつて、先生としては余程御機嫌の場合である。記者は意外に感じたのでひよいと先生の顔を見上げると、尚意外なことには、物を云ふ時決して相手を正視しない人だつたのに、それが今日はどうした加減か、あの臆病な、処女のやうな眼つきでゞはあるが、遠慮がちにじーッと此方を見つめながら、口もとには愛嬌笑ひさへ浮かべてゐるのである。飛んだ所を見附かつたので照れ隠しの積りなのかも知れないけれど、何しろ此れはただごとではない。薄気味が悪いくらゐである。

此の時次の番組が始まつたので、二人はそれなり黙り込んで舞台の方へ向き直つた。記者はいつの間にか先生と肩を並べて隣りの椅子に腰かけてゐた。舞台ではマジック応用の喜歌劇「若返り法」と云ふのが一座総出の出演で、此れが打ち出しであるらしい。記者はそんなものにまるきり興味はないのだが、それに気を取られてゐるやうに見せて内々お隣りの様子を窺ふと、先生は例に依つて格別面白さうな顔つきをしてもゐないけれども、しかし案外熱心に、脇目もふらずに見物してゐる。何楽しみに生きてゐるのか分らないやうな、年中浮かぬ色つやをした先生が、これだけ一つものを辛抱強く見てゐるとすれば、たとへ顔には表はれないでも何かしら享楽してはゐるのであらう。とすると一体、何が気に入つたのであらうか。学者と云ふものは却つて単純な子供じみたことを興がるものだから、奇術そのものが好きなのであらうか。それとも一座の女優の中に思し召しでもあるのであらうか。

記者はとう〳〵好奇心に釣られて最後まで先生のお附き合ひをしてしまつたが、先生も亦、退屈な出し物を実に根気よく、打ち出し*になる迄見物してゐた。二人は自然一緒に小屋を出て、広小路の方へ歩くことになつた。

「えゝと、電車でお帰りでございますか。」

「う、………うん、………」

「それでは停留場までお見送りを、………」

見送られては迷惑なのかも知れないが、相変らず先生は返辞をしないので、記者はづう〳〵しく喰つ附いて行つた。そして何がな話のつぎ穂を見出さうと考へてゐると、途端に先生の口の中で「う、………」と云ふ音がして、喉がごろ〳〵と鳴つたやうに思へた。

「は？」

と云つて記者は、何か云ひ出さうとしてゐるらしい先生の気勢を迎へた。

「う、………あのう、………」

「はあ？」

「………君は演藝の方の記者をしてゐる?………」

「はあ、………」

「君は、あゝ云ふ所へは始終出入りをしてゐるの?」

「始終と云ふこともございませんが、あの一座には顔馴染の者が大分這入つてをりますので、ついでにちよつと寄つてみたのでございます。………」

「はーあ。」

と云つてから、暫く考へた後、

「あの中に生野真弓と云ふのがゐるね、さつきしまひの幕で踊つた、――」

「へえ、どんな男でございましたかな。」

「いや、女だよ、断髪のせいの高い、亜米利加の国旗で出来た衣裳を着てゐた、――」

「へえ、へえ、あれ、――あれは私は存じませんが、生野真弓と申しますかな。」

「うん、プログラムにさうある。」

ふうん、先生なか〳〵油断がならない。――記者がさう感じたと云ふのは、その女優は誰の眼にも一と際すぐれた美貌の持ち主で、記者自身も今夜始めてその女を舞台で見た時、こんな美人が此の一座に居たつけかなと、驚いたくらゐだつたのである。年の頃は二十二三か、短いスカートの脚の恰好もすつきりしてゐるし、全体の四肢の均整も申し分がない。たゞ難を云へば目鼻立ちが余り典型的な希臘式*に出来過ぎてゐて、愛嬌に乏しく、品はいゝけれども人形のやうな堅い感じがあることである。

「へえ、あの女優は、あれは夢遊斎の弟子ではございませんかしら。――あの一座には歌劇の残党が加はつてをりまして、その方の連中ならば大概知つてをる筈なのでございますが。」

「う、………」

「………どうかしら、君、あれを調べて貰へんかしら？」

先生の喉の中が又ごろ〳〵と云ふ音を立てた。

「へえ？」

「あれは、あのう、………をかしいんだよ。………」

「をかしいと申しますと？………」

「気が付かんかね？」

「さあ、どんな事ですか、気がつきませんでしたけれど、………」

「あの女優だけは舞台で一と言もセリフを云はなかつたらう？」

「はーあ、さうでございましたかなあ。よくそんなことに気がお付きになりましたなあ。」

「いつもさうなんだよ、あの女は。」

「へーえ、たび〳〵あれを御覧になつていらつしやるんで？」

「う、………うん、………」

大分御《ご》執心《しゆうしん》と見えますなと、うつかり口をすべらすところをグッと抑へて、記者は油をかけるやうな調子で、

「するとあの女は啞ですかな。」

「まだをかしい事がある。素足を出したことがないんだよ、今迄に一度も。」

「素足を?」

「うん、……」

やがて停留場へ来てしまつたのに、先生は電車へ乗りさうにもしないで、上野の方へ歩きながら記者を相手に話すのである。その話し方が、ぽつり〳〵と、うんざりする程テムポが緩いので、一と通り合点《がてん》が行く迄聴き終るのは容易ではなかつたが、断片的な言葉の後《あと》先《さき》を継ぎ合せた上で記者の臆測を加へてみると、大体かう云ふことなのである。——夢遊斎の一座は内地から満鮮地方を始終巡業*してゐるのだが、先生は生野真弓を発見して以来、二三年前からその一座が東京へ廻つて来るたびに欠かしたことがなかつたらしい。時には同じ出し物を二た晩も三晩も続けて見に行く程だつたので、そのうちに段々、次のやうなことが分つて来た。と云ふのは、真弓のする役は、たとへば美人の胴切り*とか、首無し美人*とか、魔法のトランク*とか云ふやうなものへ使はれる場合には黙つてニコニコしてゐれば済むやうなもの丶、その外に又、歌劇の方やバレエの方へも出ることがある。さうしてさう云ふ場合にはいつも必ず無言の役ばかりしてゐる。最初先生は、此の女は顔は

綺麗だがセリフも碌々《ろくろく》云へない程の馬鹿なんだらうと思つた。しかしそれにしても一と言も云はないのは余り変だから、次には唖ではないかと思つた。が、どうも唖でもないらしい。と云ふのは、歌劇の時にソロを唄ふことはないけれども、コーラス・ガールに加はつて合唱することはあるのである。それも口だけを動かしてゐるのではないかと思つて、いろ〳〵苦心して、成るたけ前の方の席へ行つて探つてみたが、ちやんと彼女が肉声を発して唄つてゐるのが聞き分けられた。ところが或る時、たつた一度彼女が舞台で長セリフを云ふ役に扮したことがあつた。それは鼻がふがふがになつた汚い乞食婆さんになつたので、頬冠りをして思ひ切り垢だらけになつて出て来た。だからそれが真弓であることを観破したのは恐らく先生一人ぐらゐで、大概のお客はさうとは気づかずに、その乞食が一と言云ふ毎にアツハ、アツハ笑ひ転げた。それ程そのふがふがの発音は真に迫つてゐて、その役は大当りだつたのである。しかし何故かプログラムには真弓の名前が記してなく、ありもしない俳優の名が刷つてあつた。こゝに於いて先生は膝を叩いて遂に此の美女の秘密を摑み得たと信じた。はゝあ、さうか、梅毒*か何かで鼻の天井が抜けてゐるのだなと思つた。然るにもう一つ分らないのは此の女が素足を出さないことで、元来足の崇拝狂者*たる先生は、実は此の方が先に心づいてもゐたし、余計気になつてもゐたのである。魔法のトランクやキヤビネツトから現はれる場合に、外の女は脛から足を裸にしてゐることが多いのに、此の女に限つて必ず薄い靴下を着けてゐる。五六人が一緒に踊つたりする時にも、外の踊り子は凡べて素足で、一人だけがきまつて浅い絹の沓《くつ》を穿く。さればといつてトー・ダンス*をさへ達者に踊るくらゐであるから、決してチンバではあり得ない。或る時園遊会*の場面へ大勢の女たちが浴衣がけで登場したのに、矢張彼女だけが足袋を穿いてゐたのを見て、此れは彼女の一種の気取りなのではないか、素足を出すことが趣味として嫌ひなのではないか、と、さう先生は解釈してみた。けれどもそれも腑に落ちないやうなところがあつて、足の秘密は今以て疑問に属してゐる。——

「へゝえ、面白いですなあ。さう云ふ訳なら一つ私が探索してみてもよろしうございます。」

「う、………うん、………さうして貰ひたいんだが、………」

「なあに、訳はありません、幕内の者に聞いてみれば直ぐ分ります。」

「新聞に書きはしないかい？」

「大丈夫書きはいたしませんよ。鼻がふがふがだなんて、そんなことを書いたら可哀さうですからなあ、あれだけの美人を。」

その晩先生は新聞に出さないことゝ、探索の結果を忘れずに報告してくれることゝを、まどろつかしく、くどくどと、頻りに記者に念を押した。上野で記者に別れを告げて省線電車*に乗る時にも、

「ではいゝかね、頼んだぜ。」

と又繰り返した。

蘿洞先生と鼻ふがの美人の女優、――此れは誰でも好奇心を起さずにはゐられない事件である。三面記事として破天荒の珍種《ちんだね》であるのに、新聞に書けないのは残念だと思ひながら、記者も面白半分に探索の歩を進めて、その後幕内の俳優たちにそれとなく様子を尋ねてみると、彼女が鼻ふがであることは正しく蘿洞先生の推定の通りであつた。が、足に就いては誰もハツキリしたことを知つたものがない。といふのは、彼女は内部の人々にさへ決して足を見せたことがなく、楽屋風呂へも一人でなければ這入らないのださうである。だから何かしら足に故障があるに違ひないけれども、どう云ふ故障だかよく分らない。たゞ彼女と一番仲のいゝ女優があつて、その女の話として伝つてゐるところでは、後にも先にもたつた一遍一緒に入浴した時にチラと見たのだが、右の足だか左の足だかの趾《ゆび》*が、一本か二本なくなつてゐるのだといふ。さうしてそんなことが仲間うちへ知れ渡つてから、誰云ふとなく、彼女は梅毒の上に天刑病*らしいといふ説がひろまつた。それで自然あれだけの器量を持ちながら、自分も人に接することを喜ばないし、男優共も近寄る者がないと云ふのである。

「ほんたうだかどうか分りませんがね、みんな何となく気味悪がつて誰も相手にしないんですよ。」

と或る俳優は記者に云つた。

「でも、皮膚の色が透かしてみると紫色に光つてゐるとか、いやにテラテラしてゐるとか云ふやうなことがあるのかね。」

「そんなことはありません。色は真つ白で、肌理《きめ》は細かで、たゞ見たゞけでは綺麗なもんです。その余り綺麗過ぎるのがイケナイと云ふんです。」

「ほんたうだとすれば気の毒なもんだね。」

「それより惜しいもんですよ。あれだけの代物《しろもの》はさうザラにありやあしません。」

それから二三日過ぎた日の午後である。久し振りに蘿洞先生の郊外の旧宅を訪れた記者は、あのいつぞやの応接間の卓を隔てゝ先生と向ひ合つてゐた。

「誰か、あの女の懸りつけの医者はをらんかい？」

逐一報告を聴き終つた先生は、いつもの無表情な、どんよりした顔はしてゐたが、別にガツカリした風でもなかつた。

「懸りつけの医者？」

「う、………うん、………それに尋ねたら分るんだが、………」

「そいつはむづかしい御注文ですなあ。さう云ふ者はをりませんでせう。」

「足の趾がどう云ふ工合に取れてをるか、天刑病は傷口に特徴があるんだが、………」

「そいつもどうも、………誰にも見せないと云ふのですから、………」

「ふむ、」

そして先生は、庭の花壇の方を見ながら云つた。

「わしが自分で調べてもいゝ。………う、いや、此処にをつても材料さへあれば調べられる。………」

「材料と申しますと？」

「あの病気は洟汁《はなしる》に一番黴菌が集まる。洟をかんだハンケチか紙きれがあればいゝ。」

「へゝえ、成る程、………それなら誰かに頼んで置けば手に入るかも知れませんな、あの女が風邪を引いた時か何かに。………」

「う、………さうして貰へんかな、五十円で買ふことにするが。………」

記者はその半月程後に、某俳優の助けを借りてやつとのことで真弓のハンケチを盗むことが出来、五十円を山分けにしたさうである。が、検鏡の結果はどうであつたか、先生からは何の音沙汰もなく、真弓の方は、夢遊斎の一座が六月に旅先で解散したので、行くへが分らなくなつてしまつた。しかし何処までも物好きな記者は、よもやとは思ひながらも八月の末に或る日先生を訪ねてみると、「ちよつと差支へがあるから」といふ取次の言葉で玄関払ひを喰はされた。その後二度も行つたけれども、いつも同じやうな挨拶なので、一策を案出した彼は、此の前隙見をした時の小女《こおんな》を買収した。彼女は今まで先生の家に奉公してゐたのである。そして彼女の話では、先生は此の頃二十も違ふ若い奥様をお貰ひになつた。その奥様はお綺麗には違ひないが、気取り屋なのか、器量を鼻にかけてゐるのか、女中たちの前ではいつもつんと澄ましていらしつて、直き〳〵にお声がかゝつた例《ためし》がない。用の時は旦那様に頤で指図をし、それを旦那様が女中たちに取次ぐ。その癖お二人で室内に籠つていらつしやると、ドーアを固く締めて、中でペチヤクチヤおしやべりをしていらつしやるのが微かに聞える。何ぼ何でも随分威張つた奥様だと云ふのであつた。

「ふゝん、人を散々利用して置いて、今時分玄関払ひを喰はせるなんか馬鹿にしてやがる。」――記者は癪に触つたので、又裏口の扇骨木垣《かなめがき》を乗り越えて、北向きの窓の下に忍び寄つた。夏のことなので植ゑ込みの葉が繁つてゐるし、硝子障子とカーテンが半分ばかり開いてゐて、隙見をするには都合がよく、中の様子がほゞ窺はれる。此の前小女が腰かけてゐた俎板《まないた》のやうなデスクの上に今度はパジヤマを着た真弓夫人が腰をかけ、脚をぶらん〳〵させてゐる。先生は例の郵便局員の如き上つ張りを纏つて、夫人の下に跪《ひざまず》いて、両手で彼女の左の素足をいぢくりながら、何かしてゐる。よく見ると先生の手の中には、蠟細工だか護謨《ごむ》細工*だかの、殆ど実物に紛《まが》ふばかりの足の趾がある。

「ね、これならお前のほんたうの趾も同じことだよ。どう？　うまく篏《はま》つた？　痛いかね？」

それを夫人の足に取り付けながら、とても甘つたるい調子でさう云つてゐるのは先生である。

「ひゝえ、ひつともひたふはなひわ。」

と、記者は始めて夫人の彫刻的な唇から洩れる声を聞いた。*

註　解

・アキも一行と数えた。
・大阪市街地図（306頁参照）には【数字】、蘆屋周辺地図（307頁参照）には【アルファベット】で場所を示した。

卍（まんじ）緒言

＊9頁6行　**此の書**　タイトルの「卍《まんじ》」は功徳円満を意味する梵語。卍や巴《ともえ》の模様のように、追いかけ合うように縦横に乱れるさまを「まんじどもえ」という。

＊9頁8行　**仏蘭西小説**　谷崎は昭和二年（一九二七）二〜十二月に発表した「饒舌録」（「改造」）で、スタンダール『パルムの僧院』『カストロの尼』やバルザックに言及しており、またスタンダール『カストロの尼』（昭和三年（一九二八）一〜二月、四月「女性」）の翻訳を発表したことが「噂」を生んだのであろう。

＊9頁12行　**摂州岡本**　摂州は摂津国《せつつのくに》の別称。「津国《つのくに》」ともいう。五畿内（大和・山城・河内・和泉・摂津）のひとつで、東は山城国と河内国、西は播磨国、北は丹波国に、南は和泉国に接し、大阪湾に臨む。現在の大阪府北西部と兵庫県南東部に属する。岡本は神戸市東灘区の地名

で、阪急神戸本線の岡本駅周辺をいう。谷崎は大正十三年（一九二四）三月に阪急岡本駅下車、徒歩五分の兵庫県武庫郡本山村北畑（現東灘区本山北町）に転居したのち、岡本周辺で転居を繰り返し、昭和六年（一九三一）五月に東灘区岡本梅ノ谷（現東灘区岡本七丁目）の自宅を立ち退くまでここに住んでいた。

＊9頁15行　**大阪府立女子専門学校**　大正十三年（一九二四）に大阪市住吉区に設立された公立の専門学校で、修業年限三年の本科には国文学科・英文学科・家政理学科と、修業年限一年の予科があった。その後、大阪女子大学、大阪府立大学を経て、現大阪公立大学となる。

＊10頁2行　**昭和辛未**《かのとひつじ》　昭和六年（一九三一）のこと。

卍（まんじ）

＊11頁7行　**もらふ**　自分が依頼して行われた行為によって、あるいは他人の好意によって、自分が利益を受ける意を表す語。本作は昭和三年（一九二八）三月から五年（一九三〇）四月にかけて、「改造」に二十二回連載（途中休載四回）された。この初出誌「改造」（以下「初出」）の冒頭数回の本文は標準語で書かれていたが、徐々に大阪言葉が混ざりはじめ、「緒言」で述べているように、昭和六年（一九三一）四月の初刊本『卍』（改造社）刊行時に大阪言葉で統一された。大阪言葉である「もらう」は、初出では「頂く」と記されていた。河野多恵子は『谷崎文学と肯定の欲望』（一九七六・九、文藝春秋）で、大阪言葉の「もらう」は「頂く」より「意味が重く、強い」ので、語り手と聞き手の「人間関係」からみれば「〈聞いてもらうつもり〉というような言い方は」「遠慮されるはず」であると述べて、この「押しつけがましい

感じ」も含めて、『卍』の文体は一体に、表面的に大阪言葉の感じの強い露骨な大阪言葉を択び過ぎているようである。というのも、原文の一語々々に拘泥りすぎたために、敢えてそのような無理を犯すしかなかったのかもしれない」と分析している。

＊11頁7行　**のん**　「の」に鼻音が付いたもの。もの、ことの意。初出は「ん」。

＊11頁14行　**しられて**　「しらる」は「してやらる」の変化した語で、はかりごとに乗せられてだまされるの意。初出は「されて」。

＊11頁17行　**へん**　「する」の打消語「せん」の変化した語。「へんくらゐや思てます」は初出では「ない程だと存じてをりますの」。

＊12頁17行　**もろた**　もらったの意。「教せてもろた」は初出では「教へて頂いた」。

＊13頁3行　**やったら**　だったらの意。初出は「なら」。谷崎は昭和七年（一九三二）二〜四月発表の「私の見た大阪及び大阪人」（「中央公論」）で、大阪人が「それやったら」を便利に使っていることについて、「丁寧な云ひ廻し、敬語法の種類が非常に少い」と大阪言葉の特徴に言及している。

＊13頁4行　**今橋《いまばし》ビルデイング**　大正十四年（一九二五）に建てられた大阪市中央区今橋四丁目にある、間口六間の鉄筋コンクリート地上三階建ての「今橋ビルヂング」のこと。大阪市中央消防署今橋出張所として建てられたものが、谷崎がモデルとしたビルのひとつと思われる。二〇〇五年に改修され、二〇〇七年に国の登録有形文化財に登録された。この頃、船場と呼ばれるこの地域にはモダンな近代建築が多く建てられ、同年には中央区淡路町二丁目にある鉄筋コンクリート地上五階塔屋一層地下一階建ての「船場ビルディング」、また昭和二年（一九二七）

には中央区伏見町三丁目にある鉄筋コンクリート地上四階地下一階建ての「芝川ビルディング」などが建てられた。新しい風俗や話題を取り入れることが速い谷崎は、これらの建築物も視野に入れていたと思われる。

＊13頁5行　**独法**　旧帝国大学法科大学法律学科は、明治二十年（一八八七）九月に独逸《ドイツ》法を加え、英吉利《イギリス》部、仏蘭西《フランス》部、独逸部の三部編成となる。帝大法科の卒業生には無試験で司法官試補にも弁護士（代言人）にもなれたが、大正十三年（一九二四）施行の高等試験令でこの特権はなくなった。

＊13頁8行　**ちふ**　初出は「と云ふ」。

＊14頁3行　**やかい**　なんか。「やかいあれしませんね」は初出では「なぞありはいたしませんの」。

＊14頁4行　**しやうない**　仕様がない、仕方がない。初出は「しよざいがない」。

＊14頁7行　**せえしません**　初出は「いたしません」。

＊14頁9行　**天王寺**　現在の大阪市天王寺区上本町周辺、天王寺区南部と阿倍野区北部に広がる繁華街で、周辺には生國魂《いくたま》神社、四天王寺、天王寺動物園などがある。【1】

＊14頁10行　**ですねんけど**　「ねん」は「のだ、の」の意の接尾語。初出では「なのでございますが」。

＊14頁16行　**てんと**　まるっきり。初出は「さつぱり」。

＊14頁17行　**やさかい**　「や」は「じゃ」の変化した語で、「……だ」の意。「さかい」は原因、理由をあらわす「……から」の意。初出は「だから」。

＊16頁4行　**阪神電車で梅田まで**　明治三十二年（一八九九）六月に摂津電気鉄道株式会社が設立、七月に阪神電気鉄道株式会社に改称。明治三十八年（一九〇五）四月に、神戸（三宮駅）～大阪（出入橋駅。翌年に終点は「梅田駅」まで延長された）間の本線が開通した、日本初の都市間連絡電車。低湿地を埋め立てたことから「埋め田」と呼ばれ、「梅田」となったという。近松門左衛門『心中天網島《てんのあみじま》』の道行の場には、「菅丞相《かんしょうじょう》（中略）君を慕ひて太宰府へたつた一飛び梅田橋」と「梅田」の名が出て来る。本作の語り手、柿内園子の自宅は「西宮市香櫨園」なので、阪神電車香櫨園駅（梅田駅から約一八キロ程）を利用していることになる。【2】

＊16頁4行　**円タク**　大正十三年（一九二四）に登場した、大阪市内を一円均一で走るタクシー。

＊16頁4行　**堺筋《さかいすじ》の電車通りの今橋の角**　「堺筋」は中之島（大阪市北区にある堂島川と土佐堀川に挟まれた中洲）にかかる難波橋から長堀川（現在は埋め立てられて長堀通）までの約一キロの南北の通り。現在は大阪市北区の天神橋一丁目交差点から、船場・島之内を縦断し、西成区天下茶屋東一丁目交差点に至る全長約六キロの南北幹線道路。かつては大阪一の目抜き通りであったが、昭和四年（一九二九）に着工し、十二年（一九三七）五月に竣工した御堂筋《みどうすじ》（梅田・難波間約四キロの街路。旧梅田新道、淀屋橋筋）ができて大阪の中心は堺筋から御堂筋へと移っていった。「電車通り」は大阪市電堺筋線（一九六〇年代に廃止）の走る堺筋のことで、近所に「北浜二丁目」「高麗橋」の駅があった。一般に大阪市内で南北に走る街路を「筋」、東西は「通」、「町」という。「今橋」は中之島の土佐堀川から南へ二つ目の東西の通りの名。「堺筋」と「今橋」の交差する辺りに、柿内の事務所が設定されている。なお、昭和二十二年（一九四七）二月刊の『細雪』中巻（中央公論社）で、貞之助（次女幸子の夫）の事務所を「堺筋

今橋の事務所」（二十八）とまったく同じ場所に設定している。【3】

＊16頁9行　**難波**《なんば》　大阪市中央区と浪速区に位置し、明治十八年（一八八五）十二月に阪堺鉄道の難波駅として開業し、明治三十一年（一八九八）に南海電車難波駅となる。梅田駅から南へ直進して四・五キロの距離にある。大阪の地下鉄（現 Osaka Metro）御堂筋線難波駅が開業したのは昭和十年（一九三五）十月。【4】

＊16頁10行　**松竹座**　大正十二年（一九二三）、道頓堀にネオ・ルネッサンス様式で建てられた、日本初の鉄筋コンクリート造りの大阪初の洋式劇場（洋画封切館）。「戎橋《えびすばし》」から西南に歩いて約五〇メートル、「難波」駅からは約一〇〇メートル、「堺筋」の日本橋からは約五〇〇メートルの距離にあり、「阪神」（梅田駅）からは四キロ程にある。【5】

＊16頁16行　**楊柳観音**　病を治すのを本願とする観世音菩薩。右手に柳の枝を持つことからその名がある。優しげな女性像として画題になることが多い。奈良の大安寺「楊柳観音像」（奈良時代の作。重要文化財）、村上華岳（一八八八〜一九三九）の日本画「楊柳観音」などが有名である。谷崎は昭和十七年（一九四二）六〜九月に発表した「初昔」（『日本評論』）で、昭和三〜五年（一九二八〜三〇）、岡本梅ノ谷在住の頃、「相当に大きな弘仁時代の木彫の観音像を持つてゐた」と述べているが、この観音像が楊柳観音描出のもとになったと思われる。この「観音像」は現在「木造菩薩立像」（富岡重憲コレクション）として早稲田大学會津八一記念博物館に収蔵されている。この像の写真は改造社版『谷崎潤一郎全集』第七巻（昭和五年〔一九三〇〕九月）の口絵、「館仏三昧　早稲田仏像コレクション」展リーフレット（二〇一二・四、早稲田大学會津八一記念博物館）で見ることができる。

＊19頁4行　**よつて**　故に。初出は「から」。

＊19頁5行　**なんだ**　なかった。「知りなされしませなんだ」は、初出では「御存知なかった」。

＊19頁7行　**好きさうな**　はっきり意識していないが、自分はそれが好きらしい。好きになりそうなの意。初出は「好もしさうな」。

＊19頁11行　**船場**《せんば》　大阪市中央区の中之島の南に位置する地域。北端は土佐堀川（大川）、南端は長堀川（現長堀通）、西端は西横堀川（現阪神高速1号環状線北行き）、東端は東横堀川（現阪神高速1号環状線南行き）の、南北約二キロ、東西約一キロの地域で、江戸時代から大阪の商業・文化の中心地であった。船場言葉は規範的な大阪言葉とみなされていた。

＊19頁11行　**羅紗問屋**　羅紗は毛織物。羅紗屋とも呼ばれ、高級服地の卸売商であった。

＊19頁12行　**阪急の蘆屋川**　兵庫県芦屋市西山町の芦屋川西岸にある地上駅で、大正九年（一九二〇）七月に開通した阪神急行電鉄（現阪急電車）神戸本線（梅田〜上井筒間）にある芦屋川停留所。阪急梅田駅から二一キロ程。【A】

＊20頁14行　**常時**　いつでも。初出は「始終」。

＊20頁17行　**学士**　大学卒業者に与えられる称号。当時はまだ大学数、大学生も少なく、希少な存在であったが、昭和二年（一九二七）の金融恐慌の影響もあり、昭和四年（一九二九）九月公開の小津安二郎監督作品『大学は出たけれど』（清水宏原作、荒牧芳郎脚本、松竹蒲田作品）に描かれるように、昭和初期は大学卒業者の就職率が約三十％という不況の現実もあった。

＊21頁1行　**ろくろくない**　ろくに。ろくすっぽ。

＊21頁4行　**めつたに**　決して。

＊22頁15行　**けったいな**　「卦体《けたい》（縁起の意）が悪い」の略。奇妙なさま、不思議なさま。初出は「変な」。

＊22頁15行　**同性愛**　大正二年（一九一三）九月刊のクラフト・エビング『変態性慾心理』（黒澤良臣訳、大日本文明協会）では、「同性色情」「同性恋愛」「顛倒《てんとう》的色情」として解説している。

＊23頁7行　**迷惑してはる**　「はる」は尊敬や丁寧をあらわす接尾語「なさる」から変化した。「迷惑してはる」は、初出では「迷惑していらつしやる」。

＊24頁5行　**上方好みのケバケバしい色彩**　昭和四年（一九二九）七月発表の「関西の女を語る」（『婦人公論』）で、「関西の着物の好みが派手なの」は「気候風土に原因することが多いのだろう」。関西は土の色が白っ茶けており、照り返しが強く、空がいつも青く晴れているので、「着物の色彩のけば〱しいのがよく調和するわけである」と自らの観察を述べている。

＊24頁5行　**束髪**　明治十八年（一八八五）に発足した婦人束髪会が広めた西洋風な結髪。日本髪より簡便で衛生的なため流行した。庇髪《ひさしがみ》、二百三高地、耳隠しなどともいう。

＊24頁5行　**島田**　江戸時代初期からある未婚女性の髪型。

＊24頁12行　**着流し**　袴も羽織も着けない、くだけた和服姿。

＊27頁8行　**天王寺公園**　明治四十二年（一九〇九）に開園した動植物園。園内に天王寺動物園、茶臼山、七代目小川治兵衛（植治《うえじ》）が造園した慶沢園《けいたくえん》がある。【6】

＊28頁7行　**とうど**　到頭《とうとう》と同じ。初出は「とうとう」。

＊28頁12行　**聞えてる**　意味がわかる、理解できる。

＊29頁1行　**高等幇間**　「幇間」は宴席で客の機嫌を取り、場を盛り上げる職業。たいこもちのこと。なかでも、上流階級の客の相手をする者をいう。谷崎は明治四十四年（一九一一）九月に小説「幇間」（「スバル」）を発表している。

＊29頁6行　**さして**　加えて、とりわけ。初出は「持つて来て」。

＊29頁14行　**大軌電車**　明治四十三年（一九一〇）、大阪～奈良間に奈良軌道が発足、すぐに大阪電気軌道（大軌）に改称。現近畿日本鉄道（近鉄）は大正三年（一九一四）、大阪の上本町《うえほんまち》駅～奈良駅間約三〇・八キロの奈良線を開業した。園子と光子は大阪の上本町駅からこれに乗って奈良へ行った。【7】

＊31頁1行　**知つて**　知っていての略。知っていて、わざと。

＊31頁7行　**すつくり**　すっかり、全部。初出は「すつかり」。

＊31頁10行　**心斎橋筋**　大阪市中央区にあり、御堂筋の一つ東側の筋で、北は土佐堀川の南から、南は戎橋までの約二キロ程の、船場・島之内を南北に縦断する街路。心斎橋筋商店街は大阪を代表する繁華街。「東の銀座、西の心斎橋」といわれ、「銀ブラ」にならい「心ブラ」という言葉も生まれた。【8】

＊31頁10行　**日本橋**《につぽんばし》　大阪市中央区と浪速区にある地域。または、道頓堀川に架かる橋の名。日本橋から事務所のある今橋までは、堺筋を北に直進して約四キロの距離。【9】

＊32頁8行　**きんの**　昨日《きのう》の撥音便化した語。「皆」が「みんな」、「尋ねる」が「たんねる」、「余り」が「あんまり」と同じ用法。初出は「きのふ」。

＊32頁9行　**道頓堀**　大阪市中央区の繁華街。道頓堀川の南岸沿いにあり、東は日本橋、西は戎

橋までの約五〇〇メートルの街路。浪花座・中座・角座・朝日座・弁天座（道頓堀五座）の芝居小屋や芝居茶屋が並ぶ繁華街。【10】

＊33頁3行　**上六**《うえろく》　大阪市天王寺区上本町六丁目の略称。また、近畿日本鉄道大阪上本町六丁目駅、および同駅周辺の繁華街の通称。

＊33頁4行　**若草山**　奈良市の東部、春日山北西にある標高三四二メートルの丘陵。三段に重なっているので俗に三笠山ともいうが、阿倍仲麻呂の「あまの原ふりさけみれば春日なる／三笠の山にいでし月かも」（『古今和歌集』巻第九、四〇六／『百人一首』）の山とは別。

＊33頁14行　**山焼き**　毎年一月の第四土曜日（一九五〇年以前は二月十一日）に山の枯れ草を焼く行事。

＊35頁1行　**うち**　私。主に女性・子どもが用いる自称代名詞。

＊35頁7行　**しやうむない**　つまらない、くだらない。

＊36頁1行　**スコイ**　「こすい（狡）」の転倒した語。体裁良く人を欺す、ずるい。

＊36頁2行　**いとはん**　お嬢さん。明治時代以降に用いられるようになった。「はん」は「さん」の転訛。「とうさん」ともいう。

＊36頁9行　**正宗**　特定の銘柄ではなく、普通名詞化して日本酒一般をさしていっている。

＊36頁11行　**生駒山のケーブル・カア**　生駒山は大阪府東大阪市と奈良県生駒市の県境にある標高六四二メートルの山で、上六から真東に位置し、肉眼でも見える。奈良県側の生駒停留所（鳥居前駅）から、歓喜天「生駒の聖天」で有名な宝山寺《ほうざんじ》までを結ぶ日本初のケーブルカーが、大正七年（一九一八）に大軌鉄道の系列会社生駒鋼索鉄道により開通。夜九時台まで開業して

いた。若草山からは真西へ約一五キロの距離にある。

＊37頁3行　**大仏殿**　奈良市雑司町の奈良公園内にある、本尊・盧舎那仏《るしゃなぶつ》を安置する東大寺の金堂。東西約五七メートル、南北約五〇メートル、高さ約四八・七メートルの世界最大級の木造建造物。若草山からは真西へ約二キロの距離にある。

＊37頁13行　**いつぞ**　おりがあったらいつかは。

＊38頁12行　**いつそ**　本当に、まったく。

＊39頁16行　**表具**　絵などを飾るために軸物などに仕立てること。表装。

＊41頁6行　**金剛山**《こんごうざん》　大阪府南河内郡千早赤阪村と奈良県御所市の県境にある山。標高一一二五メートル。園子の住む香櫨園からは大阪湾を越えて南東約四五キロほど先に見える。

＊41頁6行　**海水浴**　明治になってから使われた用語で、初めは海洋療法（潮湯治）という医療目的であった。明治時代中期には、鉄道開通もあり、海水浴場発祥の地とされる神奈川県大磯をはじめ、各地にレジャーとしての海水浴が広まった。「鉄道唱歌」東海道篇（一九〇〇年、大和田建樹作詞）に「支線をあとに立ちかへり／わたる相模の馬入川／海水浴に名を得たる／大磯みえて波すゞし」とある。

＊41頁8行　**香櫨園**　兵庫県西宮市夙川の中下流域の高級住宅地。阪神電気鉄道（現阪神電車）は明治四十年（一九〇七）四月、西宮駅～打出駅間に「香枦園駅」を新設開業した。梅田から約一八キロ程。二〇〇一年に「香櫨園駅」に改称。【B】

＊41頁8行　**海水浴場**　明治四十年（一九〇七）、阪神電車が夙川河口に約六千坪の香櫨園海水浴場を開設した。昭和四十年（一九六五）に環境悪化で海水汚染がすすんだため、閉鎖される

ことになった。

＊41頁12行　**しもたら**　「しもた」はしまったの意。

＊43頁13行　**甘えた**　あまったれ、甘えん坊。

＊43頁14行　**あほらしいもない**　「ない」は性質・状態を表す語について、その意味を強調する。ばかばかしい、あほらしい。

＊48頁7行　**わやくちゃ**　わやは台無しにすることの意。くちゃは「くたくたになった」で無茶苦茶の意。

＊48頁15行　**選《よ》つて**　選《える》の変化した語。適当なものを選ぶの意。

＊49頁7行　**木版刷り**　木の板に絵や文字を彫った印刷用の版木。「四度刷り」は版木に一色ずつ四色を重ね刷りした多色刷りをいう。

＊49頁9行　**竹久夢二**　一八八四～一九三四。画家・詩人。本名竹久茂次郎。大正ロマンを代表する画家で、日本画の技法で描かれた美人画は「夢二式美人」と呼ばれた。

＊49頁14行　**一朝**　わずかな間。

＊50頁4行　**鴇色《ときいろ》**　鴇の羽のような淡紅色。

＊50頁9行　**女学校**　高等女学校。戦前、女子に中等教育を行っていた教育機関。当時、修業年限は五年が基本であった。

＊50頁10行　**小野鵞堂《おのがどう》**　一八六二～一九二二。書家。本名小野鐗之助《かんのすけ》。明治・大正時代のかな書道界を代表する書家で、書風は鵞堂流と呼ばれた。

＊50頁15行　**シエード**　shade（英）。電気スタンドの笠。

＊52頁15行　**芍薬《しゃくやく》**　ボタン科の多年草。五月頃に紅、白、黄色の大形の花が咲く。

＊52頁16行　**あえかな**　かよわいさま、触れれば落ちるようなさま。

＊53頁7行　**オールドローズ**　old rose（英）。灰色がかった、やわらかいバラ色。

＊53頁10行　**鳶色《とびいろ》**　鳶の羽のような赤茶色。

＊54頁1行　**ハズ**　husband（英）を略した語で「夫」の意。「旦那様」という言い方に比べると、モダンというよりも軽い印象を与える。

＊54頁2行　**鳴尾**　兵庫県西宮市鳴尾。明治三十八年（一九〇五）に阪神電気鉄道本線の鳴尾駅（現鳴尾・武庫川女子大前駅）が開業した。梅田駅から西へ約一三キロ程。大正八年（一九一九）以降、阪神電鉄と鳴尾農業会がイチゴ狩りを始めて好評であった。園子の住む香櫨園駅から東へ六つ目の駅で約四・六キロの距離。【C】

＊54頁17行　**あて**　私《わて》の訛りで、主に女性が用いる自称代名詞。私の意。

＊55頁7行　**緋色**　深紅色。

＊55頁8行　**鹿の子絞り**　鹿の背のまだらのような柄のこと。

＊55頁13行　**四号活字**　活版印刷に使われていた活字で、十三ポイントに相当。一辺が約四・七五ミリほど。

＊56頁3行　**此の前問題**　「此の前」は初出では「京都の」。本作冒頭（その一）にある、「いつかも大へん御心配かけましたあの人」（12頁）のことと思われる。

＊56頁9行　**ヴンパイア**　vampire（英）。吸血鬼を意味する語であるが、ここでは妖婦の意として用いている。英国の画家フィリップ・バーン＝ジョーンズの描いた「The Vampire」に着想

を得たラドヤード・キップリングが同名（The Vampire）の詩を発表。愚者が麗人のために身を滅ぼすファム・ファタール（宿命の女）をモチーフとしたこの詩は評判となり、ここから生まれたハリウッド映画『愚者ありき　A FOOL THERE WAS』（フランク・パウエル監督、一九一五）が大ヒットした。これにより、主演女優セダ・バラはエロティックで男を食い物にする The Vamp（ヴァンプ女優）として、ハリウッド初のセックスシンボルとなった。一九二〇年代以降、日本にも映画を通してヴァンプ女優の概念が広まり、「妖婦」「宿命の女」として受けとめられるようになった。

＊56頁9行　**文学中毒**　初出ではこの後に、「ナオミズムの女、変態性慾、そしてしまひには色情狂」と記されていたが、昭和二十一年（一九四六）十二月刊の『卍（まんじ）』（新生社）で削除された。「ナオミズム」とは昭和五年（一九三〇）十一月刊の『モダン用語辞典』（麴町幸二編、実業之日本社）で、「谷崎潤一郎の小説「痴人の愛」の女主人公ナオミの名より出た語。因習的な貞操観念なき、女性の変態性慾的恋愛をいふ」と説明されている。当時のモガ（modern girlの略）の先駆けとなった語である。

＊60頁15行　**女子衆**　お手伝い。主人の身の周りの世話をする女性。

＊61頁1行　**宝塚の新温泉**　明治四十四年（一九一一）に箕面有馬電気軌道（現阪急電車）が乗客誘致のために武庫川北岸に開設した大浴場。宝塚は大正十三年（一九二四）に完成した宝塚少女歌劇の宝塚大劇場（観客三五〇〇人収容）・パラダイス（屋内遊戯室・展望台）・和洋食堂等を備える総合遊園地となった。

＊61頁13行　**あひさ**　合間、時たま。

＊61頁16行　**ろくさま**　ろくに、満足に。

＊62頁5行　**阪急の梅田**　大阪市北区にある阪急電車（当時は箕面有馬電気軌道）宝塚本線・神戸本線・京都本線のターミナル駅。二〇一九年十月から改称されて「大阪梅田駅」になった。

【11】

＊62頁9行　**段梯子**　階段。

＊62頁11行　**早よしいでわ**　「で」は自分の発言を聞き手に押しつける気持ち「……なさい」をあらわす語。早くしなさいよの意。

＊62頁12行　**セル**　serge（英）。綾織りの服地で、薄地で綾目の細いもの。

＊64頁7行　**知つてまツせ**　知っていますよの意。「せ」は相手に働きかける気持ちを表すときに、文の終わりに用いる「よ」に近い語。「まっせ」「だっせ」のように促音の後に限って用いる。

＊65頁4行　**女学生間のこと**　女学生同士の同性愛を含む強い友好関係を示す「エス」（sister の頭文字でお姉さん、妹さんの意）という隠語が一九一〇年代より雑誌「少女世界」の投稿欄で流行り始め、大正年間（一九一〇～二〇年代）には女学生同士の心中や同性愛が問題視されるようになっていた。

＊66頁6行　**コンヴエンシヨン**　convention（英）。因襲、習慣。

＊66頁11行　**あんたこそ頭古いねん**　初出では、「あんた」の前に次の一文があった。「近代人は誰かてちよつとづつ変態的なんやねんもん」。

＊66頁12行　**文学中毒起してんねん**　初出では、「ねん」の後ろに次の一文があった。「お前の理

想はナオミのやうなヴンパイアになることか？」。

＊68頁8行　**尊重してんか**　「てんか」はやわらかくものをたのむときにつかう語。尊重してくれませんか。

＊71頁2行　**自動車**　ここではタクシーのこと。蘆屋の光子の家から香櫨園の園子の家までは約五キロ。

＊74頁1行　**大阪の南**　江戸時代（元禄の頃）の大坂は、大川（淀川の旧本流で、中之島で南北に分かれ、中之島を挟んで流れる堂島川と土佐堀川をさす）以北を天満組、大川から本町通り間を北組、本町通り以南を南組と分けられていて、大坂三郷といわれた。今日の「キタ」「ミナミ」の呼称のルーツである。ここの「南」は「北の新地（曽根崎新地）」に対する「南地（南地五花街）」付近をいう。現在では、梅田を中心に北新地、堂島、中之島周辺を「キタ」、道頓堀、心斎橋、日本橋を中心に難波駅周辺までを「ミナミ」と呼んでいる。

＊74頁3行　**南地**《なんち》　明治時代以降は大阪最大の花街で、「南地五花街」（宗右衛門町・九郎右衛門町・櫓町・坂町・難波新地）と呼ばれた。泉鏡花「南地心中」（明治四十五年〔一九一二〕一月「新小説」）などの小説の舞台となっている。【12】

＊74頁6行　**難儀**　面倒な事柄、迷惑。

＊74頁13行　**太左衛門橋筋**　大阪市中央区の道頓堀川にかかる、戎橋と相合橋との間にある太左衛門橋から北上した長堀通までの筋。現在では笠屋町筋と呼ばれている。【13】

＊74頁13行　**笠屋町**　現在の大阪市中央区東心斎橋一～二丁目と宗右衛門町の一部。笠屋町筋は道頓堀（太左衛門橋）から約七〇〇メートル北に位置する長堀通の三休橋までの、南北に縦断

する街路。本作の料理屋「井筒」はこの筋に設定されている。【14】

＊74頁14行　**帯留**　婦人の帯を押さえる帯締めに通す装身具。

＊74頁14行　**帯上げ**　帯の上を飾る長方形の布。帯をお太鼓結びにするときに使う帯枕を包み整えるための小物。

＊74頁16行　**腰帯**　帯の下で結ぶ幅の狭い紐。腰紐。

＊74頁16行　**ぼて**　帯の形を整える土台として、お太鼓結びをするときなどに形が崩れるのを防ぐために使う帯枕のこと。

＊74頁16行　**伊達巻**　着物の着くずれを防ぐために帯の下に締める幅の狭い紐。だてじめ。

＊74頁16行　**半襟**　長襦袢の襟に付けて、着物の襟汚れを防ぎ、装飾とする掛け襟のこと

＊75頁17行　**三尺**　着物を簡便に着るために用いた、長さが三尺の男物の帯。

＊77頁8行　**とうちゃん**　「いとさん」の「い」が落ちた語。お嬢さん。

＊80頁12行　**清水町**　現在の清水町は御堂筋（大阪市中央区心斎橋筋一丁目六）の地名であるが、作中の「清水町」は現在の「清水通り」を指している。作中、タクシーは堺筋を南下して「清水町」（清水通り）を西方向に右折して、二五〇メートルで太左衛門橋筋（現笠屋町筋）を南方向に左折したら、二〇〇メートル余りで「笠屋町」（宗右衛門町）に到着する。【15】

＊80頁13行　**大丸**　心斎橋筋一丁目にある大丸百貨店。大正十一年（一九二二）から昭和八年（一九三三）にかけて建設された、ウイリアム・ヴォーリズ設計による旧本館は、心斎橋筋側のネオ・ルネサンス様式、御堂筋側のネオ・ゴシック様式の外観、六階までぶち抜いた吹き抜け、天井のフレスコ画やレリーフ、ステンドグラス、照明などアールデコの装飾が施された名

建築で、モダン心斎橋を代表するモダニズムの百貨店は消費文化のシンボルとなった。夜間営業もしていて、屋上を含めて七階建の建物は遠くからもよく見えた。【16】

＊81頁1行　**ろうじ**　露路。家と家との間の狭い通路。裏長屋などの狭い通路。

＊81頁1行　**宗右衛門町**　大阪市中央区の地名。ミナミの代表的な歓楽街（南地五花街の一つ）。島之内の南端、道頓堀川北岸の南北約一三〇メートル、東西約三五〇メートルの地域。【17】

＊81頁3行　**しもたや**　もとは商店であったが商売をやめた（仕舞うた）家のこと。転じて、商店ではない普通の住宅をいう。

＊81頁6行　**やゝこしい**　うさん臭い。ここでは、法的に危険で、道徳的に怪しい様子をいう。

＊81頁9行　**仲居**　遊女屋や料理屋で客の応接をする女性。

＊82頁4行　**銘仙**　大正時代から昭和時代前半期に需要が多かった、廉価な絹織物。

＊82頁6行　**大きに**　たいそう、大いに。ありがとう（感謝の気持ち）の意で用いることもある。

＊82頁8行　**枕屏風**　枕元に立てて用いる小さい屏風。

＊82頁16行　**やと**　そやったら、そうだったら。

＊84頁9行　**手エが廻つた**　犯人逮捕の手配をされること。

＊86頁1行　**勾引**　捕らえて無理に連れて行くこと。

＊86頁2行　**乱れ籠**　脱いだ衣類を入れておく浅い籠。

＊88頁9行　**八つ口**　着物の脇を縫い合わせずあけてある部分。みやつくち。女性と子どもの着物にある。

＊89頁10行　**鶴屋食堂**　船場の今橋にあった高級料亭つる家の経営する「つる家食堂」。八幡町

の北側（現心斎橋筋二丁目）にあり、松竹座から北へ約三〇〇メートルの距離にあった。【18】

＊90頁6行　**スペアシート**　spare seat（英）。自動車の補助用の折りたたみ椅子。

＊90頁8行　**武庫の大橋**　昭和元年（一九二六）十二月に開通した全長約二六二メートルのアーチ橋。武庫川に架かり、兵庫県尼崎市（東側）と西宮市（西側）を結ぶ橋。

＊90頁11行　**汐見桜**　在原業平《ありわらのなりひら》が植えたと伝えられており、明治六年（一八七三）に開森橋（阪急芦屋川駅から芦屋川沿いに二七〇メートル北にある）西詰に植え継がれ、昭和初期まで親しまれた芦屋の名木（写真集『芦屋今むかし』一九九〇、芦屋市）。徳光光子の自宅は、阪急芦屋川駅から北の「山の方い」行ったところの「汐見桜」のある「ついその近所」で、「電車筋からほんの五六丁」という設定にほぼ合致する。【D】

＊90頁14行　**俥**　人力車のこと。

＊91頁2行　**国道**　昭和二年（一九二七）七月に開通した阪神国道（現国道2号線）。【E】

＊91頁3行　**業平橋**《なりひらばし》　大正十四年（一九二五）竣工の芦屋川に架かる国道2号線の橋。阪急芦屋川駅から川沿いに真南六〇〇メートルのところにある。ここから芦屋川沿いの真南四〇〇メートルに阪神芦屋駅がある。【F】

＊92頁12行　**夙川**《しゅくがわ》　大正九年（一九二〇）七月に開通した、兵庫県西宮市相生町の夙川（河川）西岸にある、阪神急行電鉄（現阪急電鉄）神戸本線の駅名、または地名。阪急梅田駅から一八・三キロ程。本作での、阪急芦屋川駅から隣駅の「夙川まで後戻り」は東に二・四キロ戻る。また、夙川（駅名）から「タクシーで香櫨園まで」は、夙川（河川）沿いを真南に九〇〇メートル下がる距離。【G】

＊95頁11行　**ハウスワイフ**　housewife（英）。主婦。

＊95頁14行　**先度**　さきごろ、せんだって。

＊98頁4行　**英語の避妊法の本**　"*Woman and the new race*"（1920, New York Brentano's）、"*The new motherhood*"（1922, London Jonathan Cape）、"*The Pivot of Civilization*"（1923, London Cape）（『文明の中枢』石本静枝訳、一九二三、実業之日本社）、"Happiness in marriage"（1926, New York Blue Ribbon Books）等、これらすべて Margaret Sanger（マーガレット・サンガー、一八七九～一九六六）の著書。大正期は産児調節運動が民間主導によって展開された時期で、大正六年（一九一七）頃から婦人雑誌で避妊の広告が掲載されはじめ、産児調節が論じられるようになり、マーガレット・サンガー『産児調節論』（奥俊貞訳、大正十年〔一九二一〕、精華書院）や安部磯雄『産児制限論』（大正十一年〔一九二二〕、実業之日本社）などが出た。大正十一年三月から四月にかけて、バースコントロールの必要性を唱え、米国初の避妊クリニックを開設（一九一六）した産児制限運動の創始者マーガレット・サンガー夫人の来日後、「改造」等でも取り上げられ、産児制限が社会的にも注目され、避妊の実践へと関心が向けられるようになった。谷崎は昭和二年（一九二七）九月一日付の書簡で、弟谷崎精二に「私は自分でも子供がきらひで避妊してゐるくらゐだから」と述べるように、避妊法に関心を持っていた。

＊99頁7行　**堕胎事件**　本作連載前に多くの堕胎事件があった。大正十五年（一九二六）五月二十九日付の「東京朝日新聞」は、大阪で起きた「発掘された堕胎死体卅一個（中略）世界にも例のない大犯罪」、次いで六月十七日付の同紙は「三十四名起訴／大阪の堕胎事件で医師六名、女二十八名」の見出しで、元軍医、病院の医師を実名で報じた。また昭和二年（一九二七）十

二月十八日付の同紙は「大阪の大堕胎事件判決」として病院の医長、博士、刑事部長、助産婦が「大阪地方裁判所で審理中である」と報じた。また大正十五年（一九二六）六月十二日、七月三日付の「読売新聞」も、別の大阪の堕胎事件を報じている。

＊100頁6行　**窶しやはる**　窶《やつ》すは化粧すること。「やはる」は「なさる」という敬語。

＊102頁14行　**褄目**《つまめ》　辻褄《つじつま》に同じ。筋道、始めと終り。

＊102頁16行　**あんぢよう**　「味よく」の音便。上手に、うまく。

＊102頁17行　**道修町**　大阪市東区（現中央区）にある薬問屋の町。船場のうち、北から北浜、今橋、高麗橋、伏見町、道修町と五番目の町の名で、中之島（土佐堀川）から南へ約四〇〇メートル、今橋からは南に約二〇〇メートル足らずに位置する東西の通り。昭和八年（一九三三）六月発表の「春琴抄」（「中央公論」）はこの町が舞台である。【19】

＊104頁8行　**埒**《らち》　物事に結末をつける、始末をつける。

＊106頁6行　**狂言**　嘘を仕組んで人をだますこと。

＊106頁12行　**しよことなしに**　なすべき方法がないこと、どうしようもないこと。

＊112頁12行　**ちよつきり**　過不足なし、ちょうど、きっかり。

＊112頁13行　**自働電話**　公衆電話の旧称。交換手が投入金額に応じ、通話を接続する方式。大正十四年（一九二五）十月、ダイヤル自動方式の導入により、公衆電話と改称された。

＊112頁14行　**行んでしまひ**　「行ぬ」は「往ぬ」「去ぬ」とも書く。行ってしまう、去る。

＊113頁5行　**大タク**　大正六年（一九一七）に創業の大阪タクシー自動車株式会社の略称。北区梅田に営業所があった。梅田から奈良方面へ行く大軌（現近鉄）の始発駅上本町六丁目駅まで

南へ約七キロ。

＊113頁10行　**乗合**　乗合自動車。バスのこと。

＊113頁16行　**煮抜き**　煮抜き玉子の略で、ゆで卵のこと。

＊115頁1行　**新温泉**　大正十三年（一九二四）に奈良駅近隣の登大路《のぼりおおじ》に開業した大浴場、料理旅館、娯楽場などを完備した施設。昭和恐慌により昭和六年（一九三一）に閉鎖。

＊116頁9行　**エゲツない**　人に迷惑、不快な感じを与え、そのやり方が露骨で無遠慮な場合に用いる形容詞。ひどい、図々しい。

＊121頁9行　**岡田時彦**　一九〇三～一九三四。大正・昭和初期のサイレント映画時代を代表する二枚目俳優。本名高橋英一。ハリウッド俳優ルドルフ・ヴァレンチノに因んで和製ヴァレンチノと言われた。大正九年（一九二〇）十一月、大正活映株式会社の設立第一作『アマチユア倶楽部』（谷崎が脚本部顧問としてシナリオを担当）で映画デビュー。同年十二月『葛飾砂子』、翌年九月『蛇性の婬』と、谷崎の関わった映画に出演。芸名の「岡田時彦」は谷崎の命名。当時評判だった映画に『足にさはった女』（阿部豊監督、一九二六）、『彼を繞《めぐ》る五人の女』（阿部豊監督、一九二七）がある。昭和三年（一九二八）十二月に刊行された岡田の著書『春秋満保魯志草紙』（前衛書房）に谷崎は序文を寄せ、「美少年にして真に頭脳の優秀な者」で「相当に筆が立つ」と、岡田の文才を褒めていた。葬儀では谷崎が弔辞を読んでいる。娘で俳優の岡田茉莉子（一九三三～　）の芸名も谷崎が命名した。

＊122頁16行　**てかけはん**　妾《めかけ》に同じ。「はん」は敬称で「さん」に同じ。

＊125頁13行　**梅園**　道頓堀にあった「しるこ梅ぞの」。「大正半ば頃には、まだ松竹座はできてお

らず、鰻の柴藤や汁粉の梅園など昔ながらの商家が並んでいました」（橋爪節也編著『モダン道頓堀探検　大正、昭和初期の大大阪を歩く』二〇〇五年、創元社）。大正十二年（一九二三）、大阪松竹座【5】の敷地となった。

＊128頁13行　**せえだい**　精出すこと。一所懸命に努力する、精々。

＊128頁16行　**てんご**　てんごう。「転合」、「転業」をあてる。ふざけること、いたずら。

＊130頁11行　**三休橋渡つて……北浜の方い**　大阪市中央区南船場二丁目、長堀通にある、太左衛門橋から北へ向かう太左衛門橋筋（現笠屋町筋）が交わる長堀川（現長堀通）に架かっていた橋【20】。作中、園子と綿貫は三休橋（長堀通）を越えて北へ向って歩き、南北に走る通りの十二本目が「本町筋」【21】で、三休橋からは約一キロの距離。この間、北に向かって末吉橋通、塩町通、安堂寺橋通、順慶町、博労町、南久宝寺町、北久宝寺町、南久太郎町、北久太郎町、唐物町、南本町の十一本の通りを越える。二人は更に北へ歩き、本町筋から南北に走る通りの十本目が「北浜」【22】で、本町筋からは約一キロの距離（この間、北に向かって安土町、備後町、瓦町、淡路町、平野町、道修町、伏見町、高麗橋、今橋の九本の通りを越える）。二人は事件のあった笠屋町から北浜まで二キロ余を話しながら歩いた、という設定である。

＊133頁16行　**又もとの方い戻りまひよか**　前出の三休橋から北浜へ北上した二キロの同じ道を引き返すという設定。

＊138頁15行　**東区淡路町**　大阪市中央区の地名。現行の淡路町一丁目〜四丁目。北は平野町、南は瓦町。作中、園子と綿貫が歩く途中にある。【23】

＊140頁10行　**かんぜより**　観世紙縒《こより》。細く切った紙を紙縒のように紐状にしたもの。

＊140頁10行　**改良半紙**　ミツマタの皮から作る漂白して漉《す》いた紙。コウゾに比べて墨付きが良い。

＊146頁11行　**浜寺**　大阪府堺市西区～高石市の沿岸部に広がる浜寺公園は明治六年（一八七三）に日本最古の公立公園として開園。公園周辺は昭和初期には別荘地となり、夏は海水浴場として賑わった。大阪梅田から最寄り駅の南海本線浜寺公園駅まで約二〇キロで近くて便利な場所。

＊146頁15行　**朝日会館**　大正十五年（一九二六）十月に竣工した、大阪市北区中之島にあった大阪朝日新聞社の経営する六階建の文化施設。映画上映、音楽や演劇上演、講演、美術展等に使われ、関西の文化活動の中心地のひとつで、「映画アーベント」と呼ばれた洋画中心の映画上映会は朝日会館の集客の目玉であった。昭和三十七年（一九六二）閉館（現フェスティバルホール）。【24】

＊147頁1行　**シヤン**　schön（独）。美人の意。旧制高等学校の学生言葉。

＊147頁6行　**ステツキ・ボーイ**　この語は「改造」の昭和四年（一九二九）九月号（その二十）に載ったが、これ以前に辞書等で確認が出来ない。雑誌は現在と同様、当月中に翌月号が出ていた。「改造」は毎月二十日前後の発行だったので、谷崎の執筆は七月から八月前半と推定できる。本作の連載後になるが、昭和七年（一九三二）四月発行の『社会ユーモア・モダン語辞典』（社会ユーモア研究会編、鈴響社）には「ステツキガール」の次に「ステツキボーイ」の項目を設け、「マダム（夫人奥様）などの連れて歩く男」の意とある。因みに当時の辞書、昭和四年（一九二九）十一月発行の『かくし言葉の字引』（宮本光玄著、誠文堂）では「ステツキ・ガール Stick-girl」の項に、「散歩用の娘のこと。Stick《ステツキ》「杖」の代りにする girl《ガール》「娘」といふ意味からついたもの。東京銀座通などで男子が散歩する時、宛《あたか》も恋人ででもあるかの如く相

手になつて一緒に散歩を為し、金銭を貰ふ女のことをいふ」とある。次いで『モダン用語辞典』（前出）の「ステツキ・ガール」には、「東京に起つた一九二九年に於ける新造語。（中略）男のステツキの代り散歩用の娘のこと。Stick《ステッキ》「杖」の代りをする女である。しかしこの新職業家の実在性は極めて薄弱で、結局ジヤーナリストのペン先に於ける存在ではないかとされてゐる。ステツキ・ガールの反対で、女のハンド・バツグの代用をつとめる男をハンド・バツグ・ボーイと云つてゐる」とある。昭和五年（一九三〇）九月発行の「風俗雑誌」掲載の松岡久菶『ステッキ・ガール倶楽部』には、「世話女房として退屈させぬよう、十二分にサービスする」ステッキになるのが彼女の目的である、とある。昭和九年（一九三四）八月発表の永井荷風『ひかげの花』（「中央公論」）には、「銀座にはステツキガールが出るといふ話だから、それらしいやつの後をつけて横町を曲らうとしたんだ」とある。

＊147頁17行　**お多福風**　流行性耳下腺炎の俗称。ムンプス。合併症に髄膜炎、睾丸炎、卵巣炎などがある。

＊147頁17行　**睾丸炎**　精巣（睾丸）炎。原因は主にムンプス（まれに先天梅毒、淋病、結核等）で、思春期以降の男性のムンプス患者の二〇～二五%が発症する。罹患すると精子発達障害を起こし、無精子症（男性不妊）になることもある。

＊148頁2行　**極道**　放蕩すること。

＊148頁14行　**プラトニック・ラヴ**　Platonic love（英）。肉体関係を伴わない精神的な恋愛。

＊150頁6行　**秘密探偵**　依頼された事柄を報酬をとって秘密裏に調査する職業、もしくは人。石井研堂『明治事物起原』（一九九七、ちくま学芸文庫）は、「秘密探偵業の始め」として、「明

治三十年十二月、東京日本橋区もと大工町岩井三郎、東京市下の諸新聞に広告していはく、「小子今回官職を辞し、広く秘密探偵の依頼に応ず」と。／もとこれ結婚の身元調べの需要より出でし職業」で、「その後、報知新聞、結婚事項探偵の安信所といふを開始せり」と記している。

＊150頁10行　**くろと**　玄人。芸娼妓など、素人ではない人。

＊151頁1行　**お茶屋**　芸妓を呼んで、客に飲食をさせる店。待合。

＊152頁9行　**深草の元政上人**《げんせいしょうにん》　一六二三〜六八。江戸時代前期の日蓮宗の僧・漢詩人。俗名は石井元政。寛政十年（一七九八）刊の伴蒿蹊《ばんこうけい》『続近世畸人伝』巻一に「僧元政」の項があり、「常に官のいとま書籍をよむに、精力人に過絶す。（中略）後深草に隠遁の地を占めて、瑞光寺と名づく」とある。中村真一郎『雲のゆき来』（一九六六、筑摩書房）は、元政上人の伝記を取り入れた小説。

＊152頁13行　**観音さんや勢至**《せいし》**菩薩**　阿弥陀三尊の左脇侍が観音菩薩、右脇侍が勢至菩薩。

＊155頁6行　**こんなり**　このまま。

＊155頁6行　**つい**　たちまち、すぐに。

＊155頁14行　**自由結婚**　子が親の同意を得ないでする婚姻。旧民法では、男は三十歳、女は二十五歳に達するまで親の同意なしには結婚ができなかった。自由婚姻。

＊159頁5行　**三越**　大阪市東区高麗橋二丁目（現大阪市中央区高麗橋一丁目）にあった三越大阪店（旧三越呉服店大阪支店）。大正六年（一九一七）に西館、九年（一九二〇）に東館、昭和五年（一九三〇）に南館が増築され、八階建全館が完成。堺筋に面して北船場に建っていた。

【25】

＊160頁10行　**カマかけて**　自分が知りたいことを聞き出すため、知らないことも知っている振りをして、ことば巧みに自白するように仕向けること。誘導尋問。

＊162頁17行　**洗ひ張り屋**　着物をほどいて水洗いし、水で縮んだ布のしわを張り板や伸子《しんし》で伸ばす仕事をする人。悉皆《しっかい》屋。

＊164頁8行　**汚れてたかてゐエへんかて**　汚れていたとしても、汚れていなかったとしても。

＊164頁10行　**手妻**　手品。いろいろの仕掛けで人の目をくらます芸。転じて、人をたぶらかす手段の意でも使われる。

＊173頁12行　**四日市**　三重県北部に位置し、名古屋に近く、中京工業地帯の代表的な工業都市。

＊173頁12行　**湊町《みなとまち》の駅**　大阪市浪速区湊町にある現JR関西本線（大和路線）難波駅の旧称。明治二十二年（一八八九）に大阪鉄道（のちに国鉄）開業時から平成六年（一九九四）まで「湊町駅」と称した。ここから関西本線で四日市まで乗り換えなしで行ける。【26】

＊174頁16行　**明石**　縦糸に生糸、緯糸に強い練り糸を用いて平織りとした絹織物。無地、縞、絣などがあり、さらさらして清涼感のある女性用の高級夏物生地。あかし。

＊175頁10行　**折れ鞄**　書類などを入れて用いる、二つに折りたためるかばん。ポートフォリオ。

＊176頁9行　**四《よ》つ橋《ばし》**　現在の大阪市中央区と西区の境目に位置する、大阪市電南北線（恵美須町駅～大阪駅前駅～渡辺橋駅間）の駅名。明治四十三年（一九一〇）開業当時の名は「四ツ橋電停」。ここから「阪神」の梅田まで市電で行けた。【27】

＊178頁16行　**手**　手で書いた文字。

＊182頁17行　**掣肘**《せいちゅう》　傍から干渉して、人の自由な行動を妨げること。

＊187頁12行　**下名**《かめい》　文書の末に名を記した者の意。自己をへりくだっていう語。自称。わたくし。

＊188頁3行　**三百代言**《だいげん》　三百は三百文の意で、価値が低いことをさす。代言は弁護士の資格を持たずに、訴訟や談判を取り扱ったもぐりの弁護士の旧称で、弁護士をののしっていう語。転じて詭弁を弄する人の意もある。

＊197頁8行　**換へこと**　替え事、取り替えっこ。

＊199頁9行　**難波駅**　「難波」の項参照。南海電車難波駅から浜寺公園駅まで約一五キロ程。

＊200頁1行　**バイエル**　Bayer（独）。一八六三年創立のドイツの製薬会社。昭和二年（一九二七）七月二十四日に死去した芥川龍之介について、翌二十五日の「大阪毎日新聞」は、「かねて常用してゐた催眠剤ヴエロナールを多量に服用して自殺を遂げた」と報じたが、これはバイエル製の睡眠薬である。

＊200頁2行　**タブレット**　tablet（英）。本来、小さな板状のものをいう。錠剤。

＊200頁9行　**御寮人さん**　関西の、中流家庭の若妻や子女に対する敬称として用いる。ごりょんさん。

＊203頁9行　**浜七八丁**　浜は香櫨園の浜辺。丁は距離の単位で、一丁（町）は約一〇九メートル。香櫨園の「国道」から「難波」までは車で約二〇キロの距離。

＊203頁9行　**更紗模様**　江戸時代にインド、ジャワなどから渡来した、綿布に染められた人物、鳥獣、草花、また幾何学的な異国情緒のある模様。

＊203頁10行　**ヴオイル**　voile（英）。木綿・羊毛・絹製の半透明の薄織物。生地に張りがあり、

夏用のドレスシャツ、ブラウスなどの高級生地として用いられる。

＊203頁16行　**葛屋《くずや》葺き**　茅やわらで屋根を葺くこと。くさや。かやや。

＊212頁12行　**あツちやこツちや**　反対に、逆に、あべこべに。

＊214頁8行　**種板**　写真の原板。ガラス板などに感光乳剤を薄く塗って乾かしたもの。

＊214頁11行　**おこした**　寄越した。

＊214頁14行　**こツきり**　残らず。全部の意。

＊220頁7行　**ひだるうて**　からだが疲れて、力がはいらない状態。だるい。

＊223頁10行　**死霊や生霊**　憑き物現象の憑依霊（人に憑く人間霊）の一種。この世に未練を残し凄惨な死を遂げた死者の霊が死霊、思いが強すぎる人の霊が生霊。ある人が他人に対して激情（妬み、嫉み、恨み、憎しみなど）がある場合、その霊は肉体から遊離して相手に取り憑き、苦しめたり殺したりすることもできると考えられていた。『源氏物語』で、六条の御息所《みやすどころ》の生霊が葵の上を苦しめる話は有名。

＊224頁1行　**怨霊の祟り**　強い恨みや憎しみを抱く人の魂が災いをもたらすこと。

＊224頁3行　**禁厭《まじない》**　神秘的なものの威力を借りて、災いを除いたり起こしたりする術。

＊230頁1行　**脇仏**　脇侍《わきじ》。仏像が三尊の形式をとる場合、中尊の左右に配置される菩薩などを脇侍という。中尊が阿弥陀如来の場合は左の脇侍に観音菩薩、右に勢至菩薩を配する。

蘿洞先生

＊233頁5行　**蘿洞**　蔦《つた》や葛《かずら》などのはっている洞窟。「蘿洞」の語は『和漢朗詠集』（一〇一七〜二

一年頃成立）や『太平記』（一三七〇年代成立）など古典文学に見られる。中でも谷崎の愛読書である『太平記』巻第三十七「身子《しんし》声聞《しようもん》一角《かく》仙人志賀寺《しがでら》上人事」に、「三千の宮女の中に、容色殊に勝れたらんを、一人彼《かの》草庵の中へ被遣《つかわされ》て、草の枕を並べ、苔の筵《むしろ》をともとして、夜もすがら蘿洞《らとう》の夢に、契《ちぎり》を結べば、などか彼通力《つうりき》を失はで候《そうろう》べき」（『太平記全』明治四十二年〔一九〇九〕八月、国民文庫刊行会）とある。大意は、「三千人の女官の中で特に美しい一人と草庵で枕を並べ、終夜蘿洞（蔦や葛の茂っている洞穴）の中で、夢に男女の契りを結べば、神通力を失わないということはない」。

＊234頁12行　**敷島**　明治三十七年（一九〇四）から昭和十八年（一九四三）まで製造・販売された口付紙巻き煙草《たばこ》。日露戦争開戦後、政府が戦費の調達のために煙草・酒の政府専売を強化し、新たに発売した銘柄で、名称は寛政二年（一七九〇）の「本居宣長《もとおりのりなが》六十一歳自画自賛像」の賛として記された和歌「敷島の大和心を人問はば朝日に匂ふ山桜花」による。

＊236頁7行　**ルパシカ**　ロシアの民族衣装で、ブラウス状の上衣を指す。一般的にゆったりとした身頃、立襟で、腰帯を締めて着用する。

＊239頁15行　**エヴァーシャープ・ペンシル**　繰り出し式のシャープ・ペンシル。一八三八年頃、アメリカで、「常に尖っている（エヴァーシャープ）」という名の筆記具が発売されたのが始まりとされる。日本では大正四年（一九一五）、早川徳次の考案した早川式繰出鉛筆「エバー・レディー・シャープ・ペンシル」が国産品の始まり。

＊245頁6行　**蒟蒻《こんにゃく》問答**　話のかみ合わない会話。

＊245頁10行　**過激思想の取締り**　大正十一年（一九二二）三月二十四日、過激社会運動取締法案

が貴族院を通過したものの、野党一致の反対で衆議院審議未了で廃案となる。同法案の趣旨は大正十四年（一九二五）四月に公布された治安維持法に継承されていく。

＊245頁14行　**露西亜の宣伝防止問題**　大正六年（一九一七）のロシア革命勃発後、日露通商航海条約が廃棄された。以後、「中央公論」は大正十二年（一九二三）六月号で特集「露国承認問題」を組み、吉野作造他六名の意見を掲載し、「改造」（同月号）は後藤新平他十一名の論客の意見を載せるなど、日露関係に関する関心が高まっていた。新たに誕生した社会主義国家ソビエト連邦と大正十四年（一九二五）一月、日ソ基本条約を締結。革命に反発した白系ロシア人が日本に大量に流入し、ロシア・正教会の文化を日本にもたらした。同じ頃、共産党の世界組織コミンテルンは、日本共産党を日本支部に指定してその地下活動を援助して、日本の当局者を刺激していた。日本は軍部を中心に、極東に押し寄せる共産主義から満洲を防衛線にし、かつ日本の生命線とする構想により昭和六年（一九三一）に満洲事変を起こした。

＊245頁14行　**普通選挙**　身分・性別・教育・信教・財産・納税等を選挙権の制限的要件としない選挙。明治時代中頃（一八九〇年代末）から普選権獲得運動が広がり、大正十四年（一九二五）三月二日、衆議院は普通選挙法案を修正可決し、直後の七日に治安維持法案を修正可決した。「改造」の大正十四年五月号は、「劃時代的「普選」の研究」と題して四〇〇頁の「普選特輯」を組み、法案起草者の書記官の解義に始まり、批判や対策、波紋等の十六名の論文を掲載するなど、普通選挙への関心は高かった。

＊245頁14行　**デモクラシーと哲人政治**　大正初期に民本主義（「デモクラシー」の訳語）を主唱した吉野作造（一八七八〜一九三三。政治思想家）は、「哲人」とは大衆の自由判断によって

選ばれる見識をもった指導者であると説いた。これに対して山川均（一八八〇～一九五八。社会主義者）は、少数の哲人や賢哲によって国が導かれてはならないとするなど、哲人政治か衆愚政治か、大正デモクラシーをめぐっての議論が盛んであった。

＊245頁14行　**文部省の仮名遣ひ案**　大正十三年（一九二四）、臨時国語調査会の総会において、表音式の「仮名遣改定案」が可決されたが、内容は急進的で、山田孝雄《よしお》、芥川龍之介、与謝野晶子、橋本進吉などの反対論で日の目を見なかった。芥川龍之介は「文部省の仮名遣改定案に就いて」（大正十四年〔一九二五〕三月「改造」）で、この案は「常談」であり、「暴挙」であると述べている。

＊245頁14行　**ローマ字問題**　明治十八年（一八八五）にローマ字を推進する矢田部良吉、外山正一らによって「羅馬《ローマ》字会」が創立され、明治三十八年（一九〇五）には「ローマ字ひろめ会」（ＲＨＫ）ができた。同会がヘボン式を採用したため、日本式論者は会を離れ、大正十年（一九二一）に「日本ローマ字会」を組織し、日本式ローマ字の普及・推進活動を行い、機関誌「Romazi Sekai（ローマ字世界）」や寺田寅彦『Umi no Buturigaku（海の物理学）』などのローマ字書き書籍を出版した。田丸卓郎『ローマ字国字論』（一九三一、岩波書店）は「ローマ字論者のバイブル」と言われている。

＊246頁6行　**扇骨木《かなめ》**　かなめもち。バラ科の常緑小高木。

続蘿洞先生

＊251頁17行　**浅草公園**　東京市浅草区（現台東区浅草）の浅草寺境内にあった都市公園で、見せ

物小屋や映画館などが集まった歓楽街である浅草公園地第六区の呼名でもある。

＊252頁1行　**昭和劇場**　吉本興業が経営する昭和座が昭和二年（一九二七）十二月、浅草六区に開場した。川端康成『浅草紅団《くれないだん》』（昭和四年〔一九二九〕十二月～五年二月「東京朝日新聞」夕刊）は、昭和座の松旭斎天勝一座の演目などを紹介している。

＊252頁1行　**夢遊斎《むゆうさい》一座**　当時、圧倒的人気を誇っていた美女の奇術師、松旭斎天勝（一八八六～一九四四）の一座がモデルと思われる。

＊253頁1行　**畸人**　性質や挙動が普通とは違った人、奇人、変人。

＊253頁7行　**オーケストラ・ボックス**　洋式の劇場で、舞台と客席との間にある、演奏者が入って生演奏するための区画。英語は **orchestra pit** オーケストラピット。**orchestra box** は和製英語。

＊253頁8行　**帝劇**　帝国劇場。東京都千代田区丸の内にある西洋式演劇劇場で、明治四十四年（一九一一）三月に開場した。「筋書き」（プログラム）に載った三越呉服店の広告「今日は帝劇、明日は三越」（広告では「三越へ」）は大正初期には流行語となった。「貴賓席」は二階席（左右の、上手下手の上方）とオーケストラピットの間の前舞台領域にあるボックス席のこと。

＊253頁11行　**二重廻し**　男性用の和装防寒コート。インバネス（袖の無い二重の裾が付いた外套）の和装化したもので、半円形のマントを肩から体を覆う袖なしのオーバー・コート。とんび。マント。大正から昭和の敗戦頃まで多く使用された。

＊253頁11行　**鳥打帽**　前びさしのついた丸く平たい帽子。ハンチング。素材はツイードや柔らかいウール、ビロードなど。

＊257頁6行　**打ち出し**　芝居でその日の興行の終わり。

＊258頁17行　**目鼻立ちが余り典型的な希臘式に**　『「文豪とアルケミスト」文学全集』二〇一七年十月、新潮社）に掲載された原稿では、「目鼻立ちが余り典型的に」であったが、「目鼻立ちが余り典型的な希臘式に」と加筆訂正された。

＊260頁11行　**巡業**　松旭斎天勝一座は大正元年（一九一二）に満洲・朝鮮・台湾を巡演した。大正五年（一九一六）秋の朝鮮・満洲の巡演ではハルビンで白系ロシア人姉妹を入座させるなど、時代の影響を受けている。その後、毎年のスケジュールに、四月の新橋演舞場で新作発表、五月の大阪歌舞伎座のあと、六月は満洲・朝鮮に、十一月は台湾の巡業がはいっていた（丸川賀世子『奇術師誕生――松旭斎天一・天二・天勝』一九八四・六、新潮社）。

＊260頁14行　**美人の胴切り**　これに類する奇術に、「美女胴体六ツ切り」、「人体切断」（女性の胴体を切断して元に戻す）、「身体真中左右切割解剖の図」（胸に剣を突き刺した女性を寝かせた後、長めの剣を腹に刺し身体の真ん中を切り裂く）等がある（河合勝・長野栄俊・森下洋平『近代日本奇術文化史』二〇二〇・十、東京堂出版）。大正十四年（一九二五）六月、アメリカ公演から帰国した松旭斎天勝一座の帰朝公演が帝劇で催され、美女の胴体めがけて五枚刃の切断機が降りてくる新ネタの「人体切断」はマジックショウの呼び物であった。

＊260頁15行　**首無し美人**　これに類するものに、「水中に美人の首」（サーベルで切り落とし、床に転げ落ちた女性の首に電線をあてて電気を通すと、女性は生き返り歌を唄い始める）、「失われし首」等がある（前出『近代日本奇術文化史』）。

＊260頁15行　**魔法のトランク**　これに類するものに「不思議のトランク」があり、人が入れ替わる演目で「人体交換」ともいう。松旭斎天一（一八五三～一九一二）は、魔術の女王松旭斎天

勝を袋に入れ、口をロープで縛り、トランクに入れ、蓋を閉めて鍵を掛け、囲いのカーテンを閉める。天一がカーテンの中に入り顔を出し、「ワン・ツー・スリー」ととなえると、天一が顔を隠した瞬間に天勝が顔を出す。トランクを開けると天一が袋の中から現れるという奇術（前出『近代日本奇術文化史』）。

＊261頁13行　**梅毒**　性感染症のひとつ。鼻周辺にゴム腫ができ、鼻の骨や皮膚組織を破壊することがある。

＊261頁14行　**足の崇拝狂者**　Foot fetishism（英）。クラフト・エビング（一八四〇～一九〇二）の『変態性慾心理』（前出）には、「足フェティシスムス」は「裸の足に対して惑溺するが如きは比較的少くして、寧ろ靴及び長靴フェティシスムスを屢々《しばしば》見るなり」とある。「足は被はれたるを見る」からと靴を履く欧州の生活習慣を挙げているが、素足に下駄を履く日本の女性には当てはまらない。明治四十三年（一九一〇）十一月の「刺青」（「新思潮」）、大正八年（一九一九）六～七月の「富美子の足」（「雄弁」）、昭和三十六年（一九六一）十一月～三十七年五月の「瘋癲老人日記」（「中央公論」）等に見られるように、谷崎の描写対象は素足である。

＊262頁2行　**トー・ダンス**　toe dance（英）。トー（爪先）で立って演じる踊り。

＊262頁2行　**園遊会**　garden party（英）の訳語で、庭園や屋外に模擬店などを設けて多くの客をもてなす儀礼的な社交会のこと。

＊262頁16行　**省線電車**　かつて鉄道省（一九二〇～四三）・運輸通信省（一九四三～四五）・運輸省（一九四五～四九）が管理した路線の通称。一九四九年に日本国有鉄道（国鉄）になり、一九八七年に国鉄の分割・民営化によって現在のＪＲ（ジェイアール、Japan Railways）七社に

なった。

＊263頁10行　**右の足だか左の足だかの趾《ゆび》**　「楊柳観音」の註解（274頁）で触れた「木造菩薩立像」について、呉谷充利「見つかった谷崎、志賀の観音像――「続蘿洞先生」――」（二〇一一・三「りずむ」創刊号、白樺サロンの会）は、「観音像の鼻のところに傷みがあり、その足先は（中略）切断されている」ことを踏まえて、「足の指がなくなっていた「美しい」一言に尽きる観音像に着想を得て谷崎は「続蘿洞先生」を書いた」と指摘する。呉谷は「蘿洞先生に「ひゝえ、ひつともひたふはなひわ」とこたえる夫人の身体の肉声は谷崎の文学の道標をまさに示す新たな文体への飛躍とその言語への確信を現わしている」として、「肉声の描写をなすこの文体は『卍』の大阪弁へと結実し、その後のみごとな作品群へと連なる」と述べている。

＊263頁12行　**天刑病**　かつては不治とされていたハンセン病のこと。「天刑病」は天から下された刑罰という差別的な意味あいが強く、現在では使われない。江戸時代の医書は「治療ももはやかなわない段階の症状」を「天刑」と呼んでいた（原田禹雄『天刑病考』一九八三、言叢社）。

＊267頁13行　**護謨《ごむ》細工**　谷崎は「青塚氏の話」（大正十五年〔一九二六〕八～九、十一～十二月「改造」）のなかで、「ゴム」で女優由良子の「体の部分部分」を本物そっくりに拵える「変態性慾者」の男を登場させている。

＊267頁14行～268頁2行　**「ね、これなら……声を聞いた。**　「ね、これなら……」から末尾までの六行は谷崎の希望によって改変された。谷崎は掲載誌「新潮」の編集者中根駒十郎に宛てた書簡（昭和三年〔一九二八〕四月一日付）で、「終りの方を少々加筆したいと存じます（中略）直すところはほんの僅かです」と願い出ている。改変前の原稿（『「文豪とアルケミスト」文学

全集』前出）では以下の通りであった。「「此れでうまく嵌まつただらう？　どうだね、痛いかね？」／それを夫人の足に取り付けながら、さう云つてゐるのは先生である。／「ひひえ、ひつともひたふはないわ。」／と、夫人の答へる声が聞えた。／（完）」

明里千章

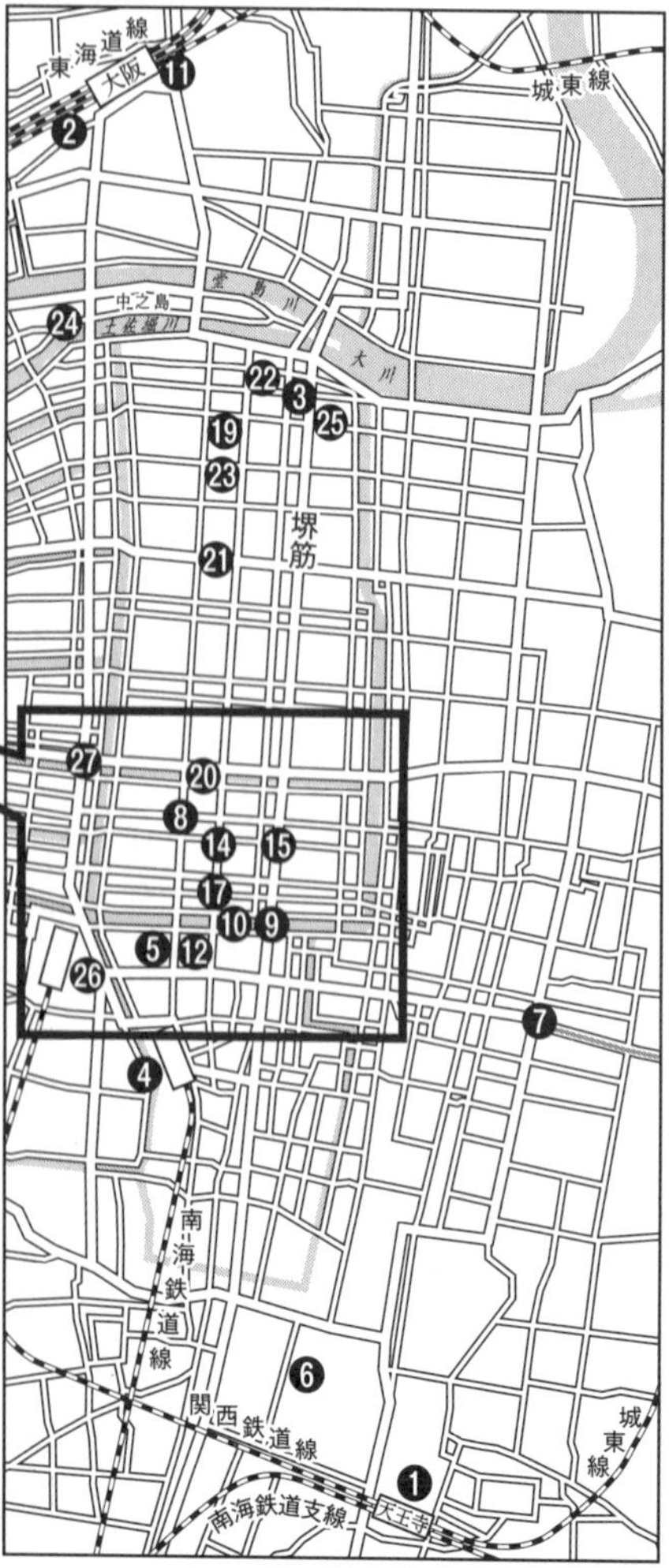

地図の番号と地名
（本文に出てくる場所）

大阪市街

1　天王寺
2　阪神電車の梅田
3　堺筋の電車通りの今橋の角
4　難波
5　松竹座
6　天王寺公園
7　大軌電車（上六）
8　心斎橋筋
9　日本橋
10　道頓堀
11　阪急の梅田
12　南地
13　太左衛門橋筋
14　笠屋町
15　清水町
16　大丸
17　宗右衛門町
18　鶴屋食堂
19　道修町
20　三休橋
21　本町筋
22　北浜
23　東区淡路町
24　朝日会館
25　三越
26　湊町の駅
27　四つ橋

大阪市街地図及び蘆屋周辺地図
（大正末期から昭和初期の地図を元に作成）

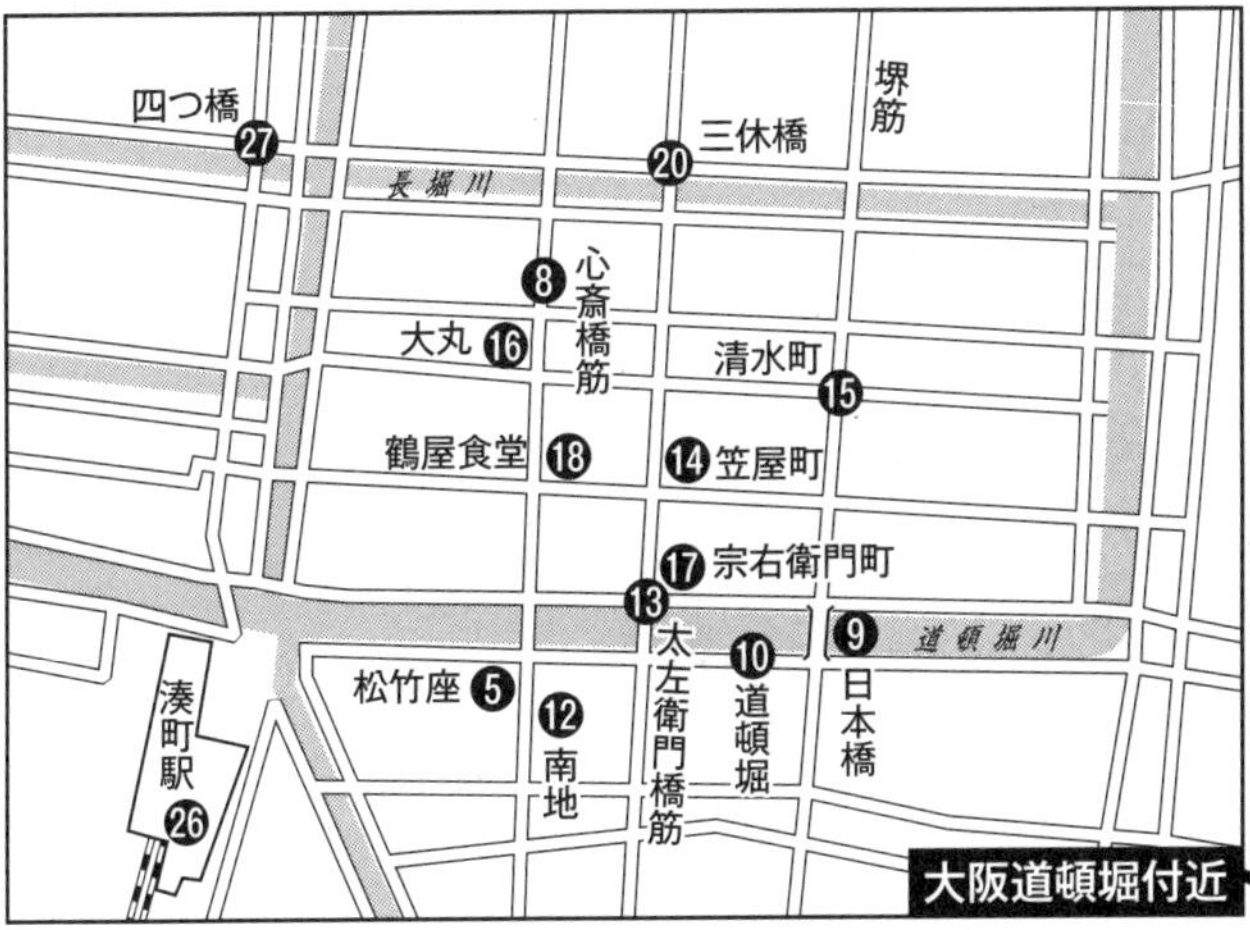
四つ橋
27
三休橋
20
堺筋
長堀川
8
心斎橋筋
大丸
16
清水町
15
鶴屋食堂
18
14
笠屋町
17
宗右衛門町
13
9
道頓堀川
10
松竹座
5
12
南地
太左衛門橋筋
道頓堀
日本橋
湊町駅
26
大阪道頓堀付近

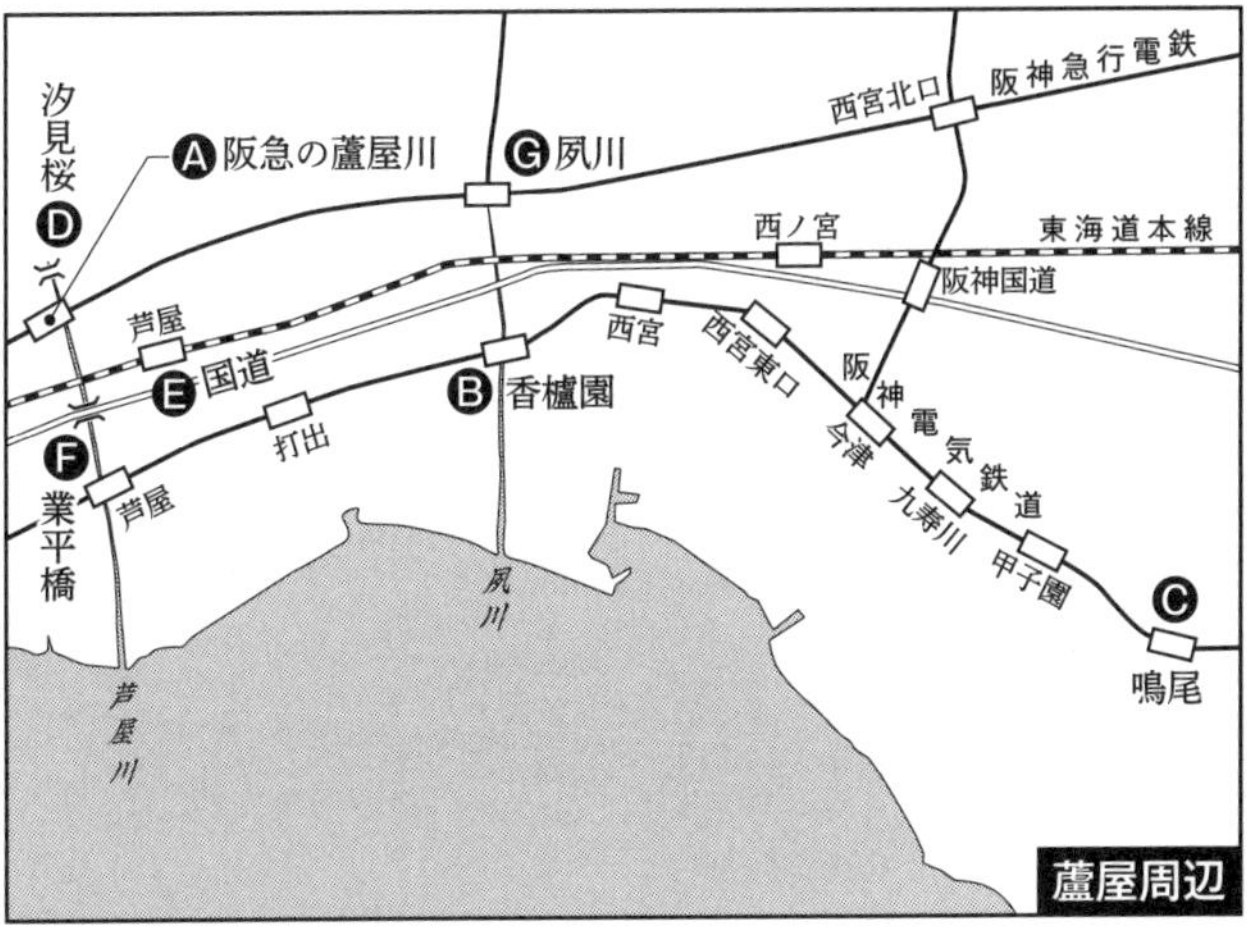
汐見桜
D
A
阪急の蘆屋川
G
夙川
西宮北口
阪神急行電鉄
西ノ宮
東海道本線
阪神国道
芦屋
西宮
西宮東口
E
国道
B
香櫨園
阪神電気鉄道
今津
打出
F
業平橋
芦屋
九寿川
甲子園
C
鳴尾
夙川
芦屋川
蘆屋周辺

解説

千葉俊二

「卍（まんじ）」は次の二点において谷崎作品のなかで特異な存在である。まず一点目はこの作品が全篇にわたって大阪言葉で書かれ、その翻訳のために助手が用いられたこと。二点目は連載の途中で物語の展開に変更が加えられたにもかかわらず、作品を中絶させることなく、完成にまでこぎ着けたことである。

　この作品は一九二八年（昭和三）三月から一九三〇年（昭和五）四月までの二年以上にわたり、途中何回かの休載をはさみながら、二十二回にわたって雑誌「改造」に連載された。そして、全面的に筆がいれられ、一九三一年（昭和六）四月に単行本として改造社から刊行された。連載の開始当初は現在みるような大阪言葉で書かれていたわけではなく、連載の第二回まではいわゆる標準語である。それが第三回から会話部分にほんのわずか大阪言葉がまじり、四回目からは地の文にも大阪言葉が使われ出している。それが現在のような文体として定着したのは翌年の七、八月頃、連載十六、十七回あたりからである。

　単行本として刊行するに際して付せられた「緒言」の一節には、「方言の顧問として大阪府立女子専門学校出身の助手二名を雇」ったとある。はじめに翻訳を担当したのは第一回英文科卒業生の武市遊亀子であり、武市が結婚で退いたあと一年後輩の江田治江がそれをひきついだ。高木（江田）治江の『谷崎家の思い出』（一九七七年）に付せられた山下（隅野）滋子の文章によれば、谷崎がまだ岡本小学校の隣の借家に住んでいたおり、武市ら大阪女専のグループが「猫を見せて下さい」と紹介状もなく、いきなり飛びこんだところから、谷崎と大阪女専の学生たちとの交流がはじまったのだという。

　また高木によれば、彼女が「卍（まんじ）」の大阪言葉にたずさわったのは昭和四年一月からだった。武市は岡山生まれだったので、それまでの連載分を読んだ高木が「この大阪弁ちょっとけったいいですわ。ほんとの大阪弁と違いますよ」というと、谷崎は「そうだ。僕が望んでいるのは、従来の大阪弁ではなくて、君達のようなインテリィの間で日常交わされている、現在生きている大阪弁で書きたいと思っているので、そのつもりで進めてもらいたい」と答えたという。それで高木によってそれまでの大阪言葉に修正が加えられ、その方針が確立したのが数ヶ月後だったのだろう。その後、単行本にまとめられる際に、あらためてその方針にそって最初から書き直され、現行のかたちになったものである。

　が、谷崎ははたして執筆当初からこの作品を、「緒言」にいうように「会話も地の文も大阪弁を以て一貫した」ものとして書こうと考えていたのだろうか。単純素朴に考えてみても、関西を舞台とした作品で、大阪人同士が標準語で会話するというのは異様だし、やはりリアリティに欠けるといわざるを得ない。「卍（まんじ）」の標準語から大阪言葉への移行が、柿内夫婦の会話部分からはじまり、次第に地の文にまで拡大されていったということは、それが当初から自覚的におこなわれたというよりも、作品内部の構成的な力学に引きずられるかたちでなし崩し的におこなわれたことを暗示している。

「卍（まんじ）」は柿内園子という女性の一人称独白体で全篇が通されるが、構想段階において谷崎は必ずしも語りの文体とそれに付随する〈声〉ということに意識的だったとは思われない。この「卍（まんじ）」の稿を書き進めるにしたがって、〈文字〉とそれに伴ってある〈音声〉の問題を真剣に突きつめざるを得なくなったのだろう。谷崎は「卍（まんじ）」を大阪言葉で書くことで、言葉そのものにはじめて直面したといっていい。その不透明性と異質性へ眼を向けることによって、これ以後の「盲目物語」「蘆刈」「春琴抄」といった昭和初年代の豊穣な語りの文体による物語形式を生みだすことが可能となったのだと思われる。

　次に連載途中でのストーリーの展開の変更ということであるが、雑誌連載の初出時には現行のテキストの「その十二」の冒頭に、のちに単行本にまとめられる際カットされた次のような一節があった。

（作者註。――前号及び前前号の二回分は作者の聞き違ひのために事実を誤まつたところが多い。いづれ単行本として出版する際に筆を加へるつもりであるが、あらましを云へばその夜柿内未亡人は夫を籠絡したのではなく、真に心から己れの罪を悔い、一旦は全く光子を思ひ切つて貞淑な妻になることを誓つたのださうである。彼女は初めは逆らつたけれども、後には夫の愛情に動かされてその手にすがる気になつた。即ちその晩の夫婦喧嘩はしまひにほんたうの和解に達したのであつた。その心持ちであとを読んでいただきたい。）

これによっても明らかなように、のちに削除された前二回分では、柿内園子が徳光光子に電話で笠屋町の宿屋に呼び出され、綿貫の存在をはじめて知らされた夜、現行のように園子が後悔の念を起こして夫婦が和解するというものではなく、自宅へ帰った園子が夫婦喧嘩の果てに夫を籠絡して、自分と光子の関係を認めさせるということになっていた。これでは、河野多恵子氏も『谷崎文学と肯定の欲望』（一九七六年）で指摘するように、さながら「痴人の愛」の譲治とナオミである。「卍（まんじ）」は柿内夫婦が揃って徳光光子の妖しい美の奴隷になるところに眼目があるので、柿内が園子の奴隷になるのでは、テーマの焦点がぼやけてしまうことになる。それゆえの修正だったと思われる。

谷崎には「彷徨」「鮫人」「ドリス」「顕現」「乱菊物語」「武州公秘話」「残虐記」などと未完のまま中絶した作品が実に多い。「卍（まんじ）」は連載の途中に物語の展開を変更しながら、筆を折ることなく書きつづけられ、中絶せずに完結にまでいたっている。が、「卍（まんじ）」の執筆は相当難航したようで、高木は「興の乗った時に書きだめということは、この『卍』に限り決してなかった」と証言している。そして灰吹きを煙管の雁首でせわしなく叩いたり、冷え切ったウーロン茶をやたらと飲んだり、髪の毛をやけにかきむしるようにしながら畳三畳ほどの間をうろうろ歩き廻ったりする、「卍（まんじ）」執筆時の苦悩ぶりを伝えている。おそらく谷崎にとってこの「卍（まんじ）」はどうしても書かなければならない小説だったのだろう。

ところで現行の「卍（まんじ）」のテキストは、一九三一年に刊行された単行本そのままではない。一九四六年（昭和二十一）十二月に新生社から大幅に改訂して刊行されたが、今日、一般にこの本文が流布している（この文庫も同様である）。この新生社版が刊行されたとき、「東京新聞」の「声」欄に「羊頭く肉の〝完本〟」と題して一通の投書が掲げられた（昭和二十二年二月十五日）。

◇谷崎潤一郎の傑作「まんじ」の「完本伏字なし」がS社から発行されるという新聞広告を見て私は初版ものを持つているにかゝわらず「完本」というのに魅せられて金五十円を投じて買い求め早速手許にある改造社版と照合してみたところ改造社版で伏字になつている部分はその前後にかけて削除してつなぎ合せているのである、成る程これでは

少くとも活字の上でだけは伏字はないといえるであろう

◇しかし「完本」とは絶対にいえた義理ではない、羊頭を掲げてく肉を売るもはなはだしい、Ｓ社というのはもつと良心的な出版社かと思つていたが案外なのに驚いた、それにしてもあの一言一句もおろそかにしない谷崎氏がよくもこのような出版に承諾を与えたものだ、私はそれが不思議でならない、金の前には作家的良心もなげうつというのであろうか、私はそうは思いたくない、谷崎氏の心境を聞きたいものである

　これに対して谷崎は、早速「『まんじ』に就て」という文章を書いて答えている。「旧版の伏字の部分を削除してつなぎ合せたのは小生自身あの伏字を生かす必要なしと考えてしたこと」で、「完本伏字なし」については書店が責められるべきであるが、注意を与えなかった自分も申し訳なく思うとして、率直に詫びている。この「卍（まんじ）」は雑誌連載時の初出ばかりか、改造社版の単行本も非常に伏字の多いものであったが、新生社版では伏字の部分が削除されて、その前後が巧みにつなぎ合わされている。

　戦前の内務省検閲においては、不適切とされた検閲個所を伏字とすることで出版が認められたが、戦後のＧＨＱの占領下による言論統制においては、検閲を実施していることを分からなくするために伏字の使用も認められなかった。したがって、谷崎はその要請に応じて伏字を全廃しても読み通すことができるように修正を加えたのである。しかし、「伏

字なし」ではあるが、決して「完本」ではなかった。その具体例を「その二十二」の箇所から示してみよう（本書155頁の初出本文を掲げる。改造社版で削除された部分を~~○○○~~、新生社版で削除された部分を○○○で示す）。

光子さんのその頃の気持ち、「ほんまのとこ自分にも分らん」云うてなさるんですが、初めのうちはそない云うて宥《なだ》めといて、どないぞして切れてしまひたい思てなさつたのんは確かですねん。~~なんせ、、、、、、、、、、云ふことがしよつちゆう頭にありますめんで~~、会うたあとではいつでも後悔しなさつて、ああ、ああ、自分は仰山の女の中でも人に羨ましがられる器量持つてながら、あんな男に見込まれるやなんて何ちふ情ない身の上やろ、もうもう~~こんなこと~~止めてしまひたい思ひなさるのんですけど、そら不思議と、又二三日も立つうちに~~情ないことも、、、、、、、忘れて~~、自分の方から跡追ひ廻すやうになつてしまふ。さうか云うて、それほど綿貫恋ひしいのんか云つたら、精神的にはええ思ふとこ一つもない、ただ綿貫の、、、、、、、、、、、、、、、、に打ち克こと出来へんのんで、それ考へたら顔見るのんさい~~胸が~~ムカムカするやうな気イして、卑しい奴ツちや、見下げ果てた奴ツちや。~~ちやうど、、みたいなやツちや~~云ふ風に、お腹の中では常時激しいに軽蔑してる、その軽蔑してるもんに自分の運命握られてる思つたら、なほ更腹立つて来ますさかい、しまひにはもう、彼奴《あいつ》は自分の恋人やなうて、、、や、、、、、、、、、、、、、、、、てるのんやと、そない思てなさつた。そいで毎日のやうに会うてることは会うてるけど、二人の気持ちシックリすることめつたになうて、（以下略）

たしかに伏字をすべて削除しても意味は通じるようになっている。ここは光子と綿貫の関係を光子の視点から語っている箇所であるが、伏字の部分をすべて削除してしまったお蔭で作者の執筆当初にあった光子と綿貫との関係の一側面が、現行のテキストからはよほどの読み巧者でなければ、読みとれないような、非常に曖昧なものとなってしまったといえる。そのために作品はある分かりにくさを生じてしまったが、その一方ある意味、陰翳の深みのある奥行きをはらむことになったともいえようが……。

作中、柿内が「ほんまに悪いのん彼《あ》の男一人や。お前かて光子さんかてあんな男に係り合はなんだら、まさかこんなことにもならなんだやろ」といっているように、「卍（まんじ）」の悲劇の根底には、「百％安全なるステッキ・ボーイ」たる先天的にインポテンツの綿貫の存在がある。綿貫は性的不能力者でありながら、女のような美しい顔立ちをしており、近づいてくる女性に対して異様な関心をもつ。同性愛の習慣のあったくろうとの女から「一人前の男やなうても女に愛される云ふこと」を教え込まれて、くろうとの女でもいっぺん引っかかると大概なものが夢中となるというほどの性愛のテクニックに習熟している。

光子は精神的には綿貫に何ひとつ求めるところもないが、綿貫が身につけた性愛テクニックの与える異常な性的快楽の刺戟から脱けきることもできない。今では、光子は綿貫のことを「恋人」としてではなく、自己の性欲を満足させるための性的道具ないし玩具とみなして、付き合いつづけている。園子との同性愛もそこから派生したもので、「不自然な愛」ということでは綿貫とも園子とも同じである。光子ははじめ綿貫との関係を隠蔽するために園子を利用したのだったが、夫との性的不一致に悩んでいた園子にしてみれば、それは渡りに船であった。これからあとは石ころが坂道をころげ落ちるように、性愛の力学のみに結ばれた作中人物たちは、さながらまんじ巴のように絡みあいながら破局へ向かって突きすすんでゆく。

柿内夫婦の性的不一致ということが、当時の谷崎と千代夫人との関係の反映であることはいうまでもない（初出の発想当初ではふたりの間に子供があり、園子はかつての小田原事件を髣髴させる過去をもつと設定されている）。それのみならず、先の引用文中に描かれた光子の綿貫と会ったあとの自己嫌悪は、何ら精神的なものをもたずに、性欲を満足せしめる目的のみで性愛の快楽をむさぼったあとに感じた谷崎自身の自己嫌悪ではなかったか。高木は当時「『蓼喰ふ虫』に出て来るミセス・ブレントの類の家があって、そこにはルイズのような女性がいたのかもしれない」といい、「そういえば、先生は月に一、二回は必ず夕方から神戸へ出かけて終電の頃、時には二時頃帰って来」、飲んでいる様子もなく、裏門をあけると、「有難う」と軽く頭を下げてツッと二階へ上がったという。

後年の「雪後庵夜話」では、永井荷風の生き方と引き較べながら、「私は先生のやうな不規律な性生活には満足出来ない」といっている。「私は女を自分より上のものとして見る。自分の方から女を仰ぎ見る。それに値ひする相手でなければ女とは思はない」ともいう。谷崎作品は、一見どんなに荒唐無稽な創作に見えても、必ず当面する作者自身の問題が描かれるといっていい。それゆえに綿貫との異常な性愛関係を超えて、楊柳観音（結末では「光子観音」としてその前で三人心中を遂げることになる）に見立てられた光子への柿内夫婦の崇拝も描かれなければならないのだ。が、綿貫との歪んだ愛情から異常な性的刺戟にならされてしまった光子は、もはや柿内夫婦を「第二の綿貫」としなければ満足が得られない変態的倒錯に身をゆだねていたのである。

それにしても綿貫のようにねちねちと執念深く、陰性な男の登場人物が、谷崎文学には「悪魔」の佐伯、「鍵」の木村などときどき描かれるが、それは、たとえ表面に現されることがなかったとしても谷崎のもっていた性格の一面であることは間違いない（おそらく谷崎ばかりか誰の内面にも存在している影の人格である）。また綿貫は「『男女《おとこおんな》』やとか『女男《おんなおとこ》』やとか」いわれるが、こうした人物の造形にはオットー・ヴァイニンガーの「性と性格」からの影響があったのではないだろうか。一九二六（大正十五）年の「青塚氏の話」にもヴァイニンガーへの言及があり、「卍（まんじ）」と同時並行的に連載が進められた「蓼喰ふ虫」にも、女性を「母婦型」と「娼婦型」に分類するなどヴァイニンガーからの影響がうかがわれるが、あるいはこの時期にヴァイニンガーの著書を読み直したのかも知れない。

それはともかく、戦後に谷崎文学の再評価に与って最も大きな力を発揮した伊藤整は、「肉体の条件において倫理的であることは、如何にすれば可能であるか、また如何に不可能であるか。これが谷崎潤一郎という作家の本来の思想の問題であった」といい、「セックスがいかに強く人間を支配しているか」「また美はいかに危険な働きで人間生活を崩壊させるか」ということを谷崎文学は繰り返して描いてきたと指摘した。伊藤整のこうした理解がいまだ有効であることはいうまでもない。そして、このような観点からとらえたとき、綿貫というひとりの性的不能者からはじまった異常性愛の連鎖がひとつの破局にまでいたる過程をほとんど数学的正確さをもって緻密に描きだしたこの「卍（まんじ）」は、谷崎文学の極北を示した傑作ということができよう。

最後に現行のテキストからは削除されているが、初出および改造社版『卍（まんじ）』の末尾近くに書かれている徳光光子の歌なるものを紹介しておこう。

知るや君地獄の国の園にこそ

神もうらやむ木の実ありとは
　楽園の甘き木の実を何かせん
　　世の常ならぬ恋ひをする身に

「卍（まんじ）」という作品は、この禁断の「楽園の甘き木の実」を食べてしまった人間の物語であり、性欲の満足をのみ求める異常性愛のゆきつく果てを見極めようとした意欲的な作品で、この時期の谷崎にとってどうしても完成させなければならなかったものだったのである。

＊＊＊

二〇二二年十一月にチャットＧＰＴが公開されると、瞬く間に拡散され、新聞やテレビでもそれに関する話題を取りあげない日はないほどである。俳句や連句などはすでに可能なようだが、生成ＡＩによって小説も書くことができるようになるのだろうか。文学にたずさわるもののあいだでも話題が沸騰している。

おそらく小説も、やがて生成ＡＩによって作成される日がやってくることは間違いないだろう。ＡＩがこれまで人類によって書かれたあらゆる小説を記憶し、それをベースに的確に小説を生成する技術を習得したならば、これまで文学史で名作と称せられた程度の作品を制作することは可能になるだろう。が、だからといって、藤井聡太七冠の活躍で盛りあがっている将棋界のことを考えれば、もはや生身の作家が不要だということにもならないと思われる。

　これまで生身の作家たちも過去の小説から学び、それを模倣することによって小説を書きはじめてきたわけである。過去の小説をディープラーニングするＡＩと何ら変わることもない。ただ生身の作家が学ぶことができる量は限られているが、ＡＩはほぼ無限に近い量のデータを取り込むことが可能だ。生身の作家の書いた小説と、生成ＡＩによって生み出される小説とのあいだに、もし相違があるとしたならば何であろうか。

　生身の作家たちは過去に学んだ小説を模倣するばかりか、自己に特有の体験を反映させて、自分の肉体を通して感得した身体的な欲望を作品に投射しているはずである。小説を書くという行為は、おそらく読書行為も含めた自己の体験に裏付けられた意識と、そこに収まりきれない肉体上の五官の刺戟によって誘発された欲望とのせめぎ合いにひとつのかたちを与え、折り合いをつけることとなのだろう。

　いうまでもなくコンピュータはどんなに精密であっても、あくまでも機械であり、みずからの肉体をもつことはできない。二十四時間働きづめに働いたとしても、睡魔に襲われることもなければ、食欲や性欲に邪魔されることもない。私たちの意識とあらゆる欲望は、身体的な経験によって基礎づけられ、肉体上の五官から惹き起こされる感覚によって規制されている。

　これまでの小説は、過去に生きた生身の作家が抱いた意識と欲望に裏付けられて執筆されたもので、それらをいかに巧みに学習し、いかにうまく模倣したとしても、それはあくまでも模倣された意識であり、欲望である。ＡＩが意識をもつようになるかどうかは分からないけれど、少なくとも肉体をもたないＡＩはみずから欲望をもつことはないだろう。たとえＡＩがどんな名作を描き出したとしても、それはあくまでも模倣された欲望であって、生身の作家がみずからの欲望に突き動かされて書いた作品とは別のものである。

　大正末年から昭和初年にかけての谷崎文学は、一時的に精神と肉体、意識と欲望とのバランスを失い、それらがバラバラに遊離して、身体的な欲望のみが暴走していったといっていい。その典型を「青塚氏の話」にみることができる。「青塚氏の話」の主人公は、高邁な自己の意識世界の哲理と肉体的な欲望とのあいだをうまく調節することができず、みずからの製作にかかわるラブドールとの奇怪な戯れに耽溺する。ここには意識と欲望が無惨に引き裂かれた人間の姿が描き出されている。

　谷崎は大正十年の小田原事件によって、千代夫人をめぐる佐藤春夫との愛情関係のもつれに決着をつけ、千代夫人の妹の小林せいとの肉体関係も清算した。谷崎はせいとの結婚を望んだのだけれど、せいが谷崎との結婚を承諾しなかったからだ。谷崎は千代夫人との結婚生活をもう一度やり直すことにしたが、一度心が離れてしまった夫婦は、「卍（まんじ）」の柿内夫婦のように、どんなに努力してもなかなかうまくいくものではない。

　谷崎は大正十四年七月、前期谷崎文学の集大成である「痴人の愛」を完成させている。ヒロインのナオミのモデルが義妹のせいだったことはいうまでもない。谷崎はこの作品の完成以降、一時的にもせよ、次に向かうべき方向を見失ったかのようである。それは義妹せいと別れ、千代夫人との夫婦生活も思わしくなく、金銭で結ばれた女性との関係にも満足し得ない苛立ちによるものだったと思われる。

「青塚氏の話」の主人公のように高遠な理想を抱きながらも、意識と欲望とが遊離してしまって、安易に収束させることが難しかったようである。今回、旧版の『卍（まんじ）』に加えて、ほぼ同時期に書かれた「蘿洞先生」「続蘿洞先生」を増補したが、両作にはともに他者の視点から傍観、観察されたマゾヒストの生態が描かれている。

　前者には小間使いの小女にむち打たれ、その前に跪くマゾヒストの醜悪な肉体が容赦なく暴きたてられ、後者では疾病により「鼻ふが」で足の指も欠けた美少女の肉体を弄ぶ主人公の姿が描かれる。谷崎がこれまで描き出した特殊な性癖をもつマゾヒストたちは、自己の内面に沸々と浮かぶ思いを滔々と語りながら、自己の行為の正当化を試みていた。しかし、ここにはマゾヒストの醜怪な肉体とそのマゾヒストが弄ぶ少女たちの身体が無造作にゴロッと投げだされている。

「う、……あゝ」としかしゃべらない蘿洞先生の内面は、あたかもがらんどうであるかのようで、主人公の内界に存する意識にいっさい触れることをせず、肉体的な欲望に身をまかせる主人公の姿を描き出している。まさに「卍（まんじ）」も、意識によっては統御されない肉体的な性愛の魅惑、その力学に引きずられながら、欲望のままにカタストロフィへ赴く登場人物たちを描いた作品なのである。

当然、谷崎はこうした状況をひとつの危機ととらえていた。これまでの谷崎文学とは異なる新たな方向を模索しなければならないとの思いも強かったろう。「卍（まんじ）」の連載開始の半年後に、同時に「蓼喰ふ虫」（昭和三年十二月～四年六月）の併行連載がはじまる。「蓼喰ふ虫」はその失われた意識と欲望とのあいだのバランスを取り戻し、谷崎文学に精神と肉体、内的意識と身体的欲望との統制のとれた均衡を回復させようとする試みだったといえる。

（二〇二三年八月、補筆）

（ちば・しゅんじ）

「解説」は『卍（まんじ）』改版（中公文庫、二〇〇六年十月）に掲載されたものに補筆しました。

本書は、二〇一五年八月に刊行された『決定版谷崎潤一郎全集　第十三巻』（中央公論新社）を底本とし、二〇〇六年十月に刊行された『卍』改版（中公文庫）を適宜参照しました。「蘿洞先生」「続蘿洞先生」は『決定版谷崎潤一郎全集　第十二巻』（二〇一七年四月、中央公論新社）を底本としました。初出はそれぞれ作品の扉裏に記載しました。

文庫に収載するにあたり、正字を新字にあらためた（一部固有名詞や異体字をのぞく）ほかは、当時の単行本の雰囲気を伝えるべく歴史的かなづかいをいかし、踊り字などもそのままとしました。ただし、ふりがなは現代読者の読みやすさを優先して新かなづかいとし、副詞などにふりがなを適宜補いました。

中村明日美子による挿画（カバー、口絵、本文）は、本文庫のための描き下ろしです。

千葉俊二による解説は、「解説」『卍（まんじ）』改版（中公文庫、二〇〇六年十月）に収載されたものに補筆しました。
明里千章による「註解」は書き下ろしです。

本書に収載された作品には、今日の人権意識からみて不適切と思われる表現が使用されておりますが、本作品が書かれた時代背景、文学的価値、および著者が故人であることを考慮し、発表時のままとしました。

（編集部）

中公文庫

卍（まんじ）他《ほか》二《に》篇《へん》

2023年10月25日　初版発行

著　者　谷崎潤一郎《たにざきじゅんいちろう》

発行者　安 部　順 一

発行所　中央公論新社

〒100-8152　東京都千代田区大手町 1-7-1
電話　販売 03-5299-1730　編集 03-5299-1890
URL https://www.chuko.co.jp/

ＤＴＰ　平面惑星
印　刷　三晃印刷
製　本　小泉製本

Published by CHUOKORON-SHINSHA, INC.
Printed in Japan　ISBN978-4-12-207431-6 C1193

定価はカバーに表示してあります。落丁本・乱丁本はお手数ですが小社販売部宛お送り下さい。送料小社負担にてお取り替えいたします。

た-30-57
谷崎マンガ　変態アンソロジー
谷崎潤一郎原作
文豪にして、大変態？　美と性を究めた谷崎潤一郎の文学を、十一人の天才が豪華にマンガ化。『痴人の愛』から『陰翳礼讃』まで味わえる、刺激的な入門篇。
207097-4

た-30-58
台所太平記
谷崎潤一郎
特技はお料理、按摩、ゴリラの真似。曲者揃いの女たちが、文豪の家で元気にお仕事中！　珍騒動と笑いが止まらぬ女中さん列伝。〈挿絵〉山口　晃〈解説〉松田青子
207111-7

た-30-59
盲目物語　他三篇
谷崎潤一郎
お市の方への思慕を盲目の法師に語らせた表題作。北野恒富の口絵、菅楯彦の挿画（「聞書抄」）、正宗白鳥による時評などを付す。〈註解〉明里千章〈解説〉千葉俊二
207156-8

た-30-60
疎開日記　谷崎潤一郎終戦日記
谷崎潤一郎
激しい空爆をさけ疎開した文豪が思い出す平和な日の記憶。随筆集『月と狂言師』に永井荷風・吉井勇との往復書簡などを増補。〈註解〉細川光洋〈解説〉千葉俊二
207232-9

た-30-61
人魚の嘆き・魔術師
谷崎潤一郎
人魚に恋をする貴公子、魔術師に魅せられ半羊神と化す幻想世界に遊ぶ名作。水島爾保布の挿画を口絵まで完全収載。〈註解〉明里千章〈解説〉中井英夫／前田恭二
207259-6

た-30-62
瘋癲《ふうてん》老人日記
谷崎潤一郎
性に執着する老人を戯画的に描き出した晩年の傑作長篇。絶筆随筆「七十九歳の春」他、棟方志功による美麗な板画を収載。〈解説〉吉行淳之介／千葉俊二〈註解〉細川光洋
207298-5

こ-43-3
谷崎潤一郎伝　堂々たる人生
小谷野　敦
数々の傑作を書き続けた文豪の生涯は、スキャンダルと逸話にみちた生涯でもあった。本書は伝説や通説に惑わされることなく実像に肉迫する本格的評伝である。
207095-0

な-73-1
麻《あざ》布《ぶ》襍《ざっ》記《き》　附・自選荷風百句
永井　荷風
東京・麻布の偏奇館で執筆した小説「雨瀟瀟」「雪解」、随筆「花火」「偏奇館漫録」等を収める抒情的散文集。初の文庫化。〈巻末エッセイ〉須賀敦子
206615-1